KÖNIG DER DÄMONEN

LUZIFERS GEFÄHRTIN #1

ELIZABETH BRIGGS

1

HANNAH

Nur eine verzweifelte Frau schließt einen Pakt mit dem Teufel – und ich war unterwegs, ihn um einen Gefallen zu bitten.

Ich wrung meine Hände, während wir mit dem Aufzug höher und höher fuhren. Dezente Clubmusik spielte leise im Hintergrund, während ich die eleganten Spiegelwände und die dunklen Silberknöpfe anstarrte. Ich versuchte die beiden imposanten Männer auszublenden, die links und rechts von mir standen. Es gab kein Entkommen. Sie erfüllten den gesamten Raum mit ihren breiten Schultern, kräftigen Nacken und gut sitzenden Anzügen, sodass mir kaum Platz zum Atmen blieb. Die beiden waren verdammt heiß, genau wie alle anderen Leute, die ich hier im Celestial Resort & Casino gesehen hatte, aber auch furchterregend genug, dass ich mich zu fragen begann, ob es ein Riesenfehler gewesen war, hierher zu kommen.

Wem wollte ich etwas vormachen? Natürlich war es ein Fehler. Vielleicht war es aber auch der einzige Weg, meine beste Freundin zu finden.

Der Aufzug klingelte als wir das Penthouse erreichten und

als die Tür sich öffnete, stieß ich den Atem aus, den ich viel zu lange angehalten hatte. Weitere unverschämt gutaussehende Security-Typen standen vor einer großen, schwarzen, glänzenden Tür. Als ich aus dem Aufzug trat, schwang die Tür auf und ein Mann in einem ungepflegt aussehendem, grauen Anzug eilte heraus. In seinen weit aufgerissenen Augen stand etwas wie Panik oder Angst, und er stieß bei seiner Flucht hart gegen meine Schulter.

„Wenn Sie schlau sind, machen Sie kehrt und verschwinden von hier, so schnell Sie können," rief der Mann, ehe einer der muskulösen Security-Typen ihn am Arm packte und zum Aufzug zerrte. Er widersetzte sich nicht einmal und sobald die Aufzugtür sich hinter ihm schloss, verhallten seine letzten Worte. „Hauen Sie ab!"

Ich schluckte schwer und machte mich auf das Schlimmste gefasst, während ich auf die offene Tür zuging. Jeder Schritt brachte mich näher zu meinem Verhängnis. Ich warf einen Blick auf die Sicherheitsleuten zu beiden Seiten der Tür, aber sie beachteten mich kaum, als ich hindurchging. Ein Mann im Anzug hatte mir bereits die Erlaubnis gegeben, mit Mr. Ifer zu sprechen, also nahm ich an, dass man mich erwartete.

Unmittelbar hinter der Tür befand sich ein kleines Foyer mit einem riesigen Gemälde von stilisierten schwarzen Flügeln, die auf einer völlig weißen Leinwand ausgebreitet waren. Ich wusste wenig über Kunst, aber ich ertappte mich dabei, wie ich es anstarrte, fasziniert von der Gestaltung der Pinselstriche, die wie wütende Hiebe wirkten.

Ich erschauerte und ging weiter den Korridor entlang, auf schwarzen Marmorböden mit einem Hauch von silbernen Maserungen darin, und betrat einen großen Wohnbereich. Der Anblick der teuren, schwarzen Ledersofas und eines Flügels ließ mich erstarren. Ich hatte erwartet, Lucas Ifer, CEO von Abaddon Inc. und Gerüchten zufolge Mafiaboss von Las Vegas, in seinem Büro zu treffen, nicht in seinem Zuhause. Einen Augenblick lang war ich wie betäubt von diesem Anblick. Ich nahm die von hinten beleuchtete, verspiegelte Bar an der einen Wand wahr, den großen, eleganten Kamin auf der gegenüberliegenden Seite sowie die raumhohen Fenster an der Stirnseite mit einem atemberaubenden Blick auf den Las Vegas Strip, ganz zu schweigen vom Infinity-Pool auf dem Balkon.

Der Mann, den zu sehen ich gekommen war, lehnte mit der Hand an einem der großen Fenster und starrte wie ein grübelnder König auf sein Reich hinab. Oder zumindest wie ein Gangsterboss. Ich konnte nur sein Profil sehen, aber es war so imposant, dass mein Herz einen Schlag aussetzte. Ich musterte ihn, während ich darauf wartete, dass er mir seine Aufmerksamkeit zuwandte, denn ich wagte nicht, diese dunkle, bedrohliche Perfektion zu stören. Ein tadelloser, schwarzer Anzug umhüllte breite Schultern und verjüngte sich nach unten zu schmalen Hüften, ehe er sich an einen perfekt gerundeten Hintern schmiegte. Das Sonnenlicht umschmeichelte kurzes, dichtes Haar, das bis auf einige schokoladenbraune Strähnchen fast schwarz aussah. Darunter betonten perfekt gestutzte, dunkle Bartstoppeln ein markantes Kinn, das hinauf zu den gottgleichen Wangenknochen führte.

Was immer ich von dem Mann erwartet hatte, den sie im Flüsterton „den Teufel" nannten, das war es nicht gewesen.

„Sind Sie gekommen, um mich um einen Gefallen zu bitten?" Seine Stimme erklang mit einem angenehmen, britischen Akzent, der seine Worte irgendwie sowohl klug als auch verführerisch machte. „Wie Sie gesehen haben, ist es bei Ihrem Vorgänger nicht so gut gelaufen. Allerdings hat er versucht, unsere Abmachung zu brechen Ich vertraue darauf, dass Sie nicht das Gleiche tun werden."

Seine Worte gingen ihm über die Lippen wie Sex und Sünde, erinnerten mich aber auch daran, warum ich hier war. Ich schüttelte meinen Kopf ein wenig, um meine Gedanken zu ordnen und die Benommenheit abzuschütteln, in die er mich versetzt hatte. „Ja, das bin ich. Also, ich bin wegen eines Gefallens hier."

Er wandte sich vom Fenster ab und sah mich an. Das Licht und die Dunkelheit umspielten seine Gesichtszüge auf eine betörende Weise, wie ich es noch nie gesehen hatte. Die volle Wucht seiner Ausstrahlung traf mich wie ein loderndes Feuer, das durch ein Streichholz entfacht wird. Die Männer da draußen waren nichts im Vergleich zu ihm. Unter dem Eindruck dieser smaragdgrünen Augen, deren Farbe ich bis heute nicht für möglich gehalten hatte, vergaß ich tatsächlich zu atmen. Und dieser Mund ... gütiger Himmel, wie geschaffen für die Sünde. Ich stellte mir schon vor, wie er mir unanständige Dinge ins Ohr flüsterte, ehe seine Lippen eine lustvolle Spur auf meiner Haut hinterließen.

Irgendetwas an ihm war auch irgendwie vertraut. Ich durchforstete mein begrenztes Gedächtnis nach einer Zeit, in der ich ihn hätte kennenlernen können, aber sicherlich hätte ich mich an einen solch auffallend gut aussehenden Mann erinnert. Nein. Es war ausgeschlossen, dass wir uns schon einmal getroffen hatten.

Und dennoch ... Irgendwie kannte ich ihn. Instinktiv, elementar, im tiefsten Innern meines Wesens, fühlte er sich an wie etwas, das ich ... Es lag mir auf der Zunge. Da war ein Gedanke, den ich nicht festhalten konnte, ehe er mir entglitt. Ich fokussierte erneut, aber es war sinnlos. Ich konnte mein Gefühl nicht einordnen. Vielleicht kannte ich ihn von vor dem Unfall? Das schien mir unwahrscheinlich, und falls er mich kannte, würde er doch sicher etwas sagen.

Mir wurde bewusst, dass ich ihn anstarrte, und ich wandte meinen Blick ab, um ihn hinaus auf die Aussicht zu richten. Las Vegas am Tag war nicht annähernd so beeindruckend wie bei Nacht, wenn die Stadt leuchtete, als hätten ein paar Vorschulkinder riesige Kübel mit Glitter über die Wüste gestreut.

Immerhin nahm die pulsierende Stadt vor der fernen Bergkulisse für einen Moment meine ganze Aufmerksamkeit in Anspruch und verschaffte mir eine Sekunde Zeit, mich wieder zu sammeln.

„Verraten Sie mir Ihren Namen," sagte Lucas.

Seine Stimme, dieser Akzent, *meine Güte.*

„Hannah." Endlich sah ich ihn wieder an. „Hannah Thorn."

„Hannah." Mein Name rollte ihm von der Zunge wie ein Schluck eines teuren Scotch. Ich verscheuchte den Gedanken mit einem Kopfschütteln. Ich trank nicht. Warum also dachte ich an das sanfte Feuer eines Getränks, das ich nie gekostet hatte?

Er riss seine Augen von mir los, als falle es ihm schwer, das zu tun. Es schien fast so, als würde er sich zu mir genauso hingezogen fühlen wie ich mich zu ihm. Ein absurder Gedanke, den ich sofort wieder verwarf, als er hinter die Bar ging.

„Möchten Sie einen Drink?" Lucas hielt eine Karaffe und einen Kristallbecher hoch, der einen Regenbogen von Lichtstrahlen durch den Raum sandte.

„Nein, danke. Ich trinke keinen Alkohol."

Er brummelte leise etwas in sich hinein, das wie eine Missbilligung klang. „Schade. Wir könnten eine Menge Spaß haben, wenn wir uns zusammen betrinken würden."

Er griff nach Gläsern und schaufelte Eis in sie hinein. Drei Eiswürfel klirrten in den Gläsern, ehe er einen Krug mit klarer Flüssigkeit unter seinem Tresen hervorholte, und ich hob in der universalen Handbewegung für „Stopp".

„Ich habe das ernst gemeint. Ich trinke keinen Alkohol."

„Und ich gebe niemandem Alkohol, der das nicht ausdrücklich wünscht. " Er hob sein Glas und nahm einen großen Schluck. „Leider nur Wasser."

Er hielt mir das zweite Glas hin. Als ich meine Finger darum schloss, berührten sich unsere Hände, und das brennende Feuer in meinem Inneren loderte erneut auf und jagte Hitze durch meinen ganzen Körper bis hinunter in mein Mark. Das Gefühl, dass ich Lucas kannte, verstärkte sich, wie ein Traum, der nur schwer fassbar war, oder ein Wort, das mir auf der Zunge lag. Und mit ihm kam ein so starkes Verlangen, dass es mir den Atem raubte.

Sein Blick wurde intensiver. Spürte er es auch?

„Setzen Sie sich." Lucas wies in Richtung der schwarzen Ledersofas.

Ich hockte mich auf den Rand des einen und hielt mein Glas in beiden Händen. Mein Griff wurde fester, je angespannter meine Nerven wurden. Die Nervosität in meiner Brust vermischte sich mit dem Verlangen, das zwischen meinen Schenkeln brodelte, sodass mir ganz schwindlig wurde. Ich warf einen Blick auf das Klavier in meiner Nähe und versuchte, meine Gefühle wieder in den Griff zu bekommen. Das war alles eine Nummer zu groß. Viel zu groß. Was zum Teufel machte ich überhaupt hier?

Lucas nahm auf dem Sofa gegenüber von mir Platz und streckte einen Arm auf der Rückenlehne aus. Er legte einen Knöchel auf sein Knie, ein perfektes Bild von Gelassenheit und ruhiger Selbstbeherrschung. „Nun, wie also kann ich Ihnen behilflich sein?"

Ich holte tief Luft und versuchte, etwas von dieser Gelassenheit auf mich übergehen zu lassen, selbst wenn meine Ruhe nur vorgetäuscht war. Es machte mir nichts aus, ihm etwas vorzugaukeln, auch wenn es nicht überzeugend war. Er war zu charmant, als dass es mich kalt lassen würde.

„Meine beste Freundin ist verschwunden", platzte es aus mir heraus. *So viel zu vorgetäuschter Gelassenheit.* „Ihr Name ist Brandy Higgins. Sie war hier, in diesem Hotel, wegen einer Konferenz, aber sie ist nicht nach Hause gekommen. Ich habe schon versucht, sie selbst zu finden, aber ohne Erfolg. Als ich zur Polizei gegangen bin, haben sie mich abgewimmelt. Vor allem, als ich ihnen erzählte, dass sie hier abgestiegen ist."

„Sie müssen eine sehr treue Freundin sein. Nur sehr wenige sind mutig genug, mich um einen Gefallen zu bitten." Er blickte auf sein Getränk und schwenkte das Eis im Glas hin und her. Der Klang, den es erzeugte, war fast schon Musik. „Der Rest ist extrem verzweifelt. Ich frage mich, zu welcher Gruppe Sie gehören?"

Ich blickte auf meine Hände hinunter, zwang mich dann aber, ihm in die Augen zu sehen, und versuchte, neben meiner Verzweiflung auch Mut zu zeigen. „Beides. Brandy ist mehr als nur eine Freundin. Sie ist wie eine Schwester für mich, und sie hat ein kleines Kind und eine kranke Mutter zu Hause, die sich darauf verlassen, dass ich sie finde. Seit ihrer Scheidung wohne ich bei ihnen, um ihr zu helfen, aber wenn sie nicht zurückkommt ..." Der Gedanke war zu schrecklich, als dass ich ihn in Betracht ziehen konnte. Ich richtete mich auf und straffte die Schultern, presste meine Angst in einen festen Knoten in meiner Brust, und stellte mich entschlossen vor Lucas. „Ich habe gehört, dass man Sie den König von Las Vegas nennt, und dass hier nichts passiert, ohne dass Sie davon wissen. Ich denke, wenn jemand Brandy finden kann, dann Sie."

Die anderen Gerüchte, die ich über ihn gehört hatte, wie die Tatsache, dass er im Prinzip ein Gangsterboss war, der die Stadt regierte, und die Leute ihn im ängstlichen Flüsterton und hinter verschlossenen Türen als den Teufel bezeichneten, erwähnte ich nicht. Sogar die Polizei schien Angst vor ihm zu haben.

„Sie beide klingen wie zwei Heilige", bemerkte Lucas, und seine Mundwinkel verzogen sich. „Und Sie sagten, sie sei hier verschwunden, im Celestial?"

„Ja, vor ein paar Tagen."

Er nickte langsam, wie ein Mann, der es nicht eilig hat. Ein Mann, der nichts zu verlieren und den Luxus von Zeit auf seiner Seite hat. Zeit, die ich mit Sicherheit nicht hatte. „Sie sind sich sicherlich bewusst, dass meine Hilfe immer auch ihren Preis hat?“

Panik legte sich wie ein stählernes Band um meine Brust, und ich sog zitternd den Atem ein. Ich hatte geahnt, dass das kommen würde, und ich hatte keine Ahnung, was er als Gegenleistung für seine Hilfe verlangen würde. „Ich habe kein Geld.“

„Oh, ich will kein Geld.“ Er lachte, aber in seinem Gesicht blitzte etwas Boshaftes auf. „Meine Währung sind dunkle Machenschaften und schmutzige Geheimnisse.“

Ich schluckte schwer und sah in Richtung Korridor. Ich fragte mich, ob es für eine Flucht bereits zu spät war. Ich hatte keine Geheimnisse, jedenfalls keine, an die ich mich erinnerte, was hieß, dass er eine dunkle Tat irgendeiner Art verlangen würde. Würde er etwas Illegales verlangen? Etwas Gefährliches? Etwas, das ich für den Rest meines Lebens bereuen würde? Fast wäre ich hinausgerannt, aber dann sah ich Brandys Sohn vor mir, wie er mich mit mühsam unterdrückten Tränen ansah und fragte, wann seine Mutter nach Hause käme, und meine Entschlossenheit wuchs. Ich schaute Lucas in die Augen und nickte.

Er lehnte sich nach vorne, nicht mehr ganz so lässig. „Sind Sie bereit, alles zu tun, was es erfordert?“

„Ja“, sagte ich atemlos. „Was wollen Sie?“

„Ich will Sie.“

Meine Kinnlade fiel herunter, und mein Herz sank. Wahrscheinlich bis zum Boden. Durch sämtliche Etagen bis ins Erdgeschoss. „Mich?“

Er schmunzelte und es klang wie eine düstere Melodie voller sündhafter Versprechen. „Sechs Nächte mit Ihnen. Hier in meinem Penthouse. Und ich kann mit Ihnen machen, was ich will.“

Bei der sinnlichen Pause zwischen seinen letzten drei Worten schnappte ich nach Luft. Dann schüttelte ich den Kopf, weil ich sicher war, dass ich mich verhört hatte. Oder es vielleicht missverstanden hatte. Und zwar den letzten Teil. „Wie bitte? Sie erwarten von mir, dass ich Ihnen einen Freibrief dafür gebe, dass Sie alles mit mir machen dürfen? Sechs Nächte lang?"

„Wären Ihnen sieben lieber?" Ein höhnisches Grinsen umspielte seine Lippen, während er sich in das weiche Leder der Couch zurücklehnte. „Ich warne Sie, ich ruhe auch am siebten Tag nicht."

„*Sieben?*" Meine Gedanken überschlugen sich, und ich konnte ihn nur noch anstarren. War das sein Ernst?

Er nickte. „Ja, machen wir doch sieben Nächte draus. Eine für jede der Todsünden. Das ist sogar noch besser."

Scheiße. Ich hätte die Sache mit den sechs Nächten nicht hinterfragen sollen. Ich spielte die verschiedenen Szenarien in Gedanken durch, und mein Gesicht wurde heiß, als ich mir einige davon in allen möglichen Einzelheiten ausmalte. Sicher, der Mann war wahnsinnig attraktiv, aber sein Vorschlag war hochgradig unanständig. Ganz zu schweigen davon, dass er ein völlig Unbekannter war. Ein sehr gutaussehender, sehr gefährlicher Unbekannter. Was er da von mir verlangte, ... das war zu viel. Es musste einen anderen Weg geben, um Brandy zu finden. Jemand anderen, den ich um Hilfe bitten konnte.

Lucas beobachtete mich und wartete auf meine Entscheidung. „Tick, tack. Die Zeit läuft uns davon. Je länger Sie zögern, desto geringer ist die Wahrscheinlichkeit, dass wir Ihre Freundin lebend finden."

Angst durchfuhr mich bei dem Gedanken, aber er hatte Recht. Brandy war bereits seit mehreren Tagen verschwunden. Ich musste schnell eine Entscheidung treffen, aber ich musste mir sicher sein, worauf ich mich einließ. Ich räusperte mich. „Lassen Sie mich das klarstellen. Sie wollen, dass ich sieben Nächte lang hier bei Ihnen bleibe, während Sie ... mit mir machen, was Sie wollen. Sexuell."

Sein Blick verdunkelte sich zu einem Glühen, und ich erschauerte fast angesichts der Intensität, die er ausstrahlte. „Ich habe mich noch keiner Frau je aufgezwungen und werde es auch niemals tun, falls es das ist, worüber Sie sich Sorgen machen.“

Ein erleichterter Seufzer entwich mir. „Ich wollte nur sichergehen. Ich habe so etwas noch nie zuvor getan.“

„Ich schwöre, dass Ihnen durch meine Hand keine Gewalt angetan wird. Doch was den Sex angeht ...“ Er stand auf und ging ein paar Schritte auf mich zu, sodass ich zu ihm aufschauen musste. Dann beugte er sich nach vorne und stützte seine Hände zu beiden Seiten meines Kopfes auf die Rückenlehne des Sofas, wodurch ich in der Falle saß. „Wissen Sie nicht, wer ich bin? Man nennt mich nicht ohne Grund den Teufel. Versuchung, Lust, Sünde, das alles verpackt in einem hübschen kleinen Paket. Ach, was erzähle ich denn da? In einem *riesigen* Paket. Glauben Sie mir, noch bevor die Woche zu Ende ist, werden Sie um jede Kleinigkeit betteln, die ich mit Ihnen anstelle.“

Er war mir viel zu nahe, sein Gesicht nur ein paar Zentimeter entfernt von meinem. Seine grünen Augen loderten wie ein von innen entfachtes Feuer. Verlangen durchflutete mich, wie ich es noch nie zuvor verspürt hatte, aber es war vermischt mit einer gehörigen Portion Angst. Mein Blick fiel auf seinen Mund, der nur einen Hauch von meinem entfernt war, und ich lechzte danach, dass er den Abstand zwischen uns schloss, während ich gleichzeitig am liebsten vor ihm davon gelaufen wäre.

Ich zwang meine Augen wieder nach oben, um seinem intensiven Blick zu begegnen. Ich hatte keine Ahnung, wie ich Brandy sonst finden sollte. Ich hatte schon alles versucht, doch nichts hatte funktioniert. Wenn ich das hier nicht tat, hätte ich völlig versagt.

Das hier war meine letzte Chance.

„Einverstanden“, sagte ich mit allem Mut, den ich aufbringen konnte.

„Ausgezeichnet." Er richtete sich auf und ging lässig zum anderen Ende des Raumes, während mir das Herz in der Brust raste. Er nahm einen Notizblock und einen Stift und reichte mir beides. „Schreiben Sie alles auf, was Sie über das Verschwinden Ihrer Freundin wissen. Namen, Daten, und so weiter."

Während ich alle Einzelheiten aufschrieb, und meine Handschrift vor lauter Aufregung wie die einer anderen Person aussah, beobachtete er mich genau. Ich sah immer wieder auf, während der Stift auf dem Papier kratzte, und konnte meinen Blick nicht von ihm abwenden. Warum hatte ich das Gefühl, dass ich mit unserem Deal meine Seele verkaufte?

Als ich alles aufgeschrieben hatte, woran ich mich erinnern konnte, gab ich ihm seinen Notizblock und den Stift zurück. Er legte seine Hände um meine, als er sie entgegennahm, und Hitze breitete sich wieder zwischen meinen Schenkeln aus. Unerwartetes Verlangen ergriff mich, und ich musste schlucken, während ich versuchte, meine Gedanken wieder zu ordnen.

„Wo wohnen Sie?", fragte er.

„In einer billigen Unterkunft in der Nähe des Strip." Ich wandte den Blick ab, weil es mir peinlich war, den Namen zu erwähnen. Ich hatte jeden Cent zusammengekratzt, um hierher zu kommen, aber es war nichts im Vergleich zu diesem Penthouse. „Im Double Down Motel."

Sein Gesicht verzog sich vor Abscheu. „Geben Sie mir Ihren Zimmerschlüssel. Ich lasse alle Ihre Sachen herbringen."

„Was ist mit meinem Auto?" fragte ich.

„Meine Leute werden sich auch darum kümmern."

Ich hob eine Augenbraue, zog aber meine Schlüssel heraus und reichte sie ihm. Er hatte *Leute*? Ich hatte immer gedacht, Leute, die Leute hatten, waren nur ein Klischee. Wer hatte schon Leute, die irgendeinen Scheiß für ihn erledigten?

„Gut." Er steckte sie ein und hielt mir die Hand hin. „Jetzt folgen Sie mir."

Jedes Mal, wenn ich ihn berührte, fühlte ich … Dinge. Ich behielt meine Hände bei mir. „Wohin?"

„In Ihr neues Zimmer." Seine Stimme triefte vor Verheißung. „Obwohl ich vermute, dass Sie meins bald vorziehen werden."

Wir gingen einen Korridor entlang, an dessen Ende er eine Tür aufstieß. Im Gegensatz zum Rest des Penthouses, das ich bisher gesehen hatte und das ausschließlich in Schwarz und Silber gehalten war, war dieses Zimmer in neutralen Tönen gehalten. Das große Bett besaß ein gepolstertes Kopfteil und war mit dicken Decken, einem weichen Bettüberwurf und vielen bequemen Kissen bedeckt. Auf der anderen Seite des Zimmers befanden sich eine hübsche Sitzecke und ein Schreibtisch vor den Fenstern, die auf den Strip hinausblickten. Eine Tür führte zu einem begehbaren Kleiderschrank, der so groß war wie meine alte Wohnung, und eine andere öffnete sich zu einem riesigen Badezimmer, das komplett aus Carrara-Marmor bestand.

„Das ist Ihr Gästezimmer?" fragte ich, während ich mich langsam im Kreis drehte und alles auf mich wirken ließ. Wenn das hier für Besucher war, wie sah dann erst sein Schlafzimmer aus?

Er schürzte amüsiert die Lippen. „Jetzt gehört es Ihnen. Machen Sie es sich bequem. Sie können beim Zimmerservice bestellen, was Sie wollen. Meine Leute bringen Ihnen in Kürze Ihre Sachen, während ich meine Nachforschungen zum Verbleib Ihrer Freundin beginne."

Ich schüttelte den Kopf, teils aus Verleugnung, teils aus Verwunderung. Diese Situation ergab keinen Sinn, und ich begann mich zu fragen, wo der Haken bei der Sache war. Vielleicht handelte es sich um eine Art von Verwechslung. Warum sollte er mich – ausgerechnet mich – wollen und dann gleich für sieben Nächte? Ich war nur ein einfacher Bücherwurm mit schönen Brüsten und einem süßen Lächeln, der in einem Blumenladen arbeitete und Flipflops und Jeans trug. Nichts

Besonderes. Nicht im Vergleich zu den Frauen, mit denen er sich wahrscheinlich die ganze Zeit umgab.

Nervosität machte sich in mir breit, als ich darüber nachdachte, worauf ich mich gerade eingelassen hatte. Ich. Hier. In diesem Penthouse. Für sieben Nächte.

Mit *ihm*. Und er würde mit mir machen, was er wollte.

Für die nächste Woche gehörte ich ihm. Komplett. Aber das alles wäre es mir wert, wenn er seinen Teil der Abmachung einhalten würde.

Ich drehte mich zu ihm um. „Versprechen Sie mir, Brandy zu finden?"

„Das werde ich. Tot oder lebendig, ich werde sie finden."

Er sah mir in die Augen, und ich zweifelte nicht an seiner Entschlossenheit. Lucas Ifer war ein Mann, der Dinge zu Ende brachte, und wenn jemand meine Freundin in der dunklen Unterwelt von Las Vegas finden konnte, dann war er es.

Er hielt mir seine Hand entgegen, und ich ergriff sie, um sie zu schütteln. In dem Augenblick, in dem seine Haut die meine berührte, durchfuhr mich ein elektrisierendes Prickeln – dasselbe flüchtige Gefühl von Vertrautheit und lange vergessenem Verlangen.

Seine Hände schlossen sich fast besitzergreifend um meine. „Abgemacht."

2

LUZIFER

Die Tür zum Gästezimmer schloss sich mit einem kaum wahrnehmbaren Klicken hinter mir, als ich in den breiten Flur trat. Dort hielt ich inne und holte tief Luft, als mich die Tragweite dessen, was gerade geschehen war, mit aller Wucht traf.

Sie war *zurück*.

Mein Herz raste vor freudiger Erregung. Ich konnte es kaum glauben, als sie ohne jede Vorwarnung in mein Penthouse spazierte, aber in der Sekunde, in der wir uns berührten, waren sämtliche Zweifel verflogen. Sie war zu mir zurückgekehrt. Endlich.

Hannah Thorn. Ein neuer Name. Ein neues Erscheinungsbild. Aber immer noch unwiderlegbar *mein*.

Ich stellte mir vor, wie sie auf der anderen Seite der Tür stand und wahrscheinlich ihr neues Schlafzimmer betrachtete. Langes goldblondes Haar umrahmte ihr herzförmiges Gesicht mit den rosigen Wangen und den leuchtend blauen Augen. Ihre verführerisch geschwungenen Lippen würde ich bald für mich einfordern, ebenso wie den Rest ihres kleinen, kurvenreichen Körpers. Ich musste sie nur in den nächsten sieben Nächten davon überzeugen, dass sie zu mir gehörte.

Während ich nebenbei ihre Freundin ausfindig machte, versteht sich. Diesen Teil durfte ich nicht vergessen. Immerhin hatte sie Hannah zu mir geführt. Ja, ich musste diese Brandy finden, und sei es nur, um ihr zu danken.

Abgesehen davon nahm ich das Verschwinden einer Frau in meinem Hotel nicht auf die leichte Schulter. Obwohl sich Dämonen von der menschlichen Energie ernährten, galten bei mir strenge Regeln, sie nicht zu verletzen, insbesondere innerhalb meines Herrschaftsbereichs. Jetzt, da die Erde unser dauerhaftes Heim geworden war, gehörte die ganze Welt zu meinem Imperium. Dennoch wussten selbst die jüngsten Dämonen, dass sie die Regeln im königlichen Schloss nicht missachten durften.

Das Celestial Resort & Casino war mein Vorzeigehotel, ein leuchtendes Prunkstück am Las Vegas Strip. Es sollte die Menschen dazu verleiten, auf alle möglichen Arten zu sündigen, damit meine Dämonen eine sichere Nahrungsquelle hatten und der Welt dennoch verborgen blieben. Ich hatte in den letzten vierzig Jahren die gesamte Stadt im Verborgenen umgebaut, um den perfekten Lebensraum für Dämonen zu schaffen. Sie nannten sie Sin City, und ich war ihr König.

Ich trat vor mein Penthouse und rückte meinen Anzug zurecht, während ich meine Wachleute beobachtete. „Niemand verlässt oder betritt das Gebäude, ohne meinen ausdrücklichen Befehl.“

Sie verneigten sich, als ich den Aufzug betrat. Wenn Hannah wirklich gehen wollte, würde ich sie nicht aufhalten, aber ich konnte sie auch nicht alleine in der Stadt herumlaufen lassen. Jetzt, wo sie mir zurückgegeben worden war, musste sie zu jeder Zeit beschützt werden.

Über Jahre hinweg war mein Herz kalt und schwarz gewesen, ein harter Klumpen Kohle, der auf ihre Rückkehr wartete, um ihn zu entzünden. So lange hatte ich vergeblich nach ihr gesucht, und nun trat sie plötzlich aus heiterem Himmel in mein Leben. Und diesmal suchte sie nach *mir*. Welche Ironie.

Ich fuhr mit dem Aufzug eine Etage tiefer in meine Halle des Krieges. Beim Betreten des weitläufigen Saals konnte ich die Macht meiner Herrschaft förmlich riechen – ein geradezu berauschender Duft. Ich hielt inne, als ich den gesamten Raum überblickte, dunkler Herrscher über alles, was ich sah. Live-Bilder und Überwachungskameras füllten riesige TV-Bildschirme, und meine geschäftigen Mitarbeiter bedienten Computer an zahllosen Spieltischen. Sie verfolgten jeden einzelnen Gedanken und jedes sündige Flüstern, das diese Stadt zu bieten hatte. Gier, Neid, Lust – alle *mein*. Eine riesige Schaltzentrale nahm eine ganze Wand ein, während sie eine Verbindung nach der anderen aufbaute und Menschen, Gefühle und Dinge nachverfolgte. Blinkende Lämpchen zeigten auf einer großen Weltkarte an der Wand die verschiedenen Aktivitäten von Dämonen, Engeln und Feen an.

Samael war wie erwartet in seinem Büro, wo er die Aufsicht über die gesamte Kommandozentrale hatte. Er agierte in den meisten Angelegenheiten als meine rechte Hand, und er war an meiner Seite, seit ich den Himmel verlassen hatte, um über die Hölle zu regieren. Gadreel war ebenfalls anwesend und studierte eine geöffnete Akte, die auf dem schwarzen Schreibtisch lag. Er gehörte zu den jüngeren Gefallenen, da er erst ungefähr zweihundert Jahre alt war. Doch er hatte seine Loyalität schon oft bewiesen und war in den Rängen bis zu Samaels Assistenten aufgestiegen.

Ich steckte meinen Kopf in das Büro. „Besprechung. Auf der Stelle. Und holt auch Azazel."

Beide rissen die Köpfe in die Höhe, der eine war dunkel, der andere hell. Samael runzelte die Stirn. „Was ist los?“

„Sie ist zurück.“ Ich brauchte nicht näher darauf einzugehen. Sie wussten, wen ich meinte.

Gadreels blonde Augenbrauen schossen in die Höhe. „Bist du sicher?“

Ich dachte an die Funken, die ich beim Berühren von Hannahs Hand gespürt hatte. „Ja, ich bin mir sicher. Seltsamerweise hat sie dieses Mal mich gefunden.“ Ohne eine Antwort abzuwarten, drehte ich mich um und ging in unseren Konferenzraum. Die Fenster, die den Rest der Kommandozentrale zeigten, verdunkelten sich, sobald ich einen Schalter betätigte, sodass wir völlig ungestört waren. Der Raum war schalldicht, selbst für übernatürliche Wesen mit geschärftem Hörvermögen. Ich nahm am Ende des Konferenztisches Platz und ließ mich in den bequemen Chefsessel aus Leder sinken. Sekunden später kam Samael herein, gefolgt von Gadreel und Azazel. Sie schlossen die Tür hinter sich und nahmen um den Tisch herum Platz.

„Ich höre, sie ist zurück“, sagte Azazel, während sie ihre Beine auf dem Tisch ablegte und schwarze Nietenstiefel aus Leder zur Schau stellte. Sie war meine höchste Sicherheitsbeauftragte und zugleich meine unerbitterlichste Kämpferin, die mit Leichtigkeit jede Waffe bedienen konnte. Eng anliegendes, schwarzes Leder war die Rüstung ihrer Wahl und ihr Energieträger für den Kampf.

„Ja, und ich brauche dich, um unseren neuen Gast zu bewachen“, sagte ich. „Sie ist in meinem Penthouse, und ich kann ihr nicht erlauben, es zu verlassen, wenn du nicht an ihrer Seite bist. Ich will, dass du sie rund um die Uhr beschützt.“

Sie verzog genervt das Gesicht, nickte aber. Sie würde niemals einen direkten Befehl von mir missachten, selbst wenn sie ihn eigentlich nicht befolgen wollte.

Ich beugte mich nach vorne und musterte sie. „Mir ist klar,

dass der Job als Personenschützerin unter deiner Würde ist, aber tatsächlich habe ich dir hiermit die wichtigste Aufgabe von allen übertragen. Hannahs Leben wird bald in Gefahr sein, und du bist die Einzige, der ich zutraue, sie zu schützen."

Ihr Ärger verflog, und sie senkte den Kopf. „Ich werde dich nicht enttäuschen, Gebieter."

„Wie heißt sie jetzt?" fragte Samael, die Hände ruhig auf dem Tisch gefaltet.

„Hannah Thorn."

„Ah. Die Frau, die nach ihrer Freundin sucht."

Ich hätte mir eigentlich denken können, dass Samael bereits einige Informationen über sie hatte. Innerhalb dieser Mauern passierte kaum etwas, von dem er nicht wusste. „Ja, und wir müssen diese Freundin eiligst finden. Sie ist vor ein paar Tagen im Celestial verschwunden." Ich zog den Notizblock heraus und reichte ihn ihm. Er überflog ihn kurz, während ich fortfuhr. „Ich will auch alles wissen, was ihr über Hannahs Leben ausgraben könnt. Familie, Freunde, Arbeit, was sie morgens frühstückt – ich will jedes noch so kleine Detail."

„Wird gemacht", sagte Samael mit seiner üblichen, sanften Selbstverständlichkeit.

Dann holte ich Hannahs Autoschlüssel und den Motelschlüssel heraus und warf sie Gadreel zu. Der blonde Mann fing sie mit einem schnellen Reflex auf. „Gadreel, du gehst zum Double Down Motel" – mich schauderte schon bei der bloßen Erwähnung des Namens – „und holst ihre Sachen, samt ihrem Auto. Ich vertraue darauf, dass du weißt, welches es ist."

„Das wird kein Problem sein, mein Gebieter", sagte Gadreel, während er den Zimmerschlüssel mit Abscheu musterte. Hannah hatte das Double Down Motel als billige Unterkunft am Rande des Strip bezeichnet. Diese Beschreibung war viel zu schmeichelhaft.

„Ihr habt eure Anweisungen. Für den Moment sollten wir

Hannahs Anwesenheit hier unter uns Dreien behalten." Ich erhob mich und blickte zwischen meinen treuen Vasallen hin und her. Entschlossenheit loderte in meiner Brust. „Ich habe sie schon einmal verloren, aber dieses Mal werde ich sie nicht verlieren. Nicht noch einmal."

3

HANNAH

Sobald Lucas die Tür hinter sich geschlossen hatte, schaute ich mich staunend im Gästezimmer um und konnte immer noch nicht glauben, dass das alles Wirklichkeit war. Erst vor zwei Tagen hatte ich meine Koffer gepackt, um nach Vegas zu fahren und nach meiner Freundin zu suchen. Und jetzt würde ich die nächsten sieben Nächte hier leben, ganz Belieben eines Mannes, den sie den Teufel nannten. Sicher, ich hatte dem Deal zugestimmt, aber das machte die Sache nicht weniger unheimlich. Besonders jetzt, nachdem Lucas gegangen und ich mit meinen Gedanken allein war.

Er musste Brandy einfach finden. Und zwar lebend.

Hoffentlich war sie noch am Leben.

Ich ging zu dem großen Fenster mit Aussicht auf den Strip und fragte mich zum hundertsten Mal, wo sie war und was mit ihr geschehen war. Das einfallende Sonnenlicht schien auf die verschiedenen Hotels und Casinos, und ich erinnerte mich, wie sehr sich Brandy darauf gefreut hatte, hierher zu kommen. Sie war übers Wochenende zu einer dreitägigen Bibliothekarenkonferenz eingeladen worden und hatte irgendeinen Preis gewonnen, mit dem sie die gesamte Reise bezahlen konnte. Sie hatte mich gebeten, mitzukommen, um mit ihr ein Mädelswochenende in Vegas zu verbringen, aber ich hatte abgelehnt. Mein Blumenladen war zwar klein, aber es erforderte fast meine gesamte Aufmerksamkeit, ihn über Wasser zu halten. Außerdem machte es mir Spaß, in dem Geschäft zu arbeiten, das früher einmal meinen Eltern gehört hatte. Ich liebte es, genau die richtigen Blumen zu finden, um die Häuser meiner Kunden zu verschönern oder durch die Blumen Gefühle auszudrücken, die sie nicht immer auszusprechen wagten. Egal, wie gerne ich mit Brandy nach Vegas gefahren wäre, ich hatte abgelehnt. Und das bedauerte ich jetzt am meisten.

Sie hatte sich alleine nach Vegas aufgemacht und war nicht mehr nach Hause zurückgekehrt.

Das letzte Mal hatte ich von Brandy gehört, nachdem sie in diesem Hotel eingecheckt hatte. Sie hatte angerufen, um ihrem Sohn gute Nacht zu sagen. Das war vor sechs Tagen gewesen.

Als sie nach dem Wochenendes weder ans Telefon ging noch nach Hause kam, war für mich klar, dass etwas nicht stimmte. Es war ein Bauchgefühl, und ich habe meinen Instinkt nie ignoriert. Mit einer kranken Mutter und einem kleinen Kind zu Hause würde Brandy auf keinen Fall einfach verschwinden. Jemand musste sie entführt haben.

Im Laufe des nächsten Tages machte ich Dutzende von Anrufen in der Hoffnung, sie zu finden, aber es war vergebens. Schnell war klar, dass ich nach Vegas fahren und auf eigene Faust herausfinden musste, was passiert war. Ich bat Maggie, meine Teilzeitaushilfe, für ein paar Tage auf den Blumenladen aufzupassen. Dann kratzte ich jeden Cent zusammen, den ich hatte, und machte mich mit meinem klapprigen Auto auf den Weg, um fünf Stunden lang durch die Wüste zu fahren, bis ich Sin City erreichte.

Ehe ich losfuhr, hatte mich Brandys Mutter Donna beiseite

genommen und mich angefleht, ihre Tochter zu finden, während sie in ein blutverschmiertes Taschentuch schluchzte. Donna hatte Lungenkrebs im Endstadium und brachte kaum noch die Kraft auf, sich ein Sandwich zu machen. Dennoch versprach sie mir, dass sie es schaffen würde, auf Brandys Sohn Jack aufzupassen, solange ich weg war. Als ich dann das Haus verlassen wollte, packte mich Jack um die Taille und bettelte mich an, seine Mutter bald nach Hause zu bringen. Beide Male unterdrückte ich die Tränen und gelobte ihnen, dass ich Brandy finden würde.

Was hätte ich anderes tun können? Von dem Moment an, als wir uns in der Bibliothek, in der sie arbeitete, kennengelernt hatten, hatte Brandy mich wie einen Teil ihrer Familie behandelt, und sie hatte mir einen Schlafplatz gegeben, als ich diesen am meisten brauchte. Ich hätte mit ihr nach Vegas gehen sollen. Die Schuldgefühle wegen meiner Entscheidung zerfraßen mich bei lebendigem Leib. Ich hatte meine Verpflichtungen über meine Freundin gestellt. Nun wünschte ich mir mehr als alles andere, dass ich die Zeit zurückdrehen und die Dinge neu entscheiden könnte. Wenn ich Maggie jetzt dazu bringen konnte, im Laden zu helfen, warum hatte ich das nicht schon früher tun können? Brandy hätte es sofort für mich getan. Warum, warum, warum ... hatte ich sie allein gehen lassen?

Ich musste sie finden, denn alles hing an mir. Brandy hatte sonst niemanden auf der Welt, der nach ihr suchte, und ich konnte nicht zulassen, dass sie wie vom Erdboden verschluckt war. Vegas würde sie bei lebendigem Leibe verschlingen — und vergessen. Sie würde zu einer weiteren Zahl in der Statistik werden. Die Polizei hier war der Beweis dafür. Als ich ihr Verschwinden melden wollte, hatten sie mich abgewimmelt, erst recht als sie herausfanden, dass Brandy in Lucas' Hotel verschwunden war. Sie schlossen sofort die Reihen, sprachen leise miteinander, warfen einander verstohlene Blicke zu und waren auf einmal ganz ehrfürchtig vor Mr. Ifer. Vermutlich stand jeder Einzelne von ihnen auf seiner Gehaltsliste. Sie nahmen schließlich meinen Bericht auf, aber ich hatte das ungute Gefühl, dass er irgendwo ungelesen auf einem Stapel lag und nie wieder auftauchen würde.

Meine einzige Chance war, selbst ein wenig Detektivarbeit zu leisten, aber ich landete immer wieder in Sackgassen. Zuerst konnten die Mitarbeiter im Celestial Resort & Casino keinerlei Informationen über eine Bibliothekarenkonferenz finden. Als ich selbst im Internet nachschaute, fand ich nur eine spärliche Webseite und keine weiteren Details dazu. Es war fast so, als ob es sie nie gegeben hätte. Oder als habe jemand die ganze Sache nur inszeniert, um Brandy nach Las Vegas zu locken. Aber warum? Hatte sie sich in etwas Krummes verwickeln lassen? Irgendwelche Geschäfte mit der Mafia? Das konnte ich mir kaum vorstellen.

Ich fing an, im Hotel herumzuschnüffeln, Fragen zu stellen und Detektiv zu spielen, aber ich war nicht gerade Dana Scully der X-Akten. Ich hatte keine Ahnung, was ich tat, stellte den Leuten aber so viele Fragen, wie mir nur einfielen, und allmählich sagte mir meine Intuition, dass irgendetwas nicht stimmte. Ich lief in meinen billigen Flip-Flops den Strip auf und ab und suchte alle Orte auf, an denen Brandy gewesen sein konnte. Niemand konnte mir eine Auskunft geben. Es war fast so, als hätte Brandy niemals existiert. Ich rannte gegen eine Wand nach der anderen. Ich brauchte Zugang zu Videokameras, Telefonaufzeichnungen und Kreditkartendaten, aber ich hatte weder einen Polizeiausweis noch irgendwelche Beziehungen, die mir Zugang dazu hätten verschaffen können. Und mir gingen allmählich die Zeit und das Geld aus.

Dann hörte ich von Lucas Ifer. Er war der Besitzer des „The Celestial", und daneben gehörte ihm angeblich noch eine ganze Reihe anderer Lokale in Vegas. Man nannten ihn hinter vorgehaltener Hand den Teufel und stellten ihn als gefährlichen

Mafiaboss hin, aber schnell wurde mir klar, dass in Vegas quasi nichts passierte, von dem er nicht wusste. Außerdem war er dafür bekannt, dunkle Geschäfte zu machen. Angeblich war er in der Lage, einem alles zu beschaffen, was man wollte. Für einen gewissen Preis versteht sich.

Nach allem, was ich hörte, war Lucas Ifer der König von Las Vegas. Wenn mir weder die Polizei noch die Leute auf der Straße helfen konnten, dann musste ich in die Höhle des Löwen gehen. Ich hatte nur nicht erwartet, nun hier gefangen zu sein, wie Daniel in der Löwengrube. Oder wie Rapunzel in ihrem Turm, nur dass meine Haare definitiv nicht lang genug waren, um nach unten zu reichen.

Ich saß auf der Bettkante, mein Herz klopfte. Im Grunde saß ich als Sexsklavin bei einem Mafiaboss in Gefangenschaft, und es war nicht einmal sicher, ob er Brandy finden würde. Oder ob sie überhaupt noch am Leben war.

Nein, ich musste aufhören, so darüber nachzudenken. Ich wusste, dass Lucas sich an unsere Abmachung halten würde, solange ich es auch tat. Ich fühlte es instinktiv, und mein Instinkt trog mich nie. Selbst wenn mein Bauchgefühl mir auch sagte, dass er der gefährlichste Mann war, den ich je kennengelernt hatte.

Ich lehnte mich zurück und ließ meine Hände über den glatten, weichen Bettbezug und die Decken gleiten. Dieses Gästezimmer war riesig und luxuriös, aber es war auch spärlich möbliert, und ich hatte das Gefühl, dass es nicht sehr oft benutzt wurde. Ich überlegte, ob ich den Zimmerservice bestellen sollte, aber mein Magen war zu verkrampft, um etwas zu essen. Trotzdem, wenn ich irgendwo sieben Nächte lang bleiben müsste, dann hätte ich Mühe gehabt, ein schöneres Hotelzimmer als dieses zu finden.

Verdammt noch mal. Sieben Nächte weg von zu Hause und von meinem Laden. Ich hoffte inständig, dass Maggie das

Geschäft so lange im Auge behalten konnte. Sie war Ende sechzig, und ich machte mir Sorgen, dass die ganze Sache für sie zu anstrengend sein könnte. Ich hatte ihr zugestehen müssen, dass sie nur Bargeld oder Schecks akzeptieren musste, was ziemlich nervig war. Die meisten Kunden bevorzugten es mit Kreditkarten zu zahlen, aber Maggie konnte nicht mit dem Kartenleser umgehen. Ich verzog das Gesicht bei dem Gedanken, zu einem Betrieb zurückzukehren, der aufgrund altmodischer Methoden gescheitert war. Der Laden war schon vorher nicht besonders gut gelaufen, doch ich war es meinen Eltern schuldig, ihn am Leben zu erhalten.

Ich nahm mein Handy heraus und rief sie an. Sie ging nicht ran. Es war fast fünf, und sie machte wahrscheinlich gerade den Laden zu. Ich schickte stattdessen eine SMS. Wenigstens war sie im Simsen ziemlich gut.

Ich muss länger in Vegas bleiben. Bitte tu dein Bestes im Laden. Ich bleibe noch 7 Tage.

Ich würde mich um eventuelle Probleme kümmern, wenn sie antwortete. Während ich wartete, überlegte ich, ob ich meiner Schwester auch eine SMS schicken sollte, aber Jo war ein absoluter Angsthase. Ihr Pessimismus war oft erdrückend und das brauchte ich nicht noch zusätzlich zu meiner schwierigen Lage. Wenn es nach Jo gegangen wäre, hätte ich mein Städtchen Vista nie verlassen. Wenn ich ihr jetzt von meiner Abmachung erzählen würde, würde sie völlig ausflippen.

Maggies Antwort beruhigte mich. *Alles in Ordnung hier. Lass dir Zeit. Gewinn den Jackpot.*

Ans Ende ihrer SMS setzte Maggie einen Haufen von Geldsack-Emojis. Ich schüttelte den Kopf und fragte mich, ob ihr überhaupt klar war, warum ich hier war, oder ob sie einfach nur eine hoffnungslose Optimistin war. Ich nahm mir ein paar Minuten Zeit, um Donna anzurufen, aber auch sie ging nicht ran. Wahrscheinlich machte sie Jack etwas zu essen. Ich seufzte und hinterließ ihr eine Nachricht, in der ich ihr mitteilte, dass ich alles in meiner Macht Stehende tun würde, um Brandy zu finden, aber dass ich noch eine Woche hier bleiben müsste. Ich entschuldigte mich inständig dafür, dass ich so lange weg sein würde, und meine Kehle war wie zugeschnürt, als ich auflegte.

Jetzt, wo ich alles geregelt hatte, blieb mir nichts anderes übrig, als zu warten, und darin war ich nicht sehr gut. Wenigstens konnte ich meine neue Umgebung erkunden. Das war doch sicher erlaubt.

Ich stand auf und öffnete alle Schubladen im Zimmer. Sie waren leer. Ich trat in den riesigen begehbaren Kleiderschrank und drehte mich einmal im Kreis, aber auch er war leer bis auf ein paar Kleiderbügel. Als Nächstes betrat ich das riesige Badezimmer. Beim Anblick des vielen Marmors, der riesigen Dusche und der noch größeren Badewanne gingen mir die Augen über. Ich war noch nie in einem so edlen Bad gewesen. Oder in einem so großen. Ich war versucht, mir ein Bad einzulassen und so meine Sorgen wegzuspülen, aber ich war neugierig auf den Rest dieses Hauses. Wenn dies in der nächsten Woche mein Zuhause sein sollte, sollte ich mich doch damit vertraut machen, oder?

Ich öffnete die Schlafzimmertür weit genug, um in den Flur zu spähen. Alles war ruhig. Lucas war weg, unterwegs, um Brandys Verschwinden zu untersuchen. Das hoffte ich jedenfalls. Ich ging zurück über den Marmorboden ins Wohnzimmer und ließ meinen Blick über den Raum in Schwarz und Silber schweifen. Er strahlte Macht, Gefahr und Luxus aus. Ein paar Blumen oder Farne könnten dem Ambiente wirklich ein wenig Leben einhauchen und Farbe verleihen. Vielleicht sogar ein paar Sukkulenten. Etwas, damit sich die Atmosphäre nicht ganz so kalt und tot anfühlte.

Plötzlich bemerkte ich, dass ich doch nicht allein war.

Eine hinreißend schöne, schwarze Frau stand vor dem Eingang zum Penthouse. Leder umspannte ihren Körper wie eine Art Rüstung, und ihr dunkles Haar war so streng zurückgekämmt, dass es ihre Haut straff nach hinten zog. Wangenknochen, die so markant hervor standen, hatte ich noch nie gesehen. Der Griff einer Klinge ragte über ihre linke Schulter. Irgendetwas an der Frau weckte meine Instinkte, aber es fühlte sich nicht nach Vertrautheit an, wie ich sie bei Lucas spürte.

„Ich bin Zel", sagte sie, als sei es ihr egal, ob ich mich jemals daran erinnern würde oder nicht.

„Ist das eine Kurzform für etwas?" fragte ich.

„Azazel."

Ich verstand, warum sie Zel vorzog. „Ich bin Hannah."

„Ich weiß. Lucas hat angeordnet, dass ich dich beschützen soll."

„Mich beschützen oder verhindern, dass ich gehe?" fragte ich und hob eine Augenbraue. Ich hatte keinen Zweifel daran, dass sie mich mit einer lässigen Bewegung ihres kleinen Fingers in zwei Hälften zerlegen konnte. Sie klang nicht sonderlich erfreut über ihren neuen Job als meine Leibwächterin.

Ihre dunklen Augen musterten mich vielmehr mit so etwas wie Geringschätzung. „Wenn du das Penthouse verlässt, musst du immer in Begleitung sein."

„Warum?" Stirnrunzelnd neigte ich den Kopf. „Hat Lucas Angst, dass ich abhaue?"

„Lucas schützt, was ihm gehört."

Und das schloss mich mit ein, wie ich mit einem Frösteln feststellte. „Was, wenn ich die Stadt verlasse?"

Sie warf mir einen drohenden Blick zu. „Das wirst du nicht."

Ich war wirklich eine Gefangene. Ich genoss eine trügerische Freiheit, aber Lucas hatte dafür gesorgt, dass seine Leibwächterin-Schrägstrich-Spionin mich immer im Auge behielt und dafür sorgte, dass ich nicht das Weite suchte, falls ich irgendwo hinging.

Zel schien nicht zum Plaudern aufgelegt zu sein, also ging ich weiter durch den Wohnbereich. Ich entdeckte eine kleine, gut ausgestattete Küche auf der anderen Seite der Bar, sowie einen dunklen Esstisch, an dem sechs Personen Platz fanden. Ich konnte mir nicht vorstellen, dass Lucas viel hinterm Herd stand, obwohl diese Küche für jeden Koch ein wahrer Traum war. Ich erkannte die Markennamen der Geräte nicht, weshalb ich vermutete, dass sie unglaublich teuer waren. Aus reiner Neugier öffnete ich den Edelstahl-Kühlschrank und stellte überrascht fest, dass sich einige Lebensmittel darin befanden, darunter eine beeindruckende Auswahl an edlem Käse. Ich entdeckte Lebensmittel mit Etiketten in ausländischen Sprachen, und ich begutachtete Dosen und Gläser mit Produkten, von denen ich noch nie gehört hatte. Zu meiner Erleichterung entdeckte ich eine Flasche mit Heinz-Ketchup in der Kühlschranktür. Endlich etwas, das ich wiedererkannte. Etwas, das bewies, dass es bei Lucas nicht nur um Luxus ging.

Ich schloss den Kühlschrank und machte mich zu einem anderen Korridor auf. Dabei hatte ich das deutliche Gefühl wie Alice im Wunderland zu wandeln, durch den Kaninchenbau und Spiegel zu gehen. Nichts in diesem Penthouse fühlte sich real an. Alles war makellos, als ob Staub in diesen Wänden gar nicht wagte zu existieren. So viel Luxus und Reichtum so unverhohlen und schamlos zur Schau gestellt hatte ich noch nie gesehen. Aus Angst, etwas kaputt zu machen, traute ich mich gar nicht, etwas anzufassen. Schließlich wollte ich meiner Rechnung mit Lucas nicht noch mehr hinzufügen.

Am Ende des Korridors stieß ich auf eine große Doppeltür, ähnlich der, die aus dem Penthouse zum Aufzug führte. Ich drückte auf die Klinken, aber beide waren verschlossen. Bestimmt führten diese Türen zu Lucas' Privatgemächern. Ich legte eine Hand auf das glatte Holz und verspürte ein intensives Verlangen danach, zu erfahren, was sich auf der anderen Seite befand. Dazu mischte sich ein Gefühl der Lust. Ich schüttelte das Gefühl ab und drehte mich um.

Ich fragte mich, was Lucas davon halten würde, dass ich mich in seinen Räumen so unverfroren umsah. Dann wurde mir auf einmal bewusst, dass er mit ziemlicher Sicherheit überall Kameras hatte. Wahrscheinlich wusste er bereits, dass ich wie eine Maus herumgestöbert hatte, während die Katze aus dem Haus war. Nun, was erwartete er? Ich konnte nicht den ganzen Tag im Gästezimmer sitzen und Löcher in die Wand starren, während ich auf seine Rückkehr wartete. Ich schnaubte bei dem Gedanken.

Ich ging hinaus auf den riesigen Balkon, der sich um das gesamte Penthouse zog, und bewunderte den Pool, der direkt über dessen Rand in den Horizont überzugehen schien. Die Sonne ging langsam unter, und Las Vegas erwachte allmählich mit all seinem Lärm und seinen Lichtern. Bald würde meine erste sündige Nacht mit Lucas beginnen. Ein Schauer der Angst lief mir über den Rücken und ich fragte mich – gepaart mit einer großen Portion Neugier – was er wohl mit mir vorhatte.

Wieder im Inneren des Apartments fand ich eine weitere Doppeltür und nahm an, dass auch diese verschlossen sein würde. Zu meiner Überraschung ließ sie sich allerdings mit einem leisen Geräusch öffnen – und ich betrat das persönliche Paradies eines jeden Bibliothekars. Vor mir erstreckte sich ein riesiger Raum, gefüllt mit Hunderten von Büchern, wie etwas aus einem Film. Die Bücherregale um mich herum schienen enorm hoch zu sein. Hier hätte sich die schöne Belle sicherlich gerne in eine Ecke verkrochen und auf ihr Biest gewartet. Alte Lederausgaben standen neben modernen Hochglanzbänden, und ich sehnte mich danach, die Seiten durchzublättern, um all die Gerüche einzuatmen, die das Papier freigab. Brandy hätte sich selbst an die Leiter mit Zugriff auf die oberen Regale gekettet.

In einer Ecke des Raumes befand sich eine Sitzecke mit gepolsterten, dunklen Stühlen, an der Wand dahinter hingen große Gemälde. In der anderen Ecke stand ein massiver Schreibtisch, der leer war, und an der Wand dahinter hing ein silbernes Schwert, das durch ein Licht im Inneren zu glühen schien. Die Beine des Schreibtisches waren aus exquisitem Holz geschnitzt und rundum geziert von winzigen, geisterhaften Figuren, die sich bei näherem Hinsehen als gehörnte Dämonen und gotische Engel entpuppten. Immer wenn ich blinzelte, schienen sich die Schnitzereien zu bewegen, und ich trat einen Schritt zurück und schüttelte den Kopf. Ich war noch nie ein guter Schläfer gewesen, und seit meiner Ankunft in Las Vegas war das Problem nur noch schlimmer geworden. Die langen Nächte holten mich offenbar jetzt wieder ein.

Ich drehte mich im Kreis und nahm die Bibliothek voller Ehrfurcht in Augenschein. Ich war mir nicht sicher, was die nächsten sieben Tage und Nächte bringen würden, aber diese Bibliothek war es vielleicht wert. Wie Brandy war ich ein totaler Bücherfreak, so hatten wir uns schließlich kennengelernt. Auf der Suche nach etwas Lesestoff für die langweiligen Arbeitsschichten hatte ich die Bibliothek von Vista aufgesucht. Seitdem waren wir beste Freundinnen gewesen.

Dunkle Holzsockel standen im Raum verteilt herum. Wie in einem Museum standen darauf antik aussehende Vasen und andere Kunstwerke, die unter Scheinwerfern ausgestellt waren. Ich hatte keinen Zweifel daran, dass jedes einzelne Stück unbezahlbar war. Eine alte griechische Vase stach mir ins Auge, und ich ging näher heran, um sie zu betrachten. Verschlungene schwarze Figuren auf orangefarbenen Hintergrund stellten eine Szene dar, in der ein großer Mann mit einer Krone auf einem Thron saß. Vor ihm stand eine Frau und bot ihm auf einem Teller Beeren oder Samen an. Auf einem kleinen Schild auf dem Sockel stand: „Hades führt Persephone in Versuchung, ca. 350 v. Chr." Mein Mund hing offen, während ich es mit Ehrfurcht studierte. Ich war auch ein großer Geschichts- und Mythologie-Fan, und diese Vase sprach beide Leidenschaften an.

Ich hatte zwar viel von Lucas Ifer erwartet, aber als Kenner von antiker Kunst und alten Büchern hatte ich ihn mir irgendwie nicht vorgestellt. Lange starrte ich die Vase an, dann wandte ich mich den Bücherregalen zu, um mich in ihnen zu verlieren. Da standen Reihe um Reihe sowohl Romane als auch Sachbücher, die so viele Genres und Themen abdeckten, dass es einem das Herz aufgehen ließ. Schon bald war ich völlig überwältigt und schnappte mir einen Notizblock und einen Stift, um mir zu notieren, welche Bücher ich während meiner Zeit hier lesen musste. Es war unmöglich, dass Lucas rund um die Uhr da sein würde, nicht einmal im Rahmen unserer Abmachung, und nicht, wenn er eine Stadt zu regieren hatte. Das hier war die perfekte Ablenkung, damit ich mich nicht den ganzen Tag um Brandy sorgte. „Wie ich sehe, haben Sie meine Bibliothek gefunden." Lucas' sanfte Stimme unterbrach meine Gedanken, und ich drehte mich zu ihm um. Er stand in seinem tadellosen Anzug in der Tür, nachdenklich, dunkel und mit verführerischen Schatten.

„Sie ist unglaublich. Ich könnte für immer hier bleiben und mich in diesen Regalen verlieren." Ich war erst auf halbem Weg durch die Bücherregale und meine Liste war schon länger geworden, als ich sie bewältigen konnte.

Ein schelmisches Lächeln tanzte über seine Lippen. „Das lässt sich leicht einrichten, wissen Sie?"

Ich erstarrte und erinnerte mich daran, warum ich hier war und wie er in den nächsten Tagen alles in meinem Leben bestimmen würde. „Wenn ich so drüber nachdenke, sind sieben Nächte mehr als genug." Er stieß ein tiefes, dunkles Lachen aus, das so sexy klang, dass es mir den Atem raubte. „Was lesen Sie gerne?"

„Hauptsächlich Geschichte und Mythologie, aber ich mag auch Liebesromane. Historische und paranormale Fantasy-

Romane ... Die sind mein heimliches Laster, könnte man wohl sagen." Ich kniff den Mund zu, als ich die Worte ausgesprochen hatte. Ich war mir nicht sicher, warum ich ihm das gestanden hatte, zumal Männer oft so hämisch auf Liebesromane reagierten.

„Es gibt keinen Grund für Schuldgefühle, wenn es um Vergnügen ... oder Romantik geht." Er klang amüsiert, aber wenigstens machte er sich weder über mich lustig noch machte er das Genre schlecht. „Das sind auch meine Lieblingsgenres."

Ich deutete auf die griechische Vase. „Das habe ich anhand der Kunstexponate vermutet. Sehr beeindruckend."

Er folgte meinem Blick mit einem geheimnisvollen Lächeln. „Ich finde Geschichte so ... faszinierend, Sie nicht auch? Vor allem, wie sie so anders dargestellt werden kann als das, was wirklich passiert ist."

„Aber woher wollen Sie wissen, was wirklich passiert ist?"

Sein Lächeln wurde breiter, ja geradezu teuflisch. „Das ist die Frage, nicht wahr?"

„Entschuldigung, dass ich störe." Eine Stimme unterbrach uns genau in dem Moment, in dem ich mich in Lucas' tief-dunklem Blick verlieren wollte. Ich riss mich los und drehte mich zur Tür, wo ein anderer, ebenfalls viel zu attraktiver Mann stand. Er trug einen Anzug wie Lucas, wirkte aber trotz seiner breiten Schultern nicht ganz so imposant. Die Spitzen seiner sand-blonden Haare berührten Wimpern derselben Farbe, und große blaue Augen sahen mich aus einem Gesicht an, das zu irgend-einem beliebigen Nachbarjungen hätte gehören können. Nur dass es hier keine Nachbarn gab. Woher also kam dieser Typ? Woher kamen all diese Leute?

„Ja, Gadreel?" fragte Lucas.

„Ich habe ihre Sachen aus dem Motel hergebracht, wie Sie gewünscht haben." Gadreels Augen wanderten zu mir und verweilten, als sei er von meiner Anwesenheit fasziniert. Ich fragte mich, ob Lucas regelmäßig solche Deals mit Frauen abschloss, oder ob ich die Erste war, die für sieben Nächte zur Gespielin des Teufels wurde.

Lucas winkte lässig mit einer Hand. „Bring alles ins Gästezimmer."

„Selbstverständlich, mein Gebieter." Gadreel verbeugte sich kurz, ehe er den Raum verließ. Verlangte Lucas wirklich so altmodische Gehorsambezeugungen von seinen Leuten?

Lucas' intensiver Blick wandte sich wieder mir zu. „Falls Sie sich Gedanken über unsere Übereinkunft machen, versichere ich Ihnen, dass meine besten Leute das Verschwinden Ihrer Freundin untersuchen und bald mit einigen Hinweise aufwarten können sollten. Ich erwarte, dass wir schon morgen eine Menge mehr wissen."

Ich schluckte und fühlte ein klitzekleines Fünkchen Hoffnung sowie Erleichterung. „Ich danke Ihnen."

„Ich erfülle immer meinen Teil einer Abmachung." Seine smaragdgrünen Augen zogen mich an, und ich konnte nicht wegsehen. „Jetzt ist es an der Zeit, dass Sie Ihren Teil erfüllen."

4

———

HANNAH

Eine lange, schwarze Limousine hielt am Straßenrand vor dem Celestial an. Ich war mir ziemlich sicher, dass — während wir hinten einstiegen — der vordere Teil des Gefährts bereits am Ziel ankam. Der Anblick war sogar noch aufsehenerregender als mein tief ausgeschnittenes, schwarzes Seidenkleid, das Lucas hatte liefern lassen, nachdem er herausgefunden hatte, dass ich nichts Schickes zum Anziehen nach Las Vegas mitgebracht hatte. Oder genauer gesagt, dass ich nichts Schickes besaß. Jedenfalls nichts, das seinen Ansprüchen gerecht wurde.

Soweit ich mich erinnern konnte, war ich noch nie in einer Limousine gefahren. Alles bestand aus Leder, und die Scheiben waren so dunkel getönt, dass sie eher Teil der Innenwände zu sein schienen als echte Fenster. Mein Blick schweifte immer wieder zum Schiebedach und den Lichtern von Las Vegas, die wie eine Art Neon-Kaleidoskop durch das Glas schimmerten. Ich stellte mir vor, wie ich mich wie im Film hinaushängen und den vorbeifahrenden Autos zuwinken würde, doch ich unterließ es. Das war keine Spritztour, nicht einmal ein Date — das war Teil einer Abmachung mit einem gefährlichen Mann, um eine verschwundene Freundin zu finden. Das durfte ich nicht vergessen, ganz gleich, wie glamourös alles war.

Oder wie umwerfend mein Begleiter war.

Lucas war der Inbegriff von Coolness, Ruhe und Gelassenheit, während er sich in seinem Sitz zurücklehnte und die Manschetten seines Smokings zurechtrückte. Ja, er trug tatsächlich einen Smoking. Selbst in meinem neuen Kleid, das wahrscheinlich mehr kostete als ich im Monat verdiente, fühlte ich mich an seiner Seite völlig deplatziert.

„Ich habe beschlossen, dass jede unserer sieben Nächte unter dem Motto einer der Todsünden stehen wird", sagte er mit einem schelmischen Lächeln, das mir weiche Knie bereitete.

Mir stockte der Atem, als ich mir vorstellte, was das für Sünden waren. Zorn, Neid, Wollust. „Und heute Abend ist das …?"

Seine schalkhaft grünen Augen tanzten vor Belustigung, als wüsste er genau, an welche Sünde ich dachte. „Heute Abend ist die Völlerei dran. Ich hoffe, Sie haben Hunger."

Ein leiser Seufzer der Erleichterung entwich mir. Mit Völlerei kam ich klar. „Um ehrlich zu sein, bin ich am Verhungern. Ich habe seit heute Morgen nichts mehr gegessen."

Lucas tadelte mich. „Ich habe Ihnen doch gesagt, Sie sollen den Zimmerservice rufen."

Meine Hände verkrampften sich in meinem Schoß. „Ich habe mir zu viele Sorgen um meine Freundin gemacht, um groß etwas zu essen. Haben Sie irgendwelche Hinweise darauf, was mit ihr passiert sein könnte?"

„Noch nicht, aber meine Leute durchforsten gerade die Sicherheitsvideos des Hotels." Er sah mir direkt in die Augen, voller Zuversicht und Ernst. „Ich habe Ihnen versprochen, dass ich sie finden werde, und das werde ich auch. Daran sollten Sie nicht zweifeln."

Ich nickte langsam und sah weg, bevor ich mich in seinem

dunklen, brennenden Blick verlor. Die Sorge um Brandy quälte mich immer noch, aber ich versuchte, sie beiseitezuschieben. Es gab nichts mehr, was ich an diesem Punkt tun konnte, außer darauf zu vertrauen, dass Lucas sie finden würde.

Die Limousine hielt vor dem Bellagio, einem riesigen Hotel, das aussah wie eine Art Märchenschloss und in dessen Mitte ein riesiger See mit Wasserspielen und prächtigen Springbrunnen lag. Das Fenster glitt sanft vor mir herunter und Musik schwebte in der Abendluft, während sich die Springbrunnen im Takt dazu bewegten und Lichter über das Wasser tanzten.

„Sehen Sie sich die Springbrunnen an", sagte ich atemlos. Als ich mich zu Lucas umdrehte, sah er mich mit einem unergründlichen Ausdruck auf seinem viel zu gut aussehenden Gesicht an, und ich drehte mich schnell wieder zu den Fontänen um.

Das Auto kam direkt vor dem Hotel zum Stehen. Andere Autos fuhren vorbei, aber ich verlor mich für ein paar Augenblicke in dem Schauspiel und der Musik. Ich hatte Wasser nie zuvor so in Bewegung gesehen. Als ob es lebendig wäre.

Lucas stieg aus der Limousine, als der Fahrer die Tür öffnete, dann drehte er sich um und hielt mir die Hand hin. Ich bückte mich so gut es ging in dem engen Kleid und versuchte, es nicht an meinen schicken Absätzen zu verheddern. Sie waren zusammen mit meinem Kleid geliefert worden, und ich war fast umgefallen, als ich die rote Sohle der Absätze gesehen hatte – der typische Stil von Christian Louboutin. Ich verstand nicht viel von Mode, aber Brandy schon, und sie hatte seine Schuhe immer geliebt. Vielleicht würde ich sie zurück nach Vista schmuggeln können, wenn alles vorbei war, und sie ihr geben. Ich nahm Lucas' Hand, als ich aus der Limousine stieg, und seine Augen musterten mich mit so etwas wie Hunger. Dann hob er langsam meine Hand an seine Lippen und drückte einen lang anhaltenden Kuss auf mein Handgelenk. Ich stieß einen Atemzug aus und erwiderte überrascht seinen Blick. Die Hitze seiner Lippen durchfuhr mich, wanderte direkt in mein Innerstes und versengte mir wahrscheinlich den Slip. Woher wusste er, dass das genau die Stelle war, die mich erregte und mein Verlangen schürte wie nirgends sonst?

„Sie sehen exquisit aus", sagte er mit tiefer Stimme.

„Danke." Ich strich das Kleid glatt, meine Wangen erröteten. „Jeder würde in so einem tollen Kleid gut aussehen."

„Ich habe nicht von dem Kleid gesprochen."

Er nahm meinen Arm wie ein echter Gentleman, auch wenn der Blick, den er mir zuwarf, alles andere als der eines Gentleman war. Ihm so nahe zu sein, ließ mein Herz höher schlagen, und das nicht nur vor Angst. Er sah einfach viel zu gut aus, und die Macht und Gefahr, die er ausstrahlte, faszinierten mich und brachten mich gleichzeitig dazu, weglaufen zu wollen.

Wir betraten das Hotel, und ich versuchte, keine großen Augen zu machen, als wir den prächtigen Eingangsbereich betraten. Alle machten uns den Weg frei und wichen wie Wellen auseinander. Einige nickten Lucas ehrerbietig zu. Er schlenderte dahin, als gehöre ihm der Ort, auch wenn es nicht sein Hotel war. Diese Überheblichkeit war etwas, das Milliardäre immer besaßen, vermutete ich. Die Leute tuschelten, als wir an ihnen vorübergingen, meine Ohren nahmen das Summen der Stimmen auf, aber keines der Worte. Ihre Augen folgten uns, und mehrere Frauen verloren das Interesse an ihrem Begleiter, als Lucas vor ihnen vorbeiging. Andere warfen mir neugierige oder sogar böse Blicke zu. Ich war am Arm von Vegas' attraktivstem und reichstem Junggesellen, und das fiel den Leuten definitiv auf.

An Lucas' Seite fühlte ich mich wie die Königin eines dunklen Königreichs. Am überraschendsten von allem war, dass ich das Ganze insgeheim genoss.

Wir kamen vor einem Restaurant namens Picasso zum Stehen. Ich wusste nichts über das Lokal, außer dass es eines dieser Restaurants war, bei denen der Name des Küchenchefs unter dem Schild stand, so dass man wusste, dass es teuer sein würde und Gerichte serviert würden, deren Namen man nicht aussprechen konnte. Lucas führte mich über den glänzenden Boden zur Empfangsdame, die am Eingang auf uns zu warten schien.

„Mr. Ifer?" Sie war höflich, aber ihre ehrfürchtige Körpersprache verriet, dass sie genau wusste, mit wem sie es zu tun hatte. „Es ist mir ein Vergnügen, Sie im Picasso willkommen zu heißen. Wir haben die Terrasse für Sie vorbereitet. Bitte folgen Sie mir."

Wir gingen hinter ihr in das Innere des Restaurants, das bis auf uns drei völlig leer war. Das war ein bisschen unheimlich, aber es ermöglichte es die Schönheit der Einrichtung zu bewundern. Wir gingen über farbenfrohe Teppiche unter mosaikbesetzten Decken und mit weißen Tüchern bedeckten Tischen hindurch sowie an Wänden mit ungewöhnlicher, geometrischer Kunst vorüber.

Als es in meinem Kopf klick machte und mir der Name des Restaurants einfiel, klappte mir die Kinnlade herunter. „Diese Gemälde. Sind das echte Picassos?"

„Das sind sie", sagte Lucas lässig, als würden wir nicht gerade durch ein Kunstmuseum gehen. Ich dachte, nichts könnte den Anblick echter Picasso-Gemälde aus der Nähe toppen, aber dann traten wir nach draußen und mir stockte der Atem bei dem Anblick. Wir befanden uns direkt hinter den prächtigen Fontänen, die sich vor dem Hintergrund der Lichter von Vegas über uns erhoben, und nahe genug, dass ich die Gischt des Wassers in der Luft spüren konnte.

Er legte seinen Arm um mich, während ich die Fontänen beobachtete, fasziniert davon, wie sie zur Musik tanzten und sich mit einer Anmut bewegten, die ich niemals meistern würde. Die Tröpfchen waren wie Kobolde oder Feen, und ein Knoten bildete sich in meiner Kehle, als ich mir vorstellte, wie Brandy auf diesen magischen Anblick wohl reagiert haben würde.

„Ihre Box für die Fontänen steht auf Ihrem Tisch." Die Empfangsdame deutete auf den weiß gedeckten Tisch mit roten Stühlen zu beiden Seiten. Der Rest der großen Terrasse, auf der an einem normalen Abend wahrscheinlich viele Gäste saßen, war komplett ausgeräumt worden, so dass wir viel Platz und Privatsphäre hatten — und diesen fantastischen Ausblick.

Lucas hielt mir meinen Stuhl hin, und ich setzte mich so anmutig, wie ich konnte, wobei ich betete, dass ich mich an einem so exquisiten Ort benehmen konnte. Es wäre einfach nur peinlich, wenn ich mein Essen fallen lassen oder meinen Drink über das ganze Kleid verschütten würde. Das Ganze war absolut überwältigend, und es fiel mir schwer, nicht zu starren, als der Kellner herüberkam und davon sprach, dass in diesem Restaurant sowohl authentische Picasso-Meisterwerke als auch köstliche Speisen präsentiert würden, die von den regionalen Küchen Spaniens und Frankreichs inspiriert seien. Oh, und über 1.500 verschiedene Weine der besten europäischen Anbaugebiete gab es — nicht, dass ich Wein trank, aber es hörte sich trotzdem beeindruckend an.

Der Kellner reichte mir dann eine ganz kurze Speisekarte. Sie bestand nur aus einem Blatt geprägten Papiers mit sechs verschiedenen Gerichten darauf. Ich überflog es und wählte das Gericht aus, das am wenigsten seltsam schien, denn das meiste davon war für mich unverständlich. „Ich nehme den Hummersalat, bitte." Der Kellner schenkte mir ein mitleidiges Lächeln und sagte mit einem französischen Akzent. „Oh nein, Sie brauchen nichts zu wählen. Das sind die sechs Gänge, die Ihnen im Verlauf des Abends serviert werden, persönlich ausgewählt von unserem Küchenchef. Ich versichere Ihnen, es handelt sich um das feinste Essen, das Sie in Las Vegas finden werden."

Mein Blick fiel wieder auf die Speisekarte. Sechs Gänge? Sicher, ich hatte Hunger, aber konnte man so viel essen? Und was waren überhaupt die Gerichte auf dieser Speisekarte? Auf einmal wünschte ich mir nur noch einen Hamburger und Pommes. Und wieder in meiner Yogahose neben Brandy in ihrem Haus auf der Couch zu sitzen, während wir Netflix schauten.

Der Kellner reichte Lucas die Weinkarte, und er blätterte darin, während ich auf den Tisch starrte und mich völlig fehl am Platz und überfordert fühlte. Als ich dem Kellner sagte, dass ich nur Wasser trinken wollte, warf er mir einen Blick zu, der mich in meinem Stuhl zusammensinken ließ. Zum Glück bestellte Lucas eine Flasche Wein für sich, und der Kellner wirkte erfreut über seine Auswahl und verschwand.

Eine Sekunde später brachte ein anderer Mann in Uniform geröstetes Weißbrot mit kleinen Tomaten, die mit Soße beträufelt waren – unser erster Gang. Ich schnappte mir ein Stück Brot und knabberte es an, wobei ich genau darauf achtete, wohin ich meine Hände legte. Irgendwohin, nur nicht auf das Kleid. Ich wollte das Ding nicht ruinieren, bevor ich es Lucas zurückgeben würde.

Ich blickte auf und bemerkte, dass er mich wieder mit diesen unergründlichen Augen musterte und in seinem Smoking vor der Kulisse der Springbrunnen unverschämt gut aussah. Wie etwas aus einem Traum oder einem Märchen.

„Sie scheinen nervös zu sein", sagte er mit seiner sexy, schmeichelnden Stimme.

Ich musste laut auflachen. „Ist das so offensichtlich? Teure Kleider, Picasso-Gemälde und extravagante Mahlzeiten sind für mich wirklich nicht die Norm. Ganz zu schweigen von ..." „Ganz zu schweigen wovon?", fragte er.

Ich schluckte schwer. Ich war kurz davor zu sagen, dass ich noch nie zuvor die Frau am Arm eines Milliardärs gewesen war, aber das schien nicht gerade höflich. „Ich verstehe es einfach nicht. Warum? Warum tun wir das?"

„Mit der Zeit wird das alles einen Sinn ergeben, das verspreche ich." Er betrachtete mich noch einen Moment lang prüfend und hob dann die kleine Schachtel in der Mitte des Tisches auf. „Ich liebe dieses Restaurant, und zwar nicht nur wegen des Essens und der Kunst, sondern auch wegen dieser Besonderheit, die den ... exklusivsten Gästen vorbehalten ist."

„Was ist es?"

Er öffnete die Schachtel und zeigte mir die Liste der Lieder darin, neben denen Knöpfe angebracht waren. „Sie wählen einen Song aus, dann drücken Sie den Knopf daneben, und die Wasserspiele zu diesem Song werden gestartet. Es ist sensationell."

Sofort fiel mein Blick auf „Con Te Partiro". Es brachte mich jedes Mal zum Weinen, wenn ich es hörte. Trotzdem zeigte ich darauf. „Das hier", flüsterte ich.

Lucas' Blick fiel auf meinen Finger, und sein Kiefer spannte sich an, nur die kleinste Verschiebung in seinen Muskeln. „Zeit für den Abschied", sagte er, mit einer Emotionalität in der Stimme, die ich nicht von ihm erwartet hatte. „Eine passende Wahl."

Ich drückte den Knopf neben dem Songtitel, und die Musik setzte langsam ein, die beleuchteten Fontänen wölbten und schlängelten sich ineinander, wie Liebende, die kurz davor waren, sich zu trennen. Ein Gefühlsausbruch durchflutete mich sofort, wie ich es erwartet hatte, und ich hob meine Serviette so unauffällig wie möglich, um mir den Augenwinkel zu betupfen, wobei ich darauf achtete, meine Wimperntusche nicht zu verschmieren. Ich hätte ein anderes Lied wählen sollen, aber dieses hatte zu mir gesprochen.

Wir saßen schweigend da, während die Springbrunnen im Takt der Musik tanzten und uns die Stimmen der Opernsänger umgaben. Wir waren so nah an den Fontänen, dass es sich anfühlte, als wären wir in ihnen, und der Wasserschleier verursachte eine Gänsehaut auf meiner Haut in der kühlen Nachtluft. Lucas beobachtete mich mit versteinerter Miene, aber sein Kiefer verkrampfte sich, als das Lied seinen Höhepunkt erreichte und die Fontänen in die Luft schossen.

Als der Tanz der Fontänen endete und das Wasser zum Stillstand kam, wandte Lucas seine Aufmerksamkeit wieder mir zu. In diesem Moment wurde unser zweiter Gang, der Hummersalat, serviert. Ich hatte bereits den größten Teil des Brotes mit Tomaten gegessen — es war köstlich gewesen — und ich war bereit, auch diesen Salat zu probieren. Ich war mir nur nicht sicher, wie ich danach weitere vier Gänge bewältigen sollte.

„Erzählen Sie mir von Ihrem Leben", sagte Lucas, als er seine Gabel in die Hand nahm.

Ich rutschte in meinem Sitz hin und her, weil mir dieses Gesprächsthema unangenehm war. „Da gibt es nicht viel zu erzählen. Ich lebe in Vista, einer kleinen Stadt in der Nähe von San Diego. Ich führe dort einen Blumenladen."

„Einen Blumenladen?" Er stieß ein amüsiertes Schmunzeln aus. „Wie passend."

Ich war mir nicht sicher, was er damit meinte. War es eine Beleidigung oder ein Kompliment? Ich beschloss, die Bemerkung zu ignorieren und nahm stattdessen einen Happen vom Salat. Der Geschmack entfaltete sich auf meiner Zunge. Wow!

Er rührte sein Essen kaum an, sondern fuhr stattdessen mit seinem Fragespiel über mich fort. „Und Sie sagten, Sie leben mit dieser Freundin, dieser Brandy, zusammen?"

„Ja, nach ihrer Scheidung brauchte sie Hilfe mit ihrem Sohn, und ich konnte die Miete für meine Wohnung kaum noch aufbringen. Es hat sich für uns beide gelohnt. Aber jetzt ist ihre Mutter auch krank ..." Meine Brust schmerzte, als ich an meine zweite Familie dachte und daran, wie sie alle auf mich zählten, Brandy zu finden — bevor es zu spät war. „Ich mache mir wirklich große Sorgen um sie."

Er legte den Kopf in den Nacken, während er mich eingehend betrachtete. „Ich sehe, dass Ihnen diese Leute wirklich sehr am Herzen liegen." „Sie sind alles, was ich habe. Nun, sie und meine Schwester, aber die wohnt in San Francisco und ich sehe sie nicht sehr oft. Sie leitet eine Firma und ist damit ziemlich beschäftigt."

Unsere Teller wurden von flinken Kellnern abgeräumt, und ein weiterer Gang wurde vor uns aufgetragen. Diesmal war es ein raffiniertes Gericht mit Jakobsmuscheln und Kartoffeln, und auch dieses war köstlich.

„Sie sind also nicht in einer Beziehung?", fuhr Lucas fort.

Ich stieß ein nervöses Lachen aus. „Was sollen diese ganzen Fragen?"

Er fixierte mich mit einem intensiven Blick. „Antworten Sie mir."

Seine Direktheit und sein plötzlicher Fokus auf meinen Beziehungsstatus erschreckten mich, und ich überlegte kurz, ob ich lügen sollte, um mich zu schützen, aber ich konnte es nicht. Ehrlichkeit war mir stets wichtig, und ich war stolz darauf, dass ich nie log. Nicht einmal gegenüber jemandem, der wahrscheinlich selbst kein Problem damit hatte, die Wahrheit zu verbiegen ... oder Schlimmeres. „Nein, ich bin im Moment Single."

Er lehnte sich nach vorne. „Aber Sie hatten in der Vergangenheit schon Beziehungen. Wie viele? War irgendeine davon ernsthaft?"

Sein Ton klang so besitzergreifend, dass sich mein Rücken versteifte. Ich schüttelte den Kopf und legte meine Gabel ab. „Das geht Sie wirklich nichts an."

Er lehnte sich zurück, wieder entspannt und lässig. „Ich versuche nur, Sie zu verstehen. Sind Sie der Typ Frau, der langfristige Beziehungen eingeht, oder stehen Sie eher auf flüchtige Abenteuer?"

Ich schnaubte. „Eher der Typ, der zu Hause sitzt und Bücher liest, statt auf Dates zu gehen."

Das brachte ihn zum Lachen, dunkel und heiser und aufregend wie die Sünde. „Dann kann ich ja von Glück reden, dass ich eine so gut bestückte Bibliothek habe. Trotzdem finde ich es schwer zu glauben, dass Sie die ganze Zeit Single waren. Sie sind eine umwerfende Frau, Hannah. Sicherlich haben sich in der Vergangenheit einige Männer oder Frauen für Sie interessiert. Hat keiner von ihnen Ihr Interesse geweckt?"

„Es gab schon ein paar Beziehungen, aber es wurde nie etwas Ernstes daraus", gab ich zu und meine Wangen erröteten bei seinem Kompliment. „Es hat sich bei keinem von ihnen richtig angefühlt. Und außerdem verbringe ich meine ganze Zeit damit, den Laden zu führen."

Befriedigung funkelte in seinen Augen auf meine Antwort hin. Ich erwartete, dass er die Befragung fortsetzen würde, aber stattdessen nippte er an seinem Rotwein und fragte: „Sind Sie die Geschäftsführerin oder die Besitzerin?"

„Beides." Ich hielt inne und überlegte, wie viel ich preisgeben sollte. Was konnte es schon schaden? Es würde nur sieben Tage dauern, und dann würde ich ihn nie wieder sehen. „Es war der Laden meiner Eltern, aber sie starben vor fünf Jahren. Meine Schwester und ich haben ihn geerbt. Jo ist zu sehr mit ihrer eigenen Firma beschäftigt, also führe ich den Laden alleine."

„Es tut mir leid, das mit Ihren Eltern zu hören", sagte er.

Meine Kehle schnürte sich zusammen mit der vertrauten Trauer und dem Verlust, den ich jedes Mal empfand, wenn ich an den Unfall vor fünf Jahren dachte. Nicht so sehr, weil ich meine Eltern vermisste, sondern weil ich mich überhaupt nicht mehr an sie erinnern konnte. Sie waren mir nicht nur genommen worden, ich hatte auch sämtliche Erinnerungen an sie verloren, und das auf besonders grausame Art und Weise. War es da ein Wunder, dass ich jetzt mit aller Kraft darum kämpfte, meine Liebsten zu behalten?

Ehe er noch mehr Fragen über meine Eltern stellen konnte, fragte ich: „Und was ist mit Ihnen? Warum hat es der König von

Las Vegas nötig, eine Frau zu erpressen, damit sie eine Woche mit ihm verbringt? Ich dachte, Sie seien ein milliardenschwerer Playboy. Das sagt jedenfalls das Internet über Sie."

„Glauben Sie nicht alles, was Sie im Internet lesen." Sein Gesichtsausdruck wurde unnahbar, als er auf das Wasser hinaussah, während die Fontänen in spielerischem Rhythmus plätscherten. „Ich hatte einst eine große Liebe. Eine, über die man Bücher schreibt."

„Was ist passiert?" fragte ich mit gedämpfter Stimme. Er wandte seine hypnotischen Augen wieder mir zu. „Ich habe sie verloren."

„Das tut mir leid", ertappte ich mich dabei, wie ich seine Worte, die er vor einer Minute an mich gerichtet hatte, nun selbst wiederholte. Der Ton seiner Stimme ließ mich vermuten, dass seine große Liebe gestorben war, und mein Herz zog sich vor Mitleid zusammen. Ich konnte mir nicht vorstellen, so etwas zu haben und es dann zu verlieren.

Er starrte mich mit unverwandter Intensität an. „Vielleicht wird es diesmal anders sein."

Ich war mir nicht sicher, was er damit meinte, also nahm ich einen tiefen Schluck Wasser, gerade als unser nächster Gang gebracht wurde – ein paar winzige Stücke Steak mit Feigen und Honig. Ich hatte bereits vergessen, bei welchem Gang wir waren. Alles, was ich wusste, war, dass Essen immer weiter gebracht wurde. Alles war fantastisch.

Ich drückte einen weiteren Knopf in der kleinen Schachtel und die Wasserspiele begannen erneut mit ihrem Tanz, dieses Mal zu diesem Celine Dion-Song aus Titanic. Bald kam ein weiterer Gang, Lamm mit Grünkohl und Spargel, aber ich war schon so satt, dass ich nur ein paar Bissen zu mir nehmen konnte.

„Erzählen Sie mir von Ihrem Leben", sagte ich schließlich, nachdem ich es aufgab, noch weiter essen zu wollen. „Es ist wahrscheinlich viel interessanter als meins."

Eine seiner perfekten Augenbrauen hob sich. „Was möchten Sie wissen?"

„Wie haben Sie das alles angestellt?" fragte ich und deutete mit einer Geste auf das Ambiente um uns herum. „Dieses Restaurant ist offensichtlich sehr teuer, und wir haben den Ort ganz für uns allein und dazu noch die Kontrolle über die Springbrunnen im Bellagio. Wie kann das sein?"

„Ganz einfach – es gehört alles mir."

Ich runzelte die Stirn. „Ich dachte, Ihnen gehört das Celestial."

„Das ist es, was die meisten Leute glauben sollen, aber Ihnen sage ich die Wahrheit." Er wies in Richtung des Strip, wo ich durch die Gischt der Springbrunnen die leuchtenden Schilder der anderen Casinos sehen konnte. „Mir gehören fast alle Luxushotels und Casinos in Las Vegas. Einige über Scheinfirmen, damit nicht der Eindruck entsteht, dass ich den Strip vollständig beherrsche, aber im Grunde genommen ist Las Vegas meine Stadt." Ich lehnte mich sprachlos in meinem Stuhl zurück. Ich wusste, dass er ein mächtiger Milliardär war und dass er Las Vegas kontrollierte, aber dass er das alles besaß? Verdammt. „Nennt man Sie deshalb den König von Las Vegas?"

„Das ist einer der Gründe." Er hielt inne, ehe er an seinem Wein nippte. „Aber das ist es nicht, was Sie wirklich wissen wollen, oder? Sie wollen wissen, warum man mich den Teufel nennt."

Mein Gesicht wurde rot, ich schämte mich, dass meine Gedanken so offensichtlich waren, oder dass er mich so leicht lesen konnte. Natürlich war es das, was ich wissen wollte. Ich hatte diese Gerüchte gehört – diejenigen, die die Leute tuschelten, wenn sie dachten, ich hätte mich abgewandt und würde nicht mehr zuhören. Es gab auch die Geschichten darüber, was mit Leuten passierte, die ihm in die Quere kamen. „Warum?"

Seine Augen blitzten eine Sekunde lang voller Galgenhumor, bevor er antwortete. „Weil ich der Teufel *bin*. Mein wahrer Name ist Luzifer."

Ich konnte mir ein Lachen nicht verkneifen. „Ernsthaft? Das ist Ihr Geburtsname? Kein Wunder, dass Sie sich Lucas nennen. Ihre Eltern müssen Sie gehasst haben."

„Mein Vater auf jeden Fall, aber das tut nichts zur Sache. Ich bin *der* Luzifer, früher bekannt als der Lichtbringer, auch Satan genannt, der Fürst der Finsternis, der Vater der Lügen, der König der Hölle. Zudem verfüge ich auch über zahlreiche andere Titel, die mir die Menschen im Laufe der Jahre verliehen haben."

Mein Lachen verstummte, als ich merkte, dass er es vollkommen ernst meinte. „Es tut mir leid ... Wie bitte?"

Unser Kellner brachte unseren letzten Gang, eine Frucht-Tarte zum Nachtisch, während ich Lucas anstarrte. Sobald wir wieder allein waren, nahm Lucas seine Gabel in die Hand, als ob wir ein normales Gespräch führen würden. „Mir ist klar, dass es schwer zu glauben ist, aber ich erzähle Ihnen lediglich die Wahrheit."

Während er einen Bissen zu sich nahm, konnte ich ihn nur beobachten, wobei sich mein Magen verkrampfte. „Sie wollen mir erzählen, dass Sie tatsächlich der Teufel sind. Ein gefallener Engel. Das leibhaftige *Böse*."

„Sie müssen unbedingt diese Tarte probieren, sie ist wirklich göttlich. Und ich muss es schließlich wissen." Er sah mir wieder in die Augen, und dieses Mal ließ mich der Blick darin erschauern. „Das Böse? Wahrscheinlich. Gefallen? Definitiv."

Verdammt, worauf hatte ich mich da eingelassen? Meine Gedanken wirbelten durcheinander, und ich stocherte mit der Gabel in meinem Törtchen herum, während ich versuchte, meine Gedanken in den Griff zu bekommen. Ich wurde von einem verrückten Milliardär gefangen gehalten, der glaubte, er sei der Teufel. Ich hätte auf der Stelle weglaufen und nie wieder zurückschauen sollen. Aber ich konnte nicht. Er war wahrscheinlich der einzige Mann in Vegas, der Brandy finden konnte, und ich war bereit, mich so oft wie nötig für die unversehrte Rückkehr meiner Freundin zu opfern.

„Ist das der Grund, warum Sie Deals machen?" Ein nervöses Lachen brach aus mir heraus. „Wollen Sie meine Seele stehlen? Muss ich mir Sorgen machen?"

„Oh, Hannah. Ihre Seele gehört mir bereits." Seine Augen glühten und ein boshaftes Lächeln breitete sich auf seinen Lippen aus. „Und Sie sollten sich *große* Sorgen machen."

5

LUZIFER

Mein Löffel lenkte den Kaffee in meiner Tasse in einen langsamen Strudel – eine Bewegung in kontrolliertem Chaos – während ich die Titelseite der Zeitung überflog. Ein Überbleibsel aus vergangenen Zeiten, aber eines, das ich nicht aufgeben wollte, selbst wenn ich heutzutage die meisten meiner Geschäfte online erledigte. Verdammt, ich erinnerte mich immer noch an die Zeit, als Zeitungen erfunden wurden. Zu beobachten, wie neue Technologien die Welt veränderten und dann Jahre später wieder veraltet waren – das war der Fluch eines Unsterblichen.

Abgesehen davon waren die Schlagzeilen über die aktuellen Probleme der Erde eine gute Ablenkung von den Gedanken an Hannah. Allein das Wissen, dass sie in meinem Penthouse war, vermittelte mir ein Gefühl der Ruhe, das ich seit Jahren vermisst hatte, aber ich war mir sicher, dass sie das nicht so empfand. Seit ich ihr die Wahrheit darüber gesagt hatte, wer ich war, war sie verschlossen und nervös geworden und hatte sich in das Gästezimmer zurückgezogen, sobald wir vom Abendessen zurückgekehrt waren. Sie glaubte mir nicht. Noch nicht. Aber das würde sie schon noch.

Während ich an meinem Kaffee nippte, blickte ich hinaus in die Mittagssonne. Normalerweise verbrachte ich die Nächte wach und schlief tagsüber, wie es zu meiner Rolle als Herr der Finsternis passte, obwohl ich nach all der Zeit nicht viel Schlaf brauchte. Aber da Hannah hier war, hatte ich meinen Zeitplan an ihre sterblichen Bedürfnisse angepasst. Außerdem hatte ich heute noch Pläne für uns.

Der Aufzug öffnete sich mit einem vertrauten Klingeln vor der Penthousetür und zog meine Aufmerksamkeit auf sich. Einen Augenblick später trat Samael ein. Er hatte seine dunkle Stirn gerunzelt, während er sich näherte. Wie viele ehemalige Engel besaß er ein ethnisch unbestimmtes Erscheinungsbild mit bronzefarbener Haut und tiefbraunen Augen. Viele Menschen vermuteten, dass er aus dem Nahen Osten stammte, oder vielleicht Latino war, aber die Wahrheit war meist zu viel für ihre zarten sterblichen Gehirne. Samael war wie ich im Himmel geboren worden, obgleich wir schon weitaus länger in der Hölle gelebt hatten. Aber weder der Himmel noch die Hölle waren mehr unser Zuhause.

„Guten Morgen", sagte er in seinem gewohnt ernsten Ton. „Ich habe ein Update zu der vermissten Frau und einen umfassenden Bericht über Ms. Hannah Thorn." Ich nickte und nahm einen Schluck Kaffee, als er mir einen dicken beigefarbenen Ordner entgegenschob, auf dem Hannahs Name stand. „Und was hast du herausgefunden?"

„Unsere Überwachungsaufnahmen der Styx Bar zeigen, wie Miss Brandy Higgins an dem Abend, an dem sie verschwand, mit Asmodeus zusammensitzt."

Neugierig geworden, hielt ich inne, als ich den Ordner öffnen wollte. Asmodeus war ein Inkubus, der die meisten Stripclubs in der Stadt betrieb — und der Sohn von Samael und der Erzdämonin Lilith. „Tatsächlich?"

„Sie unterhielten sich kurz, dann verließen sie gemeinsam die Bar."

„Hast du Asmodeus dazu befragt?"

„Das wollte ich." Ein Muskel in seinem Kiefer zuckte. „Aber auch mein Sohn ist verschwunden."

Meine Hand spannte sich um den Ordner. Asmodeus war alt und mächtig, ganz zu schweigen von seiner extremen Loyalität mir gegenüber. Wenn er ebenfalls vermisst wurde, deutete das auf ein weitaus größeres Problem hin als bloß auf eine verlorene Menschenfrau. Wer hätte ihn entführen können? Und aus welchem Grund? War Asmodeus womöglich das Ziel, und Hannahs Freundin einfach zur falschen Zeit am falschen Ort? Es wirkte zu sehr wie ein Zufall, und ich hatte gelernt, dass solche Zufälle unter den Unsterblichen selten waren.

Ich öffnete den Mund, um Samael weitere Anweisungen zu geben, aber ehe ich etwas sagen konnte, öffnete sich Hannahs Zimmertür mit einem leisen Klicken. Sie schlurfte schlaftrunken in die Küche und ihre Augen weiteten sich, als sie bemerkte, dass wir schon da waren. Ihr erschrockener Blick glitt über Samael, die Neugier in ihrer Körpersprache war offensichtlich, und landete dann direkt auf meiner nackten Brust. In ihren Augen flackerte Interesse auf, aber sie wandte ihren Blick schnell wieder von meinem Körper ab, während ihre Wangen sich röteten. Ihr offenkundiges Verlangen nach mir ließ meinen Schwanz erglühen, aber ich musste es langsam angehen, sie aus freien Stücken zu mir bringen. Dennoch schien sie der Versuchung nicht abgeneigt, wenn man bedachte, wie sie mich beäugt hatte. Und ich war gerne ein Verführer. Ich stand schnell auf, zog einen Stuhl heran und bedeutete ihr mit einer Geste, neben mir Platz zu nehmen. „Hannah, das ist einer meiner engsten Berater, Sam."

„Schön, Sie kennenzulernen." Sie umklammerte ihren

Morgenmantel – der so uralt aussah wie ich es war – fest um ihren Hals, ein hoffnungsvoller Blick erhellte ihre Augen. „Sind Sie daran beteiligt, meine Freundin zu finden?"

„Ja, das bin ich." Seine Worte waren höflich, aber Samael blieb unnahbar. Mit dunklen Augen musterte er sie, nahm ohne Zweifel jedes Detail auf und speicherte es in seinem gewaltigen Verstand ab.

„Finde Asmodeus und die Frau", wies ich ihn an.

Sein Blick wandte sich schnell mir zu und eine gewisse Irritation überzog sein Gesicht. „Selbstverständlich tue ich das."

Er klang fast ein wenig beleidigt, und ich war mir nicht sicher, ob er dachte, ich zweifelte an seinen Fähigkeiten oder an seiner Hingabe zu seinem Sohn. In Wahrheit wollte ich einfach nur, dass beide so schnell wie möglich ausfindig gemacht wurden. „Daran habe ich keinerlei Zweifel."

Er senkte etwas beschwichtigt den Kopf und verließ die Küche. Ich nahm einen großen Schluck Kaffee, während ich mit den Fingern auf den Bericht zu Hannah tippte. Sobald ich allein war, würde ich ihn durchgehen und mir jedes Detail einprägen.

„Worum ging es hier eigentlich?" fragte Hannah, die sich immer noch an ihren Morgenmantel klammerte. Das Ding war aus blassrosa Baumwolle und so fadenscheinig, dass ich fast hindurchsehen konnte – nicht, dass mich das gestört hätte. Aber es war definitiv ein Zeichen dafür, dass sie nicht so lebte, wie sie es sollte, und dass sie zweifellos einen gründlichen Austausch ihrer Garderobe brauchte. Das war genau das, was ich für heute geplant hatte.

Ich griff nach einem weiteren Becher und ging auf die Kaffeemaschine zu. „Nehmen Sie Ihren Kaffee mit zwei Stück Zucker und ohne Milch?"

„Genau." Sie war noch im Halbschlaf, aber ihr Gehirn schaltete sich plötzlich ein. Sie starrte mich mit einer gesunden

Portion Misstrauen in den Augen an. „Woher wissen Sie das?"
Ich reichte ihr die Tasse und zwinkerte ihr zu. „Zufallstreffer."

Sie überlegte einen Moment, ihre Skepsis war in ihrer misstrauischen Miene deutlich zu erkennen. Dann schien sie zu einem Urteil zu kommen. „Das nehme ich Ihnen nicht ab, aber für Informationen über Brandy bin ich bereit, weiterzumachen. Im Rahmen unserer Abmachung." Ihre Worte waren knapp – fast schon geschäftsmäßig –, und ich mochte ihre kühle Effizienz, während ich mich gleichzeitig danach sehnte, ihren Mund auf eine sinnlichere Weise zu benutzen. „Haben Sie etwas Neues erfahren?"

„Das habe ich." Ich schob meinen Stuhl neben ihren und saß vielleicht einen Tick näher, als ihr lieb war. Ich konnte mir nicht helfen. Das Verlangen, ihr nahe zu sein, war zu stark, als dass ich widerstehen konnte. „Unsere Überwachungskameras zeigen, dass Brandy die Styx Bar unten mit Asmodeus verlassen hat. Er ist ein Inkubus, der meine Stripclubs leitet." Ich fügte dieses hilfreiche Detail hinzu und warf ihr einen Seitenblick zu, in Erwartung einer Reaktion.

Sie verschluckte sich an dem Schluck Kaffee, den sie gerade genommen hatte. „Ein Inkubus? In Ihren ... Stripclubs?"

Ich hätte mir eigentlich denken sollen, dass sie sich nicht an irgendeine Art von Dämon oder übernatürlichem Wesen erinnern konnte, aber vielleicht konnte ich ihrem Gedächtnis auf die Sprünge helfen. „Ja, Stripclubs. Ich besitze viele davon in der ganzen Stadt, die alle möglichen Geschmäcker und Vorlieben bedienen. Sie ermöglichen es den Lilim, sich gefahrlos von Menschen zu nähren, ohne sie zu verletzen, und dank ihrer Gaben sind die Menschen immens zufrieden. Schließlich ..." Ich lehnte mich näher an Hannah und senkte meine Stimme. „Schließlich möchte ich, dass alle meine Kunden mein Etablissement zufrieden verlassen. Sie miteingeschlossen."

Sie beobachtete mich unter ihren dunklen Wimpern. Das

Misstrauen in ihrem Blick wuchs, während sie mit den Augen einen schnellen Bogen zwischen ihrem Schlafzimmer und den Haupttüren schlug, als plane sie ihren Fluchtweg. Sie konnte sich im Penthouse umsehen, so viel sie wollte. Es gab mit Sicherheit kein Entkommen für sie. Dafür würden die Männer vor der Tür sorgen, wenn sie es versuchte, und Azazel war zweifellos sehr gut in ihrer Aufgabe.

„Lilim?", fragte sie nach ein paar Augenblicken und beschloss offensichtlich, meinen Kommentar zu ignorieren.

Verdammt. Nichts von dem, was ich sagte, schien irgendwelche Erinnerungen in ihr zu wecken. „Der Sammelbegriff für Sukkubi und Inkubi. Sie sind eine Form von Dämon, die sich von Lust ernährt."

„Aha." Sie nippte an ihrem Kaffee, wobei Ungläubigkeit in ihrem Tonfall lag, als wollte sie sich über den verrückten Milliardär lustig machen. „Da gibt es nur ein Problem mit dem, was Sie sagen. Brandy ist nicht die Art von Frau, die mit einem Mann ins Bett geht, den sie gerade in einer Bar kennengelernt hat."

„Sie ist ein Mensch." Ich zuckte mit den Schultern. „Sie könnte einem Inkubus nicht widerstehen, egal wie sehr sie es auch versuchen würde. Vor allem einem so alten und mächtigen wie Asmodeus – er kann eine Menschenfrau ohne jede Anstrengung in seinen Bann ziehen. Aber das Problem ist, dass auch er verschwunden ist."

„Glauben Sie, er hat sie entführt?", fragte sie, wobei sie den Teil über die Dämonen offenbar absichtlich ignorierte und sich auf Asmodeus' Verschwinden konzentrierte. In ihren kristallblauen Augen lag Leidenschaft, und ich hatte keinen Zweifel daran, dass sie versuchen würde, jeden zur Strecke zu bringen, von dem sie glaubte, dass er eine Bedrohung für ihre Freundin sein könnte. Und das, obwohl sie keine Chance gegen einen Dämon wie Asmodeus hatte.

„Nein, ich kann mir nicht vorstellen, dass er so etwas tun würde."

„Dann müssen wir sie finden. Wir sollten uns umsehen, oder ein paar Leute befragen, oder ..."

In ihrer Aufregung hatte sie ihren Bademantel losgelassen, wodurch klar wurde, warum sie ihn so fest umklammert hatte. Der Stoff war derart ausgefranst, dass sich der Knoten an ihrer Taille immer wieder löste, und ihr Dekolleté presste sich verführerisch gegen die Säume des Kragens und enthüllte die süße Rundung ihrer Brüste. Ich hatte kaum gehört, was sie sagte, denn meine Finger brannten darauf, diese weiche, glatte Haut zu berühren.

„Hannah." Ich legte meine Hand auf ihr Knie, was sie erstarren ließ. „Es gibt nichts mehr, das wir tun können. Meine besten Leute suchen jetzt nach den beiden. Ich bin sicher, dass sie Ihre Freundin bald finden werden."

Ihre Schultern sanken herab. „Wir können nicht helfen?" Samaels Leute würden Brandy finden, da war ich mir sicher. Nichts in dieser oder den übrigen Welten war mir so wichtig wie die Frau, die neben mir saß und ihren Morgenmantel umklammerte. Wir hatten eine Abmachung, und ich würde meinen Teil davon einhalten. Das tat ich immer.

Ich schüttelte den Kopf. „Wenn wir uns einmischen, halten wir sie nur auf. Lassen Sie sie das tun, worauf sie geschult wurden. Das ist nicht das erste Mal, dass Samael eine Such- und Rettungsaktion leitet, und das Beste, was wir tun können, ist, mit unserem Leben weiterzumachen. Ich habe für den heutigen Tag etwas geplant, das sogar Sie auf andere Gedanken bringen wird."

„Tag? Ich dachte, es gäbe nur Nächte." Sie stieß einen langen Atemzug aus. „Welche Todsünde steht heute auf dem Programm?"

„Gier." Ich wies in Richtung ihres Zimmers. „In Ihrem Schrank hängt ein frisches Kleidungsstück in einer schwarzen

Hülle. Bitte tragen Sie das heute." Ich versuchte, mein Lächeln zu unterdrücken, aber die Vorstellung, dass sie Kleider trug, die ich für sie ausgesucht hatte, ließ einen Anflug besitzergreifender Lust in mir aufsteigen. Meine Frau. Meine. So hatte ich mich nicht mehr gefühlt seit ... na ja, seit dem letzten Mal.

„Was machen wir denn?" Da war er wieder, dieser Argwohn in ihrer Stimme. Das war einer der Gründe, warum ich sie liebte. Sie hatte mir noch nie etwas durchgehen lassen.

„Shoppen." Ich klang absichtlich locker, und sie hob fragend das Kinn. „Wir werden ein paar neue Kleider für Sie kaufen."

Sie knurrte. „Was ist denn mit meiner Kleidung nicht in Ordnung?"

Ich starrte demonstrativ auf ihren fadenscheinigen Bademantel. „Alles."

Sie kreuzte die Arme vor der Brust. „Entschuldigen Sie, dass ich nicht mitbekommen habe, dass ich diese Woche die Rolle der Milliardärsgeliebten spielen würde." „Genau. Und dazu brauchen Sie eine Garderobe, die zu Ihrer neuen Rolle an meiner Seite passt." Ich sah wieder in meine Zeitung und entließ sie damit. Mein vorgetäuschtes Desinteresse lag nicht etwa daran, dass ich sie nicht mehr ansehen wollte, sondern daran, dass ich, wenn ich sie weiter betrachtete, sie berühren, küssen, besitzen wollte, und dazu war sie noch nicht bereit ... noch nicht.

Sie schnaubte und machte dann auf dem Absatz kehrt, um in ihr Zimmer zu gehen, hoffentlich, um sich fertig zu machen. Ich blickte auf und erhaschte einen Blick auf ihren perfekten Hintern und das Wallen ihres langen, goldenen Haares. Sie sah anders aus als früher, aber es gab keinen Zweifel daran, dass sie es war. Das Zittern in mir, das Tempo meines Herzschlags und das Zucken meines Schwanzes ... Jeder Teil von mir wusste genau, dass sie es war.

6

HANNAH

Ein anderer Wagen brachte uns aus dem Celestial heraus und den Strip hinunter, aber wenigstens war es diesmal keine Limousine. Nicht, dass der schnittige, silberne Aston Martin Sportwagen weniger glamourös gewesen wäre. Lucas fuhr lässig mit einer Hand am Lenkrad, und da seine Augen auf die Straße gerichtet waren, konnte ich ihn genau betrachten, ohne dass sein intensiver Blick auf mich zurückstarrte. Er sah einfach viel zu gut aus, um real zu sein, vielmehr war er wie jemand aus einem Traum. Jedes Mal, wenn ich ihn ansah, wollte ich ihn berühren, um mir zu beweisen, dass ich ihn mir nicht einbildete. Er verströmte eine berauschende Mischung aus sinnlichem Charme und dunkler, gefährlicher Energie, der ich nur schwer widerstehen konnte. Diesmal trug er zum Glück keinen Smoking, aber sein schwarzer Anzug war perfekt geschnitten und hatte zweifellos ein Vermögen gekostet.

Auch mein Outfit war wahrscheinlich sündhaft teuer gewesen. In meinem Kleiderschrank fand ich weiße Shorts mit einem mir unbekannten Logo, das ich mir bestimmt nicht leisten konnte, und einer ärmellosen, lavendelfarbenen Bluse. Ich sah aus, als sei ich auf dem Weg in den Country Club, wo ich alberne kleine Sandwiches essen oder mit abgespreiztem kleinen Finger Tee trinken würde, während ich über arme Leute wie mich lachte.

Und dann waren da noch meine Schuhe – glitzernde, schwarze Ballerinas mit Miu Miu drauf. Ich hatte von dieser Marke gehört und musste mich davon abhalten, mein Handy anzuschalten und nach dem Preis zu suchen. Ich konnte den Gedanken nicht ertragen, in Schuhen über die Bürgersteige von Las Vegas zu laufen, die mehr kosteten als mein Auto. Ich entschied mich dafür anzunehmen, dass sie nicht so teuer waren, sonst hätte ich sie in der Hand tragen und barfuß herumlaufen müssen. Ich steckte so tief in der Sache drin, dass es nicht mal mehr lustig war, und mein Magen verkrampfte sich bei der Vorstellung, was er als Gegenleistung für all diese ... Freundlichkeit fordern würde.

Und wie ich ihm den Gegenwert wahrscheinlich geben würde.

Wenigstens erfüllte Lucas sein Versprechen, Brandy zu suchen. Als wir den Strip entlang fuhren, beobachtete ich die Touristen, die an den hell erleuchteten Geschäften, Casinos und Restaurants vorbeispazierten, während ich an das dachte, was ich heute Nachmittag gehört hatte. Ich fand es schwer zu glauben, dass Brandy mit einem Fremden die Bar verlassen hatte, ganz gleich, wie sexy er war, und Lucas' Erklärung, dass der Mann ein Inkubus war, machte es nicht gerade leichter für mich. Immerhin hatten sie eine Spur, was mehr war, als ich hatte erreichen können. Ich musste diese bizarre Erfahrung einfach noch ein paar Tage durchhalten, bis Brandy gefunden war und wir zu unserem normalen Leben zurückkehren konnten.

Und diese ganze Sache, dass Lucas der Teufel war? Ja, ich hatte versucht, das zu verdrängen, seit er es gestern Abend erwähnt hatte. Die einzige Erklärung, die ich hatte, war, dass er es als eine Art Metapher benutzte, um mich einzuschüchtern.

Oder er glaubte es wirklich, was noch viel beunruhigender war.

Wir kamen im Parkhaus an und fuhren mehrere Stockwerke hinunter, bis wir einen Bereich erreichten, der mit einer Auswahl der auffälligsten Autos gefüllt war, die ich je gesehen hatte. Ich kannte nur ein paar von ihnen – die Namen waren fast immer italienisch und wurden sonst wo in ehrfürchtigem Ton gesprochen.

„Wo sind wir?" fragte ich, als ein Mann im Anzug herantrat, um die Beifahrertür zu öffnen, während ein Parkwächter den Wagen für Lucas einparkte. Reiche Leute parken nie selbst, das hatte ich schnell gelernt.

Lucas stieg aus dem Auto und trat an meine Seite. Er stellte sich vor den Parkwächter, um meine Hand zu nehmen und mir beim Aussteigen zu helfen, als wolle er keinen anderen Mann an mich heranlassen. „Das ist ein Sondereingang zu den Shops at Crystals für ihre Top-Kundschaft. Es ist ein Einkaufszentrum, das nur Luxusmarken führt. Es gehört mir durch Abaddon Inc., an die auch tausende andere Einkaufszentren auf der ganzen Welt angeschlossen sind."

„Ihnen gehört dieses Einkaufszentrum? Und tausende andere Einkaufszentren?" Mir blieb der Mund offen stehen. Während meines kurzen Aufenthalts in Vegas, auf der Suche nach Brandy, war ich an den Shops at Crystals vorbeigegangen und hatte sie von außen bewundert. Aber mir war klar, dass ich mir drinnen auf keinen Fall etwas leisten konnte.

Er knöpfte sein Jackett zu, während er antwortete: „Nur eine weitere meiner Holdings. Wollen wir?"

Er führte mich über einen roten Teppich – einen echten roten Teppich – in ein Einkaufszentrum, das anders war als alle anderen, in denen ich je zuvor gewesen war. Wir gingen über glänzende Böden, die an den Rändern mit dicken Goldadern durchzogen waren, und stießen auf champagnerfarbene Wände, an denen alle paar Meter filigrane Wandlampen den Weg erhellten. Am Ende befanden sich Stufen, die tatsächlich so aussahen, als seien sie vergoldet, mit üppigem Grün zu beiden Seiten. Ich erkannte schwarzes Mondo-Gras mit rosafarbenen und weißen Immergrünen sowie einige lilafarbene Hibiskuspflanzen. Ich atmete tief ein, als wir an ihnen vorbeikamen, und spürte einen Hauch von Sehnsucht nach meinem Blumenladen.

„Das ist ein Einkaufszentrum?", fragte ich mit gedämpfter Stimme.

Lucas' Lippen verzogen sich amüsiert, während er neben mir herging. „Das ist ein geheimer Teil des Einkaufszentrums, ein eigener Tunnel für VIP-Gäste. In Vegas gibt es viele Prominente und Superreiche, und die kaufen gerne unbeobachtet ein. Jedes dieser Geschäfte hat einen separaten Eingang, damit wir unsere Privatsphäre schützen können."

Ich persönlich hätte lieber die anderen Leute im Einkaufszentrum beobachtet, aber ich nahm an, dass ein Mann wie er diese Art von Ungestörtheit brauchte, mit seinen dunklen Machenschaften und seinen offensichtlichen Verbindungen zur Unterwelt – denn wie sonst hätte er dieses Maß an Macht erlangen sollen? Nichts an Lucas Ifer war wie irgendetwas, das mir vertraut war. Ich hatte zwar davon gehört, wie die oberen Zehntausend lebten, aber ich hätte nie erwartet, dass der Unterschied so groß sein würde. Es war offensichtlich, dass er erwartete, dass sich die Welt vor ihm verneigte. Und die Welt verneigte sich.

Der Tunnel, in dem wir uns befanden, war bis auf uns beide leer, aber ich las alle möglichen Schilder wie Gucci, Dior, Louis Vuitton und andere, von denen ich noch nie gehört hatte. Erwartete er, dass ich hier Kleidung kaufte?

Ich räusperte mich. „Sie wissen schon, dass ich mir nicht viel leisten kann, oder? Ich hatte kaum genug Geld, um das Benzin für die Fahrt nach Las Vegas zu bezahlen."

Seine Hand legte sich um meinen Ellbogen, und schon diese leichte Berührung ließ meinen Atem stocken und auch meine Oberschenkel erzittern. „Hannah, ich würde nie erwarten, dass Sie für irgendetwas davon bezahlen. Es ist mein Geschenk an Sie." Ich biss mir auf die Lippe. „Und was erwarten Sie als Gegenleistung?"

„Nur das Vergnügen Ihrer Gesellschaft."

Er führte mich in den ersten Laden, wo auf dem Schild über der Tür *Versace* stand. Alles war in Weiß gehalten – Ledersofas, Fußboden und Tische. Das Einzige, was im ganzen Raum nicht weiß war, waren die Sachen, die wir anhatten, und der Name des Ladens, der mehrfach in Gold auf den Boden gedruckt war.

Kaum waren wir eingetreten, eilte eine Verkaufsdame von der anderen Seite des Raumes herbei, ihr kecker Bob wippte in ihrer Hast. „Herr Ifer", rief die Frau aus. Einen Moment lang dachte ich, sie würde einen Knicks machen. „Es ist mir eine große Freude, Sie zu begrüßen. Wie können wir Ihnen heute behilflich sein?"

„Bitte nehmen Sie die Maße meiner Begleiterin und bringen Sie uns ein Sortiment an Kleidungsstücken, damit sie sie sich ansehen kann."

Mit weit geöffneten Augen drehte sich die Verkäuferin um und eilte aus dem Raum, was ihr den Ausdruck eines aufgescheuchten Rehs verlieh. Sie hatte Angst vor ihm, wie mir klar wurde. Hatte das jeder in dieser Stadt?

Er setzte sich auf den Rand eines Sofas, dann klopfte er auf den Platz neben sich und wies mich an, mich zu setzen. Ich schüttelte den Kopf, da ich zu verunsichert war, um mich hinzusetzen. Binnen weniger Augenblicke rannten weitere Verkaufsdamen mit Kleidern auf Ständern in den Raum und wieder hinaus und hängten diese vor mir auf. Ich konnte die teuren Kleider, weichen Stoffe und schimmernden Materialien nur bestaunen. Jemand reichte mir eine Flasche mit eiskaltem Wasser mit einem schicken Etikett, das ich nicht erkannte, und ich nahm einen Schluck. Meine Kehle war tatsächlich trocken. Wider Willen musste ich zugeben, dass das Wasser besser schmeckte als jedes andere Wasser, das ich gewöhnlich selbst kaufte. Scheiße, ich trank normalerweise Leitungswasser, selbst wenn es schlecht schmeckte oder so von der Sonne aufgeheizt war, dass es mit der Temperatur meines Kaffees wetteiferte.

„Probieren Sie an, was Ihnen gefällt." Lucas deutete in Richtung der Kleidungsstücke. „Alles was Sie haben möchten, gehört Ihnen."

Ich fühlte mich auf einmal sehr klein und sehr einsam, umgeben von all diesen schönen Dingen, die ich mir selbst nicht leisten konnte. Ich war unter der völligen Kontrolle eines Mannes, der mich entweder mit Reichtümern und Geschenken überhäufen oder mein Leben beenden konnte, wenn er es wollte.

„Lucas", sagte ich und versuchte, in dem Gewimmel von Menschen mit ihm zu sprechen. „Ich kann all diese teuren Kleider nicht annehmen."

Er stand auf und ging quer durch den Raum zu mir, und nahm dann mein Kinn in seine Hand, während er mir in die Augen sah. „Sie können und Sie werden. Denn wenn man Sie in den nächsten Tagen in der Öffentlichkeit mit mir sehen soll, dann müssen Sie auch entsprechend auftreten."

Ich schluckte, meine Kehle war wieder trocken, und dieses Mal von der Mischung aus Lust und Angst, die in mir pulsierte. „Ist das so ein Pretty-Woman-Ding?"

„Ganz und gar nicht. Ich bezahle nicht für Ihren Körper. Ich habe nur um Ihre Zeit mit Ihnen verhandelt." Sein Daumen fuhr über meine Unterlippe, zeichnete sinnliche Muster nach, die mich atemlos machten. „Und da wir Zeit miteinander verbringen, verlange ich, dass Sie sich dem Anlass entsprechend kleiden.

Ich versichere Ihnen, dass ich das Geld nicht vermissen werde, und die Geschenke kommen ohne weitere Verpflichtungen.“

Ich nickte langsam, hypnotisiert von seinen Augen und dem tiefen, melodiösen Klang seiner Stimme, ganz zu schweigen von der Art, wie er mich berührte, als würde ich ihm bereits gehören. Er sah mich an, als gäbe es nichts anderes in der ganzen Stadt, und es war schwer, nicht ganz ihm gehören zu wollen.

Ich probierte ein paar der Kleider an und legte die beiseite, die mir gefielen, aber dann ertappte ich mich dabei, dass ich einige zurücklegen wollte. Es schien einfach viel zu viel zu sein, vor allem, als ich einen Blick auf das Preisschild warf. Meine monatliche Miete an Brandy konnte den Ärmel eines der Oberteile bezahlen, und das war es auch schon.

„Sie nimmt alles“, sagte Lucas mit gebieterischer Stimme. „Packen Sie es ein und schicken Sie es in mein Penthouse.“

Die Prozedur verlief in den nächsten Läden genauso, mit dem Ergebnis, dass mir der Kopf schwirrte und ich mich wie eine Art ausgehaltene Frau fühlte. Oder die Frau eines Mafiabosses. Das war wohl eher zutreffend.

Wir rasten durch Louis Vuitton, wo er auf die ausgefallenste Tasche bestand, die sie hatten. Anscheinend waren überhaupt nur drei Exemplare davon hergestellt worden, und ich bekam eine davon. Ich trug sie auf dem Arm – leer – zum nächsten Geschäft. Ich war stocksteif, während Lucas einen Arm um meine Taille schlang. Ich versuchte, mich nicht an ihn zu lehnen, aber das war so gut wie unmöglich, vor allem, weil er so viel größer war als ich und mein Körper dazu entschlossen schien, mit ihm zu verschmelzen, auch wenn mein Gehirn sagte, dass das keine gute Idee war.

Fendi, Prada, Chanel. Wir kauften noch mehr Klamotten, dazu passende Schuhe und Accessoires, und so kam eine Garderobe zusammen, die einer Prinzessin würdig war, die ich aber in meinem normalen Leben niemals tragen würde. Warum sollte ich so viele Kleider für eine Woche brauchen? Ich versuchte immer wieder, Lucas zu sagen, dass es genug sei, aber er ignorierte mich. Irgendwann sah ich ein Outfit, das mir gefiel, und er musste meine Gedanken gelesen haben oder so, denn ich war sehr darauf bedacht, keine Reaktion zu zeigen. Ich wollte nicht, dass er dachte, ich würde seine Großzügigkeit ausnutzen, obwohl mich der Großteil davon wirklich kalt ließ, aber er sagte dem Verkaufspersonal, sie sollten es einpacken wie alles andere. Der nächste Halt war Tiffany's. Ich hielt an der Tür inne, unter dem Schild in dem ikonischen Blau. „Lucas, wirklich. Das ist zu viel."

„Ich bestehe darauf."

Er nahm meine Hand und ich reagierte nicht schnell genug, um ihn aufzuhalten. Mit einem kurzen Ziehen brachte er mich durch die Tür und in einen weiteren privaten Verkaufsraum, der genauso schick war wie die letzten fünf oder sechs, oder wie viele auch immer wir zu diesem Zeitpunkt schon besucht hatten. Sobald man uns entdeckt hatte, stürzten sich die Verkaufsleute praktisch auf uns, um uns zu bedienen. Ich versuchte, die Angebote abzulehnen, auch wenn ich die Schmuckstücke bewunderte, aber Lucas suchte sich mehrere aus – darunter Diamantketten und Ohrstecker.

„Für den Alltag", sagte er.

Ich schnaubte. „Zu meiner Alltagsgarderobe passen keine Diamanten."

„Nein?" Er schenkte mir ein charmantes Lächeln, das Chaos in meinem Kopf anrichtete. „Ich dachte, Diamanten seien die besten Freunde einer Frau."

„Nicht dieser Frau", murmelte ich. „Ich würde jederzeit lieber zu Büchern als zu Diamanten greifen, danke."

„Auch mit Büchern könnte ich dienen. Aber vielleicht finden wir ja hier doch noch etwas, das ein bisschen mehr zu Ihnen passt." Er blieb vor einer Vitrine stehen, die ein aufeinander abgestimmtes Set aus einer Smaragdkette, Ohrringen und einem

Armband enthielt. Die Edelsteine hatten genau die Farbe von Lucas' Augen.

Ich hob eine Hand. „Die sind wunderschön, aber ..."

„Ja, die sind perfekt", sagte Lucas mit einem Ausdruck von Entschiedenheit. Er schaute von den Edelsteinen in meine Augen. „Smaragd ist Ihr Lieblingsedelstein, nicht wahr?" Mir stockte der Atem. Erst der Kaffee, jetzt der Stein. Schnüffelte er etwa hinter mir her? „Woher wissen Sie das?"

Er schenkte mir ein teuflisches Grinsen. „Betrachten Sie es als Glückstreffer."

„Aber wo sollte ich das überhaupt anziehen?"

Der Hunger in seinem Blick brachte mein Herz zum Rasen. „Sie können sie für mich in meinem Bett tragen, ohne etwas anderes darunter."

„Das wird nicht passieren", lachte ich, wenig überzeugend.

Er bedeutete den Mitarbeitern, das Set für ihn einzupacken. Doch dann sah er etwas hinter mir, das seine Aufmerksamkeit erregte und seine Augen schmal werden ließ. „Entschuldigen Sie mich für einen Moment."

Er stürmte an mir vorbei und zur Tür hinaus, als ob er in eine Schlacht ziehen wollte. Die rasche Änderung seines Verhaltens verwirrte mich. Ich sah zu, wie die Tiffany-Mitarbeiter meinen Schmuck in hübsche kleine Schächtelchen und Beutel verpackten, und fragte mich, wie das jetzt mein Leben sein konnte?

„Sollen wir das auf die Rechnung von Mr. Ifer setzen?", fragte eine der Verkäuferinnen.

„Ich nehme es an, ja." Ich warf einen Blick hinter mich. Nirgends eine Spur von Lucas.

Ich steckte meinen Kopf aus der Ladentür, sah mich nach Lucas um und entdeckte ihn am Ende des Korridors. Er unterhielt sich leise mit einem anderen Mann, der rotes Haar hatte. Ihre Körpersprache verriet mir, dass es sich nicht um ein Gespräch unter Freunden handelte. Dann packte Lucas den

Mann plötzlich am Hals, hob ihn in die Luft und schmetterte ihn gegen die Wand.

Nein. *In* die Wand.

Putz flog durch die Gegend und der Mann hinterließ eine etwa körpergroße Einbuchtung darin. Währenddessen hielt Lucas' Hand den Mann immer noch am Hals und hielt ihn mit einer schier übermenschlichen Kraft fest. Ich konnte zwar nur seinen Rücken sehen, aber das genügte, um mir eine eiskalte Welle der Angst durch den Körper zu jagen.

Lucas ließ den Mann in den Trümmern zu seinen Füßen fallen. „Leg dich nicht noch einmal mit mir an, sonst bin ich beim nächsten Mal nicht so nachsichtig!"

„Ja, mein Gebieter." Der Mann kniete auf dem Boden, nickte und hielt den Kopf gesenkt. Er schien nicht verletzt zu sein, obwohl er gerade gegen eine Wand geschleudert worden war. Lucas klopfte sich den Gipsstaub von den Händen, drehte sich zu mir um und ließ den Mann dort knien. Als er mich mit offenem Mund in der Tür des Geschäfts stehen sah, warf er mir ein strahlendes Lächeln zu, als sei das, was ich gerade gesehen hatte, völlig normal.

Er trat zu mir vors Tiffany's und knöpfte seine Anzugsjacke wieder zu. „Verzeihen Sie, Liebling, Geschäfte unter Dämonen. Also, wo waren wir gerade?"

„Wie?" Ich deutete auf den Mann, der aufgestanden war und so schnell er konnte davonlief.

„Keine Sorge, er ist ein Gestaltwandler. Ein Fuchs, wenn Sie es genau wissen wollen. Ich habe ihn kaum angerührt." Er umfasste wieder meinen Ellbogen, seine Finger gruben sich fest und besitzergreifend in meine Haut. „Sollen wir weitergehen? Es gibt da noch einen Laden, den ich gerne mit Ihnen besuchen würde."

Ich nickte schwach, meine Kehle schnürte sich zu, als Lucas mich an den Putzbrocken vorbei den Korridor entlang führte. Er brachte mich zu einem weiteren Laden – Alexander McQueen. Es verschlug mir den Atem, als wir drinnen an all den schönen Kleidern, Schuhen und Handtaschen vorbeigingen. Hier in diesem geheimen Einkaufsraum waren echte Laufsteg-Kleider ausgestellt, mit Umhängen, Federn und Edelsteinen. Mit echten Edelsteinen, nicht mit billigen Pailletten. Fast genug, um mich die Szene vergessen zu lassen, der ich gerade beigewohnt hatte.

Lucas hatte den Mann am Hals gepackt und ihn gegen eine Wand geschleudert. Woher hatte er so viel Kraft? Und wie kam der Mann seinerseits ohne eine Schramme davon?

Konnte das Gerede über Dämonen wirklich wahr sein?

Nein. Unmöglich.

Ich hatte keine Erklärung dafür, aber was ich gesehen hatte, bestätigte mir eines: Lucas war gefährlicher, als ich gedacht hatte.

„Ich brauche ein Kleid, das einer Königin würdig ist", sagte Lucas zu einem der Verkäufer. „Ein Unikat. In ihrer Größe."

„Ich habe das perfekte Modell", antwortete der elegant gekleidete Mann in respektvollem Ton. „Ich hole es Ihnen sofort."

Lucas nickte und der Mann verschwand. Ich starrte Lucas an, wobei mir die Angst einen Schauer über den Rücken jagte. Wie konnte er nach einem solchen Gewaltakt nur so entspannt sein? Und so umwerfend aussehen? Verdammt, vielleicht war er tatsächlich der Teufel persönlich. Oder zumindest ein Wesen, das dem nahe kam.

Der Verkäufer tauchte wieder auf und trug ein atemberaubendes Abendkleid, das bis auf winzige Kristallsterne, die am unteren Saum zu verschiedenen Mondphasen hinunterliefen, ganz schwarz war. An den Schultern hielten silberne Mond-spangen ein langes, durchsichtiges, schwarzes Cape mit weiteren Kristallsternen daran fest. Alles an diesem Kleid war weich und fließend, mit Ausnahme des tief ausgeschnittenen, figurbetonten

Mieders. Es war das schönste Kleid, das ich je zuvor in meinem Leben gesehen hatte.

Lucas nickte. „Lassen Sie es für sie anpassen."

Sofort streckte ich die Hand aus, um die Kristalle auf dem Kleid zu berühren, doch dann zog ich sie zurück. „Es ist wunderschön, aber ich kann mir nicht vorstellen, dass ich es jemals irgendwo tragen kann."

Er fixierte mich mit seinem dunklen Blick. „An Ihrem letzten Abend werden Sie als meine Begleitung den Ball der Teufelsnacht besuchen."

Ich zählte die Nächte in meinem Kopf. Das war die Nacht vor Halloween. „Was ist der Ball der Teufelsnacht?"

„Da ehren mich die Dämonen als ihren König."

Es blieb mir keine Zeit, seine absurden Worte zu verarbeiten, denn schon wurde ich in eine Umkleidekabine geführt, wo mir eine Frau beim Anziehen des Kleides half. Dann sah ich mich im Spiegel. Mein Gesicht war blass und meine Augen angsterfüllt, während ich das schönste Kleid anhatte, das ich je zu Gesicht bekommen hatte. Hatte sich Persephone so gefühlt, als sie von Hades entführt worden war? Glaubte Lucas, dass all dieser Glanz und Glamour die dunklen, zwielichtigen Tiefen seiner Unterwelt kaschieren würde?

Er trat hinter mich und begegnete meinen Augen im Spiegel, dann legte er besitzergreifend seine Hände auf meine Schultern. „Ja, das ist genau das richtige Kleid. Und wenn Sie das an meiner Seite tragen, wird jeder wissen, dass Sie mir gehören."

„Nur für sieben Nächte", sagte ich, meine Stimme war trotzig, wenngleich ich mich insgeheim fragte, ob ein Entkommen noch möglich war.

Seine Lippen verzogen sich zu einem geheimnisvollen Lächeln. „Das werden wir noch sehen."

HANNAH

Als wir von unserem Shopping-Ausflug zurückkehrten, erwartete uns im Apartment ein üppig gedeckter Speisetisch mit Gourmet-Sandwiches, ausgefallenen Wurst- und Käsesorten und einem Salat mit Fetakäse. Ich brauchte nach den Geschehnissen des Tages etwas Zeit für mich, schnappte mir etwas zu essen und zog mich in das Gästezimmer zurück. Doch als ich die Tür öffnete, verschlug es mir den Atem und ich ließ fast meinen Teller fallen.

Blumen und Pflanzen nahmen jeden Winkel des ehemals schlichten Gästezimmers ein, und ich atmete den frischen, blumigen Duft ein, den ich so sehr liebte. In jeder Ecke stand eine Birkenfeige, und Blumen quollen aus Töpfen auf der Fensterbank, auf dem Schreibtisch und den Beistelltischen sowie im Badezimmer. Ich entdeckte weiße Lilien, lila Veilchen, blaue Schwertlilien und weiß-gelbe Narzissen. Keine Rosen, was ich seltsam fand, aber es machte mir nichts aus. Ich hatte Rosen immer für übertrieben und überbewertet gehalten, besonders wenn es so viele andere schöne Pflanzen gab.

Dann wurde es mir klar: Das waren alles meine Lieblingsblumen.

Woher wusste er das?

Woher wusste er das *immer*?

Lucas' Stimme in meinem Rücken ließ mich zusammenzucken. „Ich dachte, ein paar Blumen würden Ihnen dabei helfen, sich mehr wie zu Hause zu fühlen."

„Sie sind wunderschön", sagte ich und versuchte, meine Stimme zu beherrschen. Zwischen diesem und seinen früheren Kommentaren begann ich zu glauben, dass er vorhatte, mich länger als sieben Nächte hier zu halten. Aber das würde niemals passieren. Sobald Brandy gefunden und meine Zeit abgelaufen war, würde ich von hier verschwinden. Ganz gleich, wie reich, mächtig oder sündhaft sexy er war. Oder wie rücksichtsvoll und großzügig er noch sein mochte. „Danke."

„Versuchen Sie sich zu entspannen und genießen Sie den Rest des Tages", säuselte er. „Nehmen Sie vielleicht ein Bad. Essen Sie, was Sie mögen. Wir treffen uns um neun zu unseren abendlichen Feierlichkeiten."

Ich nickte schluckend, und er zog sich mit leisen Schritten zurück. Als er weg war, schloss ich die Tür, atmete tief durch und setzte mich an den Schreibtisch, um mein Sandwich und den Salat zu essen. Ein kleiner Topf mit Osterglocken stand auf dem Tisch neben meinem Teller, und ich bewunderte die sternförmigen, weißen Blütenblätter, die um eine gelbe Mitte kreisten. Obwohl sie ziemlich alltäglich waren, waren Osterglocken meine Lieblingsblumen, weil sie meine Stimmung immer aufhellten. Wie Vorboten des Frühlings sprossen sie aus der Erde, wenn noch nichts anderes im Garten den Sieg über den Winter zu verkünden wagte. Außerdem sonderten sie, wenn man sie abschnitt, einen Saft ab, der für andere Blumen giftig war, so dass man sie in einer eigenen Vase aufbewahren musste. Sie waren so etwas wie die pflanzliche Version eines introvertierten Menschen, mit dem Unterschied, dass sie jeden vergifteten, der ihnen in die Quere kam. Genau meine Art von Pflanze.

Die Osterglocke wurde auch Narzisse genannt, wenn man vornehm klingen wollte. Die Narzisse war bekannt dafür, dass sie diejenige Blume war, welche Persephone pflückte, unmittelbar, bevor sich die Erde öffnete und Hades sie entführte und in die Unterwelt brachte. Bei dem Gedanken erinnerte ich mich an die altgriechische Vase in Lucas' Bibliothek und fragte mich, ob die Narzisse hier irgendwie auch damit in Verbindung stand.

Ich schüttelte meine düsteren Gedanken ab und beendete meine Mahlzeit, während ich mein Telefon nach Nachrichten oder Neuigkeiten durchsuchte und dann alte Fotos von Brandy betrachtete. Dabei betete ich, dass sie noch am Leben war. Dann befolgte ich Lucas' Rat und nahm ein Bad in der riesigen Wanne, ergötzte mich an den Shampoos und Seifen und verlor mich in den blumigen Düften, die eine Fülle jenseits der gewöhnlichen Gerüche hatten, die ich sonst im örtlichen Billigladen kaufte.

Als ich aus dem Bad kam, entdeckte ich eine ganze Palette an Make-up Produkten, die wie in den teuersten Kaufhäusern zu meiner Auswahl aufgereiht waren. Ich starrte mehrere Minuten lang auf die Tiegel und Tuben und Pinsel vor mir. Es fiel mir schwer, die vollkommenen Verschlüsse zu öffnen und die in ihre Schälchen gepressten Puder zu benutzen. Wenn sie einmal verwendet worden waren, dann waren sie gebraucht, und ich konnte das Gefühl nicht abschütteln, dass sie an mich verschwendet waren. Ich war ein Eyeliner- und Lipgloss-Typ, und ich wusste nicht einmal, was ich mit den meisten dieser Dinge anfangen sollte. Gab es dazu eine Anleitung?

Scheißegal. Wenn ich von einem gefährlichen Milliardär, der sich Luzifer nannte, gefangen gehalten wurde, dann verdiente ich alle Annehmlichkeiten, die mit dieser Situation einhergingen.

Wie etwa die luxuriösen Kosmetikartikel und das Make-up, die Kleidung und den Schmuck. Sogar die schicken Schuhe. Schlimmstenfalls gab ich sie am Ende meiner sieben Tage Haft zurück.

Ich klappte das Make-up auf, fand ein YouTube-Video, in dem erklärt wurde, wie man es benutzt, und legte los. Irgendwann später kam ich aus dem Bad und fand alle Klamotten von unserem Einkaufsbummel in dem riesigen begehbaren Kleiderschrank aufgehängt. Während ich mit Eyeliner und Foundation gespielt hatte, war jemand in meinem Zimmer gewesen, ohne dass ich es gemerkt hatte. Ich hätte nie gedacht, dass ich mich durch die Anwesenheit des Personals noch verletzlicher fühlen würde. Von nun an würde ich darauf achten, die Türen abzuschließen.

Nachdem ich mich vergewissert hatte, dass ich in Sicherheit war, widmete ich meine Aufmerksamkeit wieder der Kleidung und versuchte zu entscheiden, was ich heute Abend anziehen sollte. Lucas hatte auf der Autofahrt zurück zum Celestial erwähnt, dass wir in einen exklusiven Nachtclub gehen würden, was so gar nicht meine übliche Szene war. Ich hatte nicht gescherzt, als ich Lucas sagte, dass ich meine Abende normalerweise mit einem Buch zu Hause verbrachte.

Schließlich entschied ich mich für etwas, das gewagter und aufreizender war, als ich es normalerweise tragen würde, aber ich hatte eine Idee, wie ich den Abend etwas weniger beängstigend gestalten konnte. Wenn ich mich kostümiert fühlte, konnte ich so tun, als wäre ich für den Abend eine andere Person. So konnte ich alle meine Sorgen in diesem Zimmer lassen, um dann später wieder zu ihnen zurückzukommen. Nachdem ich das eng anliegende, rote Kleid zurechtgezupft und tief Luft geholt hatte, öffnete ich die Tür und trat hinaus in den Wohnbereich des Penthouses.

Lucas wirbelte herum. Die nächtliche Aussicht auf die Stadt

umrahmte ihn mit Neonlicht und stand im krassen Gegensatz zu seinem eleganten, maßgeschneiderten Anzug und seinem dunklen Haar. Er sah mich an und ein Muskel spannte sich in seinem Kiefer an, während sein Blick auf mich hungrig wirkte. „Sie sehen aus wie ..." Er hielt inne, als ob er nach dem Wort suchte, und dann verzogen sich seine Lippen zu einem verruchten Ausdruck, als er es fand. „Die Sünde."

Ich konnte meinen Blick nicht von seinem Mund losreißen, als sich das Wort Sünde wie eine verführerische Liebkosung auf meine nackte Haut legte. Wenn es jemals einen Mann gegeben hatte, der die Sünde verkörperte, dann war er es.

„Wollen wir?", fragte er und bot mir seine Hand an.

Ich legte meine Finger leicht in seine, ein Seufzer entfuhr mir über den kleinen Stromschlag, der mich immer durchzuckte, wenn wir uns berührten. „Wohin gehen wir?"

„In meinen Nachtclub auf dem Dach, das Pandemonium. Da spielt heute Abend eine Band, die Ihnen sicher gefallen wird."

Wir verließen das Penthouse, ohne auf die Sicherheitsleute zu achten, und betraten den Aufzug. Ich wusste nicht, ob ich mich jemals daran gewöhnen würde, gut aussehende, kräftige Männer vor der Tür stehen zu haben, aber wenigstens musste ich mich nur noch ein paar Nächte damit auseinandersetzen. Bald würde das alles wie eines dieser unheimlichen Märchen erscheinen, eine Schauergeschichte darüber, wie ich einmal für ein paar Nächte das Anhängsel eines Milliardärs war.

„Danke für die Blumen", sagte ich, sobald wir im Aufzug waren. „Aber woher wussten Sie, dass es meine Lieblingsblumen sind? Und dann war da noch der Kaffee heute Morgen, und die Smaragde ... Spionieren Sie mir etwa nach?"

„Ich habe ein paar Nachforschungen angestellt." Er hob eine seiner perfekten dunklen Brauen zu mir. „Ich weiß gerne, mit wem ich Geschäfte mache und wen ich in mein Haus lasse. Muss ich Sie daran erinnern, dass Sie diejenige waren, die zu mir kam, um mich um einen Gefallen zu bitten?"

Meine Wangen erröteten, aber ich gab mich mit dieser Antwort nicht zufrieden. Auch nicht mit dem allgegenwärtigen Gefühl, dass er mir irgendwie vertraut war. „Haben wir uns vor meinem Unfall gekannt?" Er neigte seinen Kopf zur Seite. „Unfall?"

Der Aufzug öffnete sich auf dem Dach, noch bevor ich antworten konnte. Musik und Lichter schlugen mir entgegen, sobald wir ausstiegen, und alle vorangegangenen Gedanken verflogen, als ich sah, wer da auf der kleinen Bühne spielte.

„Sind das The Hellions?" fragte ich mit lauter Stimme, um die Musik zu übertönen.

Ohne auf seine Antwort zu warten, stürmte ich nach vorne, um einen besseren Blick zu erhaschen. Der Club auf dem Dach des Gebäudes hatte einen Pool auf einer Seite der Bühne und eine Bar auf der anderen. Über uns spannte sich der Nachthimmel und ringsum die blinkenden Lichter von Las Vegas. Es war auch so exklusiv, dass ich mich nicht einmal durch eine Menschenmenge drängen musste, um zur Bühne zu gelangen. Die Leute standen herum und tanzten zu den Klängen der neuesten Songs von The Hellions, und ich konnte direkt bis nach vorne gehen.

Wie war das möglich? The Hellions waren berühmt. Sie füllten riesige Konzertsäle, aber hier waren sie und spielten in einem winzigen, intimen Raum. Ich konnte fast die schwarzen Springerstiefel des Sängers berühren, während er von verlorener Liebe sang.

Während ich mich zum Takt bewegte, bemerkte ich Lucas, der neben mir stand und mich mit unverwandter Intensität beobachtete. Ich drehte mich zu ihm um. „Stand das auch in Ihrem Bericht? Meine Lieblingsband?"

Er lehnte sich dicht an mich heran und legte eine Hand auf

den unteren Teil meines Rückens, an die Stelle, wo das Kleid einen raffinierten Ausschnitt hatte. Als seine Finger meine nackte Haut berührten, erstarrte ich, außerstande, mich auf die Musik zu konzentrieren. Hitze stieg zwischen meinen Schenkeln auf. Seine sinnliche Stimme drang laut und deutlich an mein Ohr, als wären wir allein in einem Raum. „Ich bin sehr gewissenhaft. Wie Sie bald selbst feststellen werden."

„Sie haben es geschafft, dass sie hier spielen, in Ihrem Nachtclub, so kurzfristig?" Ich zog zitternd den Atem ein. „Für mich?"

Er ließ seine Hand ein kleines Stück tiefer wandern und schwebte knapp über der Rundung meines Hinterns. „Das habe ich, ja."

Ich war schwer beeindruckt. Obwohl ich es nur ungern zugab, hatte er mich ein klein wenig für sich gewonnen, so sehr ich auch versuchte, seinem Charme zu widerstehen. Kleidung, Schmuck, Schuhe – das fühlte sich an, als würde er mich kaufen. Aber meine Lieblingsblumen? Meine Lieblingsband? Das war etwas anderes.

„Sie konnten schlecht ablehnen", fuhr Lucas fort als rasten meine Gedanken nicht in Lichtgeschwindigkeit weiter. „Sie sind Dämonen, wissen Sie. Kobolde, um genau zu sein. Ihre Spezies wird oft zu Musikern, Schauspielern und so weiter. Kobolde sehnen sich immer nach dem Rampenlicht. Aber keine Sorge, ich habe auch sie großzügig entlohnt."

Und damit waren wir wieder beim Thema Dämonen. Es musste eine Art schrulliger Milliardärsspleen sein – eine Art, sich zu amüsieren, wenn man sich schon jede andere Art von Vergnügen leisten konnte. Aber langsam wurde es wirklich langweilig. Natürlich würde es erklären, was ich heute Morgen gesehen hatte – aber nein ... Dafür musste es eine vernünftigere Erklärung geben.

Lucas ergriff meine Hand und zog mich an sich, immer noch lachend. „Ein Tänzchen mit dem Teufel?"

Vielleicht war er wirklich verrückt, aber als er meinen Körper an sich zog, schmolz ich förmlich in seinen Armen dahin. Egal wie sehr ich es versuchte, ich konnte mich nicht dazu bringen, mich von ihm loszureißen. Ich verlor mich bald in dem Song und dem Gefühl von Lucas' muskulöser Brust, die sich gegen mich presste. Obwohl er viel größer war als ich, schmiegte sich sein maskuliner Körper perfekt an meinen, und das Gefühl der Richtigkeit, das ich in seinen Armen verspürte, war anders als alles, was ich je zuvor empfunden hatte. Mit seiner Hand auf meinem nackten Rücken führte er mich über die Tanzfläche, und für ein paar Minuten gab es nur das Hämmern der Bass Drums und das Prickeln, wo Lucas mich berührte. Es ließ sich nicht leugnen, dass ich ihn in diesem Moment begehrte, selbst wenn es eine fürchterliche Idee war, sich mit jemandem wie Lucas einzulassen. Trotz seiner offenkundigen Exzentrik war er überaus mächtig, und es war jene Art von Macht, die mit Gefahr behaftet war. Er verhandelte um die Dinge, die er wollte, aber nicht kaufen konnte, und Angst glitt ebenso wie Lust mit kalten Fingern über meinen Rücken, als ich über meine Rolle an seiner Seite nachdachte.

Als das Stück zu Ende war und ein neues begann, ließ Lucas seine Hand auf meinem Rücken ruhen und lenkte mich in Richtung der Bar. „Kommen Sie, lassen Sie uns etwas trinken."

Wir gingen auf die Bar zu, und viele Leute blieben stehen, um uns zu betrachten, vor allem die Art, wie seine Hand von mir Besitz ergriff. Niemand von ihnen bezweifelte, dass ich Lucas' Frau war, zumindest für heute Abend. So wie es schien, hatte er wohl jede Woche eine neue Frau an seinem Arm.

Der Gedanke daran drehte mir gerade den Magen um, als plötzlich jemand aus der Menge aufschrie. Wir drehten uns beide um und sahen, wie etwas auf der Bühne mit einem Lichtblitz und einem ohrenbetäubenden Knall explodierte, sodass mehrere Zuschauer aufschrien. Einer dieser Schreie hätte durchaus von mir stammen können.

Die Bandmitglieder von The Hellions rannten von der Bühne, als plötzlich blaue Flammen in die Luft schossen, die alles verschlangen und sich mit unnatürlicher Geschwindigkeit an den Kabeln entlang und auch irgendwie ins Publikum ausbreiteten. Die Menschen begannen in Panik zum Ausgang zu stürmen, während Lucas einen Arm um meine Schultern legte und uns von der Feuersbrunst wegdrehte. „Ignorieren Sie es", sagte er, während er jemandem am Rande ein Zeichen gab, sich um das Feuer zu kümmern. „Es ist alles nur eine Illusion."

„Was?" Ich blickte hinter mich, während die Flammen über das Wasser des Pools tanzten. Mein Kopf drehte sich und mein Herz klopfte.

„Eine Illusion. Kobolde können sie erschaffen. Jemand lenkt sie ab, obwohl ich mir nicht sicher bin, warum."

Während er mich von der brennenden Bühne wegdrängte, sah ich, wie Zel mit Gadreel und ein paar anderen nach vorne lief, vermutlich um das Feuer zu löschen ... oder was auch immer man mit Illusionen machte. Dann verschluckte uns die panische Menge und ich wurde von mehreren Leuten angerempelt. In dem ganzen Durcheinander wurde ich von Lucas getrennt und fand mich inmitten von Fremden wieder. In unserer Nähe züngelten plötzlich blaue Flammen auf, so nah, dass viele Leute sprangen und schrien. Ich wich ein paar Schritte zurück, bis ich an die Wand gepresst wurde, die den Rand des Daches umgab, aber die Flammen näherten sich weiter, während die Leute um mich herum versuchten, zu entkommen.

Dann stieß etwas Hartes schnell mit einer solchen Wucht in mich hinein, dass ich davonflog.

Nein, nicht flog. Ich fiel.

Die plötzliche Wucht des Stoßes raubte mir komplett den Atem, als ich über die Dachmauer flog und meinem Tod entgegenstürzte. Ich konnte nicht einmal schreien, weil ich nicht atmen konnte. Die Zeit verlangsamte sich zur Zeitlupe, während ich an meiner Panik zu ersticken drohte. Meine Arme und Beine zuckten und versuchten, sich an irgendetwas festzuhalten, während mein Körper dem Strip unter mir entgegen stürzte.

Dann wurde es mir plötzlich klar: Ich würde sterben.

Mein Leben zog nicht an meinen Augen vorbei. Es gab keine Momente der Klarheit. Stattdessen fühlte ich nur Bedauern aufgrund all der Dinge, die ich nicht getan hatte und darüber, dass ich Brandy nicht gefunden hatte. Unerwarteterweise spürte ich auch etwas wie Schmerz oder Bedauern über die Tatsache, dass ich meine sieben Nächte mit Lucas nicht würde zu Ende bringen können.

Und da war noch etwas anderes. Das Gefühl der Unausweichlichkeit. Als hätte ich immer schon gewusst, dass mein Tod schnell und gewaltsam kommen würde, und zwar eher früher als später. Wie in meinen Träumen.

Das Dröhnen der Luft um mich herum trieb mir die Tränen in die Augen, aber durch den Dunst sah ich etwas Dunkles über mir herabstürzen. Für einen Moment dachte ich, ein Mann sei von der Dachkante gesprungen, aber das war absurd. Bis sich der Mann näherte und ich Lucas in seinem schwarzen Anzug erkannte. Ich sah seine Augen rot funkeln, während sein entschlossenes Gesicht immer näher kam. Ich musste lachen. Dies war sicherlich eine Art Nah-Tod-Erfahrung. Oder war ich vielleicht schon tot?

In dem Augenblick, als er mich mit seinen starken Armen umschlang, entfalteten sich riesige, schwarz gefiederte Flügel aus seinem Rücken. Mein Magen verkrampfte sich, als der Sturz aufhörte. Keuchend sog ich Luft ein, wobei mein Herz durch den Ruck fast aus meiner Brust sprang.

„Ich habe dich", sagte er, während er mich fest an seine Brust drückte.

Ich konnte nur erschrocken und verblüfft zusehen, wie sich seine Flügel schattenhaft vor den grellen Lichtern der Stadt bewegten. Wie Rauch löste sich die Dunkelheit von jeder der Federn seiner Flügel, als wir durch die Luft flogen und bis zum Balkon seines Penthouses aufstiegen. Mit einem sanften Ruck landete er neben dem Pool, ließ mich jedoch nicht los, sondern legte seine Arme behutsam um mich, während ich an seiner Brust lehnte. Wahrscheinlich war das auch ganz gut so, denn ich war mir nicht sicher, ob ich überhaupt stehen konnte.

Ich sah hinauf in Lucas' unbeschreiblich gut aussehendes Gesicht. Das rote Glühen seiner Augen war verschwunden, oder vielleicht hatte ich mir das nur eingebildet, doch die schwarzen Flügel waren noch da. Sie schienen aus der Nacht selbst gefertigt worden zu sein, und ich beobachtete, wie sich die Dunkelheit um ihn schlang, wie sich die Schatten an seinen Körper schmiegten und vielleicht sogar eine Andeutung von Hörnern auf seinem Kopf bildeten. „Bin ich tot?" schaffte ich es zu fragen. „Bist du ein Engel?"

„Du bist nicht tot." Er schaute mich mit einem so grimmigen Beschützerblick an, dass es mir den Atem raubte. „Und ich bin definitiv kein Engel. Jedenfalls nicht mehr."

Mein Herz hämmerte immer noch in meiner Brust, aber ich musste sehen, ob das wirklich echt war. Ich streckte zitternd eine Hand aus, um einen von Lucas' Flügeln zu berühren, und fuhr zögerlich mit einem Finger an einer der nachtfarbenen Federn entlang. Er holte tief Luft und schloss für einen kurzen Moment die Augen. Es überraschte mich, wie sehr eine so leichte Berührung ihn bewegte. Wie ich ihn bewegte.

Unser Gespräch vom Vorabend kam mir wieder in Erinnerung wie eine Stimme im Wind, denn alles, was er gesagt hatte, fügte sich in Windeseile mit allem, was ich gesehen hatte, zusammen.

„Ich bin der Teufel. Mein wahrer Name ist Luzifer."

„Du erzählst mir also, dass du tatsächlich der Teufel bist. Ein gefallener Engel. Das leibhaftige Böse."

„Das Böse? Wahrscheinlich. Gefallen? Definitiv."

Ich konnte es nicht länger bestreiten.

Lucas Ifer war wahrhaftig der Teufel.

Und ich hatte einen Pakt mit ihm geschlossen.

8

LUZIFER

Mit einem letzten Blick auf den sternenübersäten Himmel, aus dem ich Hannah gerissen hatte, und die hellen Lichter unter mir, wo alles hätte enden können, drückte ich sie fester an meine Brust und trat ins Penthouse, um sie auf dem Sofa abzusetzen. Ihr blondes Haar breitete sich wie gesponnenes Gold über die schwarzen Lederkissen aus, und ihre blauen Augen sahen mich mit einer Mischung aus Erschrockenheit und etwas anderem an. War es Furcht? Neugierde?

Feuer raste durch meine Adern, als ich mich im Kreis drehte und mir mit einer Hand durch die Haare fuhr, während ich versuchte herauszufinden, was ich tun sollte. Wasser. Das war es, was sie brauchte. Ich ging zur Bar und schenkte ihr etwas Wasser ein — und mir einen Whiskey. Das hier schrie geradezu nach einem Drink.

Das war knapp gewesen. Ich hätte sie fast verloren. Wie war sie gestürzt? Als ich sie in der panischen Menschenmenge ausgemacht hatte, war es schon zu spät. Hätte sie nicht geschrien, hätte ich sie nicht mehr rechtzeitig gesehen. Jemand musste sie gestoßen haben, und zwar kräftig. Nur mit übernatürlicher Kraft konnte sie über die Mauer gelangt sein.

War *er* schon hinter ihr her? Oder war es jemand anderes? Verdammt. Nicht mal auf dem Dach meines eigenen Gebäudes konnte ich sie beschützen. Wäre es besser, sie wegzuschicken? Wäre sie dann sicherer?

Nein. *Nein.* An meiner Seite war sie am sichersten. Dieses Mal würde es anders sein. Es musste anders sein.

Als ich mit ihrem Wasser zurückkehrte, saß Hannah in genau der Position auf dem Sofa, in der ich sie zurückgelassen hatte. Sie hatte sich weder bewegt noch ein Wort gesagt, sie starrte ins Leere, ihren perfekten Lippen leicht geöffneten. Sie stand definitiv unter Schock. Von einem Dach zu stürzen wäre wahrscheinlich für jeden ein Schock, ganz zu schweigen davon, vom bösesten der Bösen dieser Welt gerettet zu werden.

Als ich merkte, dass sie zitterte, machte ich eine Handbewegung in Richtung des Kamins, der sofort aufflammte. Dann ergriff ich einen Samtüberwurf vom Stuhl neben dem Feuer und deckte sie damit zu. Als ich ihn ihr um die Schultern legte, richtete sie schließlich ihren Blick nach oben und konzentrierte sich auf etwas hinter mir. Ich wirbelte herum und erwartete, jemanden dort zu sehen, aber wir waren allein.

Als ich meine Aufmerksamkeit wieder Hannah zuwandte, bemerkte ich, dass sie mit großen Augen auf meine Flügel starrte. Ich verstaute sie rasch und ließ sie verschwinden.

„Ich hatte vorgehabt, dir meine Flügel zu zeigen und dir alles zu beweisen, was ich gesagt habe", sagte ich mit meiner sanftesten Stimme — die, die nur Hannah vorbehalten war—, während ich die ganze Wut, die noch immer in mir brodelte, unterdrückte. „Aber nicht auf diese Art." Ihr Blick schnellte hinüber zu meinem Gesicht, und ihr perfekter, kleiner Mund formte ein O. „Es stimmt also. Es ist alles wahr."

„Ja, das ist es." Ich streckte die Hand aus, um ihre Wange zu streicheln, aber sie wich vor mir zurück, und ich hielt mich zurück. „Erinnerst du dich, was vorhin passiert ist? Wie du gestürzt bist?"

Sie schüttelte stumm den Kopf, die Augen immer noch weit aufgerissen.

„Wer immer dich auch angegriffen hat, wird dafür bezahlen." Diesmal gelang es mir nicht, die Drohung in meiner Stimme zu verbergen, und sie schreckte erneut zurück. Ich holte tief Luft und gewann die Kontrolle über mich zurück. „Hannah. Von mir hast du nichts zu fürchten."

Hannahs Brustkorb begann sich unter der Decke zu heben, während sie schnell atmete. „Aber du bist der *Teufel*!"

Ohne eine Antwort abzuwarten, schleuderte sie die Samtdecke zur Seite und zog ihre Schuhe aus. Ihr rotes Kleid rutschte bei dieser Bewegung ihre Beine hoch und enthüllte Zentimeter um Zentimeter ihre helle, weiche Haut. Mein Schwanz pochte, während ich mir immer wieder vor Augen führte, wie perfekt sie war, innerlich und äußerlich, selbst inmitten einer existenziellen Krise. Ich wandte den Blick ab.

„Gott", flüsterte sie. Ah, sie hatte die tieferen Zusammenhänge meiner ... nun ja, meiner Existenz entdeckt. „Existiert Gott? Was ist mit der Bibel?"

„Ich habe im Lauf meines Daseins viele Götter gekannt, und ich war auch schon selbst der eine oder andere Gott, aber ich weiß nicht, ob es *den* Gott, eine allmächtige und allwissende Gottheit, wirklich gibt. Das weiß niemand."

Sie sprang auf die Füße und huschte durch den Raum, aber sie lief nicht weg, was Grund zur Hoffnung gab. Ich hatte einen Funken Hoffnung, dass ich sie nicht völlig vergrault hatte. „Und die anderen Dämonen, von denen du ständig redest. Kobolde, Succubi, Incubi ... Sind die auch real? Was ist mit Engeln?"

„Ja, alle sind real. Alles, was ich dir gesagt habe, ist wahr." Ich wollte nach ihr greifen, um ihr durch diese schwierige Erkenntnis zu helfen, aber ich hielt mich zurück. Sie war noch hier. Sie wusste, wo die Tür war, und sie war nicht gegangen. Das war das Wichtigste. Hannah blieb stehen und starrte mich mit offenem Mund an. „Aber ... wie?"

„Dämonen kommen aus einem ..." Wie sollte ich es beschreiben? „Aus einer Art Parallelwelt, bekannt als Hölle. Engel kommen aus einem anderen Realitätsbereich, bekannt als Himmel, und Feen kommen aus der Feenwelt Faerie."

Ihre Augenbrauen wanderten mit jedem Satz, den ich sprach, höher. Wenn ich weiterredete, würden sie sich irgendwo in ihren Haaren verlieren. „Feen?"

„Konzentrieren wir uns erst einmal auf Engel und Dämonen und kümmern uns ein andermal um die Feenwesen." Ich ging hinüber zur Bar und schenkte mir einen weiteren Whiskey ein. Irgendwann in den letzten paar Minuten hatte ich meinen hinunter geschüttet, ohne es zu merken. „Drink? Wenn es jemals eine Zeit für Alkohol gibt, dann die, in der du merkst, dass deine gesamte Sicht auf das Leben auf den Kopf gestellt wurde."

„Nein, danke." Sie ging zu dem Sessel am Fenster und ließ sich hineinfallen, ohne zu bemerken, wie das Kleid an ihrem Körper verrutschte und wieder diese Oberschenkel entblößte, ganz zu schweigen von ihrem Oberkörper. Noch ein Zentimeter und ich würde die untere Wölbung ihrer Brüste sehen. Nicht, dass ich mich darüber beschweren wollte. „Das Letzte, was ich brauche, ist, dass meine Erkenntnisse durch Alkohol getrübt werden."

„Viele Menschen ziehen es vor, wenn das Leben durch Alkohol getrübt wird. Auf mich hat er leider keine Wirkung." Ich nahm trotzdem einen Schluck Whiskey, hauptsächlich weil ich den Geschmack mochte. Das Brennen erinnerte mich an die Hölle.

Hannah bemerkte endlich, dass sie ein Glas Wasser in der Hand hielt und nahm einen Schluck. Ein winziges bisschen Klarheit kehrte in ihre Augen zurück, und ich konnte fast sehen, wie die Gedanken in ihrem klugen Kopf arbeiteten. Ihr wahres Wesen würde es ihr leichter machen, diese Enthüllungen zu akzeptieren, als es ein normaler Mensch tun würde – einige von ihnen erholten sich nie davon, etwas über Übernatürliches zu erfahren. Ich hatte keinen Zweifel daran, dass es Hannah am Ende der langen Nacht gut gehen würde. Das tat es immer. Sie richtete ihre großen blauen Augen auf mich und betrachtete mich unter ihren weichen Wimpern. „Du warst mal ein Engel."

„Erzengel", korrigierte ich sie. „Aber ich rebellierte gegen den Himmel, so wie es in der Bibel steht."

„Warum?"

Die Antwort darauf war heute Abend zu viel für sie. „Sagen wir einfach, ich war mit ein paar ihrer Richtlinien in Bezug auf die Erde nicht einverstanden."

„Und dann wurdest du der Teufel?", fragte sie.

„Und dann habe ich den Himmel gegen die Hölle eingetauscht." Ich fuhr mit einer Hand über meinen Anzug und glättete den zerknitterten Stoff. „Dort vereinte ich die verfeindeten, völlig chaotischen Stämme der Dämonen und ließ mich zu ihrem König krönen. Seitdem herrsche ich über die Dämonen."

Ich überlegte, ob ich ihr sagen sollte, welche Rolle sie dabei gespielt hatte, aber sie schien schon erschüttert genug zu sein. Für heute Abend hatte sie genug. Schon bald würde sie alles wissen, und es würde keine Geheimnisse mehr zwischen uns geben. Ich sehnte mich nach diesem Tag. Aber zunächst einmal brauchte sie etwas Zeit, um das alles zu verarbeiten. Ich machte einen Schritt nach vorne und bot ihr meine Hand an. „Ich kann sehen, dass du noch mehr Fragen hast, aber ich denke, es ist Zeit, dass du dich etwas ausruhst. Du hast eine ... ereignisreiche Nacht hinter dir."

„Aber ich habe noch mehr Fragen", sagte sie, während sie ihre Hand in meine schob.

„Und ich verspreche, sie zu beantworten. Morgen." Sie schwankte ein wenig, als sie aufstand, und ich beugte mich hinunter und hob sie wieder auf. In dem Moment, als sie in meinen Armen lag, fühlte sich alles auf der Welt wieder richtig an.

„Was machst du da?", quiekte sie und strampelte mit den Beinen, als ich sie durch den Wohnbereich trug.

„Ich bringe dich in dein Zimmer."

„Aber ich kann selbst laufen!"

„Darüber lässt sich streiten." Ich stieß ihre Tür auf und legte sie auf dem Bett ab. „Du hattest gerade den Schock deines Lebens und wärst auch noch fast gestorben. Lass mich dir beim Ausziehen helfen."

Diesmal stand sie auf, ohne zu schwanken. „Ich komme gut zurecht, danke." Doch dann hielt sie kurz inne. „Naja, wenn du den Reißverschluss hinten an meinem Kleid aufmachen könntest, das wäre gut. Ich habe es vorhin kaum alleine anziehen können."

Ein leises Schmunzeln entwich mir, als sie sich umdrehte, und ich zog den Reißverschluss an ihrem Rücken hinunter und enthüllte ihre helle, perfekte Haut. Oh, wie sehr ich mich danach sehnte, meine Lippen darüber gleiten zu lassen und dieses Kleid weiter zu Boden gleiten zu lassen. Ich musste sie haben. Bald. Sie drehte sich um und warf mir einen Blick zu, der mich an ein wildes Kätzchen erinnerte, und murmelte ein „Danke". Dann schnappte sie sich etwas aus dem Schrank und flüchtete ins Bad, wobei sie die Tür hinter sich schloss.

Ich machte es mir auf dem Bett bequem, während ich auf sie wartete, und bewunderte die Blumen im Zimmer. Gadreel hatte meine Befehle hervorragend ausgeführt, wie ich es von ihm gewohnt war. Ich atmete den Duft ein und erinnerte mich an eine lange vergangene Zeit, als wir ebenfalls von Narzissen umgeben gewesen waren.

Als Hannah herauskam, sah sie zweimal hin, als sie mich auf ihrem Bett sah. Ihr Gesicht war unschlüssig, aber sie leckte sich über die Lippen, und ich wusste, dass auch sie Verlangen verspürte. Sie konnte mir nie widerstehen, egal wie sehr sie es versuchte.

Ihr Haar fiel offen auf ihre Schultern, ihr Make-up war verschwunden, und sie trug ein dünnes schwarzes Nachthemd mit Spaghetti-Trägern. Es war eine echte Qual, mich zu beherrschen, ihr diese Träger nicht von den Schultern zu zerren, aber ich riss mich zusammen und stand auf.

„Ich gehe jetzt", sagte ich ihr, während ich meine Anzugsjacke aufknöpfte. „Ich wollte mich nur vergewissern, dass es dir gut geht, bevor ich dich allein lasse."

Sie stieß einen langen Atemzug aus. „Ich fühle mich, als hätte man mir den Kopf abgenommen, durchgeschüttelt und dann wieder verkehrt aufgesetzt."

Ich lachte leise. „Das trifft es ganz gut. Komm, leg dich jetzt hin."

Ich beugte mich vor, nahm ihre Hand und zog sie zu mir heran. Zu meiner Überraschung ließ sie es zu, was bewies, wie müde sie war. Eine Nahtod-Erfahrung erschöpfte Menschen wirklich, selbst einen so außergewöhnlichen wie Hannah. Ich zog die Bettdecken zurück und als sie ins Bett schlüpfte, deckte ich sie zu. Als sie zu mir aufsah und ihr goldenes Haar wie ein Heiligenschein auf das Kissen fiel, brauchte ich meine ganze Kraft, um nicht zu ihr ins Bett zu klettern. Ihre Augen waren jedoch weit geöffnet, und ich spürte, dass ihr müdes Gehirn sich gegen den Schlaf wehrte und sich noch mehr Fragen ausdachte, die sie mir stellen wollte. „Schlaf jetzt. Wir haben morgen wieder einen großen Tag vor uns." Mit sanftem Drängen fügte ich meinen Worten ein wenig Nachdruck hinzu, eben genug, damit sie gähnte und ihre Augenlider sich zu schließen begannen. Der Befehl war nicht sonderlich energisch, aber er würde ihren körpereigenen Instinkten erlauben, die Kontrolle zu übernehmen und ihr dabei helfen, den Schreck größtenteils wegzuschlafen.

Sie gähnte und zog die Decke bis zu ihrem Kinn hoch, ehe sie flüsterte: „Warum ich?"

„Weil du mir gehörst. Du hast mir schon immer gehört." Ich drückte ihr einen Kuss auf die Stirn, als ihre Augen zufielen. „Und du wirst *immer* mir gehören."

9

———

HANNAH

Als ich wieder aufwachte, hatten sich die Bettlaken um mich gewickelt, als sei ich von sich windenden Schlangen an das Bett gefesselt worden. Kühler Schweiß bedeckte meinen Körper, und feuchte Haarsträhnen klebten mir an der Stirn. Ich stöhnte und sog einen langen, flachen Atemzug ein. Das war nicht genug. Mein Körper lechzte nach Sauerstoff, als hätte ich die meiste Zeit der Nacht mit Rennen verbracht.

Ich hatte immer schon schlecht geschlafen und wurde von schrecklichen Träumen geplagt. Allzu oft war ich aufgewacht, den Körper fest um ein Kissen gepresst und die Muskeln schmerzend vor Anspannung. Aber letzte Nacht war es besonders schlimm.

Bruchstücke meiner Träume waberten durch meine Gedanken. Feuer und Asche, Schatten und Rauch, Dunkelheit, die sich zu Federn und Hörnern wand. So viel Angst, so viel Schmerz, so viel Tod. Und Lucas ... immer Lucas. Sein Gesicht verschwand immer wieder aus meinem Blickfeld, bevor es durch ein anderes ersetzt wurde, obwohl dieses verschwommen war. Der einzige Traum, an den ich mich deutlich erinnern konnte, war einer, in dem Lucas – nein, Luzifer – auf einem schwarzen Thron saß. Je näher ich versuchte, ihn zu betrachten, desto mehr schien er sich meiner Anwesenheit bewusst zu werden. Ich wich zurück, aber es war zu spät. Seine roten Augen blickten mich an, und er bedeutete mir mit dem Finger, näher zu kommen. Das war kurz bevor ich aufwachte, und mein Herz hämmerte noch immer bei der Erinnerung daran.

Ich setzte mich auf und schüttelte den Kopf, um ihn frei zu kriegen, aber die Angst aus meinen Träumen war immer noch da. Es widerstrebte mir, das Zimmer zu verlassen, denn Lucas würde dort draußen sicher schon warten und den Tag drei bereits für mich geplant haben. Welche Sünde würde heute auf dem Programm stehen?

Mühsam schluckte ich die Angst hinunter, die meine Kehle zuschnürte. Wie konnte ich noch mehr Zeit mit diesem Mann verbringen, jetzt, wo er sein Geheimnis preisgegeben hatte? Als ich ihn für einen Mafiaboss gehalten hatte, hatte ich meine Entscheidungen in Frage gestellt. Jetzt verfluchte ich sie.

Ich erhob mich aus dem Bett wie eine alte Frau, langsam und vorsichtig, um nicht zusammenzubrechen. Vergangene Nacht war ich fast gestorben, und mein Körper fühlte sich schwach an, als hätte er die Nachricht, dass ich noch am Leben war, noch nicht erhalten. Wie auf Autopilot ging ich zum Kleiderschrank, in dem die Kleiderbügel klapperten, als ich sie von links nach rechts schob. Wie alles andere, was ich in diesem Raum berührte, waren auch sie von bester Qualität. Teuer. Und sie gehörten dem Teufel. Gehörte auch ich ihm jetzt?

Ich zog das erste Kleidungsstück heraus, das meine Hände berührten – einen ärmellosen Hosenanzug aus Leinen. Ich überlegte kurz, ob er zu den heutigen Aktivitäten passen würde, schob den Gedanken jedoch schnell beiseite. Die Unternehmungen waren mir egal. Ich tat das hier nur für Brandy.

Sobald ich angezogen war, konnte ich nicht länger warten. Ich musste Lucas gegenübertreten.

Nein, nicht Lucas.

Luzifer.

Lu-zi-fer.

Die Silben kreisten in meinem Kopf, ihr Klang machte mich wahnsinnig. Selbst nach den Ereignissen der letzten Nacht fiel es mir schwer zu akzeptieren, dass das alles Wirklichkeit sein sollte.

Als ich schließlich in die Küche kam, war er schon da. Er trug einen seiner tadellosen schwarzen Anzüge, trank Kaffee und las eine Zeitung.

„Guten Morgen." Seine warme Stimme umhüllte mich, als sei in der vergangenen Nacht überhaupt nichts Ungewöhnliches passiert. Abgesehen davon, dass ich fast in den Tod gestürzt wäre und ihm ein Paar Flügel gewachsen waren, die so schwarz waren wie die Dunkelheit selbst. Aber vielleicht ist das dem Teufel ja auch völlig egal. Warum auch nicht?

„Morgen", murmelte ich, obwohl es inzwischen fast Mittag war.

Er sah mich an, seine Augen waren dunkel und unergründlich. „Du siehst reizend aus."

„Danke." Ich konnte Luzifer nicht ansehen, ohne dass mir Erinnerungen an meine Träume durch den Kopf schossen, oder an den Schreck, als er mich in der Luft aufgefangen und mir das Leben gerettet hatte. Ich räusperte mich und konzentrierte mich stattdessen auf das Frühstück. Auf dem Tisch war ein komplettes Brunch-Buffet aufgebaut, mit allerlei Dingen von Eiern über Pfannkuchen bis hin zu Obst. Ich nahm mir ein paar Sachen, dann fiel mein Blick auf die Äpfel. Sie waren rubinrot, saftig und verführerisch, wahrscheinlich ganz ähnlich denen, denen einst Eva nicht hatte widerstehen können. War auch diese Geschichte wahr? Ich schüttelte den Kopf und verwarf den Gedanken an den biblischen Bericht. Luzifer beobachtete mich, als ich zum

Tisch zurückkehrte, und musterte mich weiter, als ich anfing, die kleine Portion Ei auf meinem Teller zu essen. Ich vermied es jedoch, ihn anzusehen. Jedes Mal, wenn ich in seine Richtung blickte, verschlug es mir den Atem. Ich erinnerte mich an seine beschützenden Augen, die auf mich herabsahen, seine Arme, die mich fest umschlossen, und seine Flügel, die sich hinter ihm entfalteten. Diese riesigen, schattenhaften, unfassbar schönen Flügel, die mir das Leben gerettet hatten. Wenn er Flügel und rote Augen hatte – denn das hatte ich mir doch sicher auch nicht eingebildet – was hatte er dann noch? Hörner? Einen gespaltenen Schwanz? Ziegenbeine? Mein Gehirn beschwor alle möglichen Schreckensbilder aus Filmen und TV-Serien herauf, und ich schob meinen Teller beiseite. Es war mir der Appetit vergangen.

Gestern noch hatte ich versucht, einen sexy Milliardär mit einem Teufelsfetisch bei Laune zu halten. Heute aß ich unter vier Augen mit Luzifer persönlich. Das war eine Menge zu verarbeiten. Ich musste nur die nächsten paar Tage durchstehen, dann hatte ich Brandy zurück und konnte den Rest meines Lebens damit verbringen, die Begegnung mit dem Teufel zu vergessen.

Ja, klar. Als ob das ginge.

An diesem Nachmittag fuhren wir mit einem anderen von Luzifers schicken Sportwagen hinaus auf den Strip. Ich fragte nicht, wohin wir fuhren, und Luzifer überließ mich meinem Schweigen, als ob er wusste, dass ich nicht bereit zu einem Gespräch war. Wir verließen die Innenstadt von Las Vegas und fuhren direkt an den Rand der Zivilisation, an den Beginn dessen, wo uns die Wüste verschlucken konnte. Er lenkte den Wagen auf eine Straße, die an einem Schild zur Rennbahn von Devil's Playground vorbeiführte. Schon bald kamen wir an einem rechteckigen Gebäude vorbei, das sich vor dem Hintergrund einer ausgedehnten Rennstrecke und den kargen, vertrockneten Bergen im Hintergrund abzeichnete.

„Was machen wir hier?" fragte ich, während ich auf die Rennbahn hinausblickte.

„Ein bisschen Dampf ablassen." Luzifer schenkte mir ein boshaftes Grinsen. „Ich dachte, du könntest ein bisschen Ablenkung gebrauchen."

Er parkte vor dem Gebäude und setzte sich eine schwarze Sonnenbrille auf, während ich aus dem Auto stieg und in die sengende Wüstensonne trat. Ich war an Hitze gewöhnt, nachdem ich in Südkalifornien gelebt hatte, aber das hier war brutal. Ein anderer Sportwagen fuhr vor und hielt an, dann stiegen Zel und Gadreel daraus aus. Zel trug ihr Kampfleder und hatte Waffen umgeschnallt. Sie funkelte alles an, als ob selbst die Sonne sie beleidigt hätte. Gadreel grinste und fuhr sich mit der Hand durch sein sandblondes Haar, während er sich wie ein Tourist im Urlaub umsah.

„Wir haben heute Gesellschaft", bemerkte ich.

Ein Muskel in Luzifers Kiefer spannte sich an. „Du bist letzte Nacht angegriffen worden. Ich will, dass du von jetzt an immer unter Schutz stehst."

Mir blieb der Atem weg. „Angegriffen? Ich dachte, das war ein Unfall."

„Wir untersuchen das gerade." Er deutete auf seine beiden Begleiter, während sie sich näherten. „Ich glaube, du kennst Azazel und Gadreel bereits, zwei meiner treuesten Gefallenen."

„Sind die beiden auch Dämonen?" fragte ich und senkte meine Stimme. „Nicht direkt." Luzifer legte einen Arm um meine Schultern und ich erstarrte, während er mich in den Schatten führte. „Gefallene waren ursprünglich Engel, so wie ich einer war, aber sie folgten mir in die Hölle und wurden ... etwas anderes. Nicht unbedingt Dämonen, aber auch keine Engel mehr."

Ich schluckte, nahm diese neue Information auf, die er so beiläufig aussprach, als würden wir uns über das Wetter unterhalten. „Haben auch sie Flügel?"

„Ja, haben sie, aber meine sind größer." Er senkte den Kopf und zwinkerte mir über die dunklen Gläser seiner Sonnenbrille frech zu. „Und falls du darüber nachdenkst ... Ja, die Flügelgröße korrespondiert direkt mit anderen Körperteilen."

Bei diesem Satz entfuhr mir ein überraschtes Kichern, und meine Abwehrhaltung ihm gegenüber ließ etwas nach. Ich konnte nicht anders. Der Mann war einfach so verdammt charmant. Ganz zu schweigen davon, dass ich das Gefühl hatte, ihn auf einer ganz besonderen Ebene zu kennen, wenn ich in seiner Nähe war. Aber ... wie konnte das sein?

Ein schlanker, attraktiver Mann trat aus dem Gebäude, brachte zwei Helme und verneigte sich vor Luzifer. „Mein Gebieter, es ist alles bereit."

„Ausgezeichnet." Er winkte mit einer Hand. „Heute nur der Helm für die Dame."

Der Mann vor uns hob die Augenbrauen und sah mich mit kaum verhüllter Neugierde an. „Sie weiß Bescheid?"

„Sie steht unter meinem Schutz", sagte Luzifer mit einem Anflug von Grollen in der Stimme.

„Natürlich, mein Gebieter." Er reichte mir den Helm und zog sich dann in einer halben Verbeugung zurück. „Ich hole die Schlüssel."

Nachdem der Mann gegangen war, beugte sich Luzifer näher zu mir. „Ein weiterer meiner Dämonen. Ein Gepardenwandler."

„Ein ... was ...?"

„Wandler sind eine weitere Art von Dämonen. Sie können sich in Tiere verwandeln." Er bedeutete mir mit einer Geste, ihm zu folgen, und wir gingen an der Seite des Gebäudes entlang, wo eine Reihe von Sportwagen auf uns wartete. Glänzende, schöne, aerodynamische Autos in leuchtenden Farben von Limettengrün bis Hot Pink. Einige von ihnen sahen aus, als kämen sie direkt von einer NASCAR-Rennpiste, mit riesigen Spoilern und Aufklebern übersät, während andere direkt in Luzifers Garage neben seinem silbernen Aston Martin hätten stehen können. „Werden wir die fahren?" fragte ich, als Luzifer mir den Helm über den Kopf zog. Ich würde für den Rest des Tages eine Helmfrisur haben, aber meine Aufregung übertraf jede Befürchtung bei der Erkenntnis, was wir im Begriff waren zu tun.

„Das werden wir", sagte er, während er mich zum ersten Auto führte, dem limettengrünen Lamborghini. Er ließ nicht zu, dass mich jemand anderes als er in den Beifahrersitz schnallte, aber er wusste genau, was er tat. Ehe ich mich versah, fuhren wir los, während Gadreel und Zel unter einem Vordach von der Seitenlinie aus zusahen.

Wie ein Profi beschleunigte Luzifer in Sekundenschnelle auf ein halsbrecherisches Tempo und sauste um die Rennstrecke. Die Wucht der Beschleunigung drückte mich in meinen Sitz und raubte mir den Atem, aber ich wollte nicht zugeben, wie sehr es mich gleichzeitig berauschte.

„Das machst du nicht zum ersten Mal!" sagte ich durch den Lautsprecher des Helms, aber ich hatte vergessen, dass er keinen aufgesetzt hatte. Das spielte jedoch keine Rolle. Luzifer hörte mich über den Motorenlärm hinweg und grinste mich schelmisch an. Dann beschleunigte er weiter.

Ich schrie auf, doch diesmal nicht aus Angst, sondern vor Vergnügen, so als ob man in einer Achterbahn sitzt und steil nach unten schießt. Obwohl ich mich mit aller Kraft festklammerte, konnte ich mich nicht daran erinnern, wann ich jemals so viel Spaß gehabt hatte. Seit dem Autounfall hatte mich exzessive Geschwindigkeit immer nervös gemacht, aber Luzifer hatte so eine Art, mir ein Gefühl der Sicherheit zu geben. So als hätte er alles unter Kontrolle, und nichts könnte mir etwas anhaben, solange er an meiner Seite war.

Als wir den Rundkurs abgefahren hatten und langsam zum Stehen kamen, sah Luzifer zu mir hinüber und stieß ein heiseres Lachen aus. Es war so sexy, dass ich ein kleines bisschen in meinem Sitz dahinschmolz.

„Das gefällt dir, was?", fragte er.

„Besser als ich erwartet hatte."

Er half mir aus dem ausgefeilten Sicherheitssystem, nahm meine Hand und zog mich aus dem Auto. Seine Berührung sandte ein unerwartetes Kribbeln durch mich, und er zog mich dicht an sich heran. So blieb er stehen, hielt mich fast fest, zog mich an sich, obwohl seine Augen hinter seiner Sonnenbrille verborgen waren. „Ich wusste, dass es das würde." „Aber woher?"

„Ich bin der Teufel, Schätzchen. Ein bisschen was musst du mir schon zutrauen." Er hob meine Hand zu seinem Mund und drückte einen Kuss auf mein Handgelenk, so wie er es in der letzten Nacht getan hatte, und alles in mir verwandelte sich in heiße, glühende Lava.

Er ist der Teufel, flüsterte eine Stimme in meinem Kopf.

Ja, und er ist auch wirklich verflucht heiß, rief eine lautere Stimme zurück.

Okay, also offenbar verlor ich gerade den Verstand, aber würde das nicht jeder in dieser Situation tun?

Wir testeten die Rennstrecke in drei verschiedenen Autos, und es fiel mir leicht, mich in der Geschwindigkeit und dem Adrenalin zu verlieren. Jedes Mal, wenn ich zu Luzifer hinüberblickte, lächelte er mich an, als wüsste er, was für einen Riesenspaß ich hatte. Auf diese Weise war er einfach wieder Lucas Ifer, ein Mann mit zu viel Geld und zu viel Spielzeug.

Als wir aus dem vierten Auto ausstiegen, fragte Luzifer: „Möchtest du auch mal selber eine Runde fahren?"

„Wirklich?" Mein Puls raste, als ich zu ihm aufsah. „Du ahnst nicht, wie gern ich eines der Autos fahren würde. Oder vielleicht weißt du es doch."

Er schmunzelte leise. „Dann such dir eines aus."

Ich entschied mich für den pinkfarbenen Ferrari, nicht weil er pink war, sondern weil es ein verdammter Ferrari war. Ich würde wahrscheinlich nie wieder die Chance bekommen, so einen zu fahren, und das wollte ich mir nicht entgehen lassen. Wieder einmal schnallte Luzifer mich an und erklärte mir kurz alles, was ich wissen musste. Nervosität stieg in mir auf, und fast hätte ich es mir anders überlegt, aber dann stieg Luzifer auf der Beifahrerseite des Autos ein und nickte mir zu. Jetzt konnte ich keinen Rückzieher mehr machen.

Ich packte das Lenkrad, legte den Gang ein und trat das Pedal durch. Der Wagen schoss vorwärts, zuerst zu langsam, aber schon bald wurde ich mutiger und legte einen Zahn zu. Pures Adrenalin raste durch meine Adern und ein schallendes Lachen entfuhr mir, als der Wagen um die Strecke sauste und sich an die Straße schmiegte, wie ich es noch nie erlebt hatte. Mein armer, verbeulter Honda konnte damit niemals mithalten. Luzifer ließ mich Runde um Runde drehen, bis mich eine Männerstimme über die Sprechanlage anwies, ich solle mich zurückmelden. Ich hatte nur noch wenig Sprit im Tank. Als ich anhielt, stieß ich einen langen Atemzug aus, während die Spannung nachließ. Dann taumelte ich fast aus dem Auto, halb von Luzifer aus dem Wagen gezogen, während mein Körper sich immer noch anfühlte, als würde er mit einigen hundert Stundenkilometern rasen.

Als Luzifer mich in seinen Armen hielt, sah ich mit einem Lächeln zu ihm auf. „Ich hatte das Gefühl, zu fliegen."

Bei diesen Worten überzog ein düsterer Ausdruck Luzifers Gesicht und er wandte den Blick ab. War es unhöflich, gegenüber einem Mann, der sich nach Belieben ein Paar Flügel wachsen lassen konnte, vom Fliegen zu sprechen? Oder war es etwas anderes?

Während ich im Schatten ein Glas Wasser trank, drehten Gadreel und Zel eine Runde auf der Bahn und lieferten sich ein Rennen. Ich beobachtete erfreut, wie Zel Gadreel überholte, schrie dann aber erschrocken auf, als etwas – nein, jemand – mit halsbrecherischer Geschwindigkeit vom Himmel stürzte. Ich sprang rückwärts, als anthrazitfarbene Flügel auftauchten und ein weiterer von Luzifers Handlangern direkt vor uns landete. Es war Sam, jetzt erkannte ich ihn. Das war der, der das Verschwinden von Brandy untersuchte.

Er war ganz offensichtlich in großer Eile hergeflogen. Sein rasierter Kopf glänzte vor Schweiß, als er seine dunklen Flügel hinter sich einzog und sie dann ganz verschwanden. Wow. Ich war mir nicht sicher, ob ich mich jemals daran gewöhnen konnte.

„Was ist los, Samael?" Luzifer trat nach vorne, während Zel und Gadreel aus ihren Autos sprangen und ebenfalls herbeieilten.

„Ich habe sie gefunden", sagte Sam.

Jetzt, da der Schock, einen weiteren geflügelten Mann zu sehen, sich gelegt hatte, drängte ich mich nach vorne, mit klopfendem Herzen, voller Angst, die Frage zu stellen, die mir auf den Lippen lag. „Ist Brandy am Leben?"

Sam richtete sich auf und nickte. „Ja, das ist sie. Und Asmodeus auch." Eine ungeheure Welle der Erleichterung überflutete mich, so stark, dass meine Knie fast nachgaben. Sie lebte. *Sie lebte!* Gott sei Dank war sie am Leben. Obwohl ich vielleicht eher Luzifer danken sollte, da er das bewirkt hatte, zumindest indirekt. Ich schloss die Augen, als die Angst, sie könnte tot sein, von mir abfiel.

„Wo?" fragte Luzifer.

„Sie werden in einem verlassenen Motel in der Wüste

gefangen gehalten", sagte Sam. „Von Dämonen. Wandlern, glaube ich."

Und schon war die Angst wieder da. „Ist sie verletzt? Warum haben sie sie entführt?"

Sam wandte seinen dunklen Blick wieder mir zu. „Das wissen wir noch nicht."

„Gut gemacht." Luzifer klopfte Sam mit so etwas wie Verbundenheit auf die Schulter. „Ich wusste, dass du sie finden würdest. Wir werden die Befreiungsaktion heute Nacht in Angriff nehmen. Samael und Gadreel, ihr kommt mit mir. Azazel, du bleibst bei Hannah und sorgst dafür, dass sie in Sicherheit ist."

Zel und Gadreel sahen einander mit hochgezogenen Augenbrauen an. „Ihr werdet den Angriff selbst anführen, Gebieter?" fragte Zel, sichtlich überrascht.

„Ja, ich kümmere mich persönlich darum." Luzifer warf mir einen kurzen Blick zu. „Ich habe versprochen, Brandy zurückzubringen, und ich halte meine Versprechen immer."

Ich trat auf ihn zu. „Ich will auch dabei sein."

Luzifer nahm seine Sonnenbrille ab und steckte sie ein. „Obwohl ich deinen Mut bewundere, das kann ich dir nicht erlauben. Es ist zu gefährlich. Schließlich bist du ein Mensch."

Gadreel nickte. „Überlass es den Dämonen, die Arbeit des Teufels zu erledigen."

Ich warf ihm einen trotzigen Blick zu. „Niemand von euch wüsste überhaupt davon, wenn ich euch nicht darauf aufmerksam gemacht hätte."

„Und dafür sind wir dir auch dankbar, aber mehr kannst du nicht tun." Luzifer legte seine Hände auf meine Schultern und musterte mich mit seinem intensiven Blick. „Vertrau mir, Hannah. Ich werde mich umgehend darum kümmern, und bald hast du auch deine Freundin wieder. Ich werde dich nicht enttäuschen." Ich schluckte und unterdrückte meine sture

Entschlossenheit. Obwohl es mich ärgerte, nicht mit ihnen gehen zu können, wusste ich, dass sie Recht hatten. Was konnte ich gegen Dämonen ausrichten? Vor ein paar Stunden hatte ich noch nicht einmal gewusst, dass es sie gab. Und es war nicht gerade so, als ob ich eine Kämpfernatur oder so etwas wäre. Ich betrieb einen Blumenladen, verdammt noch mal, und das hier war der Teufel. Der Vergleich war völlig absurd.

Und aus irgendeinem Grund, glaubte ich ihm. Es machte keinen Sinn, aber jede Faser meines Wesens sagte mir, dass er die Wahrheit sagte, und dass er Brandy sicher zurückbringen würde.

Ich nickte stumm und trat einen Schritt zurück. Luzifer strich mir über die Wange und sah mir in die Augen, während sich seine großen schwarzen Flügel mit einem Windstoß hinter ihm ausbreiteten. Samaels anthrazitfarbene Flügel schnappten als nächstes heraus, gefolgt von Gadreels hellgrauen. Ohne ein weiteres Wort erhoben sich die drei in den Himmel und verdeckten die Sonne mit ihren großen Flügeln.

Zel beobachtete sie mit zugekniffenem Mund. „Komm mit! Ich bringe dich zurück ins Celestial.“

Aber ich rührte mich nicht. Nicht, bis ihre dunklen Gestalten nur noch winzige Punkte am tiefblauen Himmel waren, die in der Ferne verschwanden und mich mit einer großen Portion Angst und Unruhe zurückließen. Und zwar nicht nur wegen Brandy, sondern auch wegen Luzifer.

10

LUZIFER

Der Boden bebte unter meinen Füßen, als ich vor dem Motel landete, und es bildeten sich Risse im Zement, die sich in den festgestampften Boden der Umgebung ausbreiteten. Um mich herum wirbelte Staub auf, der Wind peitschte um mich herum, und die Elemente waren im Einklang mit meiner kaum gebändigten Wut.

Dutzende von Soldaten aus den Reihen meiner Gefallenen landeten hinter mir, viele von ihnen trugen Lilim – Inkubi und Sukkubi – auf ihren Armen. Diese Dämonen der Lust hatten sich sofort freiwillig gemeldet, als sie erfuhren, dass einer ihrer eigenen Leute gefangen gehalten wurde. Asmodeus war bei seiner Spezies sehr beliebt, weil er die Strip-Clubs leitete, durch die viele von ihnen sicher ihre Nahrung bezogen, und sie waren über seine Entführung erbost. Obwohl viele von ihnen sehr gute Kämpfer waren, hatte ihre Art keine Flügel, und so waren sie heute Abend auf meine Gefallenen angewiesen, die sie heimlich hierher gebracht hatten.

Wir waren mitten im Nirgendwo von Nevada, weit genug von der Hauptstraße entfernt, dass uns niemand sehen würde.

Im Inneren des Motels brannte ein schwaches Licht, aber abgesehen davon sah es wirklich verlassen aus. Die Fenster waren zerbrochen, Farbe blätterte ab und ein ramponiertes Schild verkündete, dass das hier das Desert Paradise Motel war. Ein leerer, brüchiger Swimmingpool befand sich in der Mitte des Innenhofs, der zur Hälfte mit Steppengras bewachsen war. Doch ich wusste, dass der Ort nicht so leer war, wie er schien.

Die nächtliche Oktoberluft war angenehm und kühl, und ich atmete die Dunkelheit ein, die seit Jahrhunderten mein engster Begleiter gewesen war. Obwohl ich einst ein Krieger des Lichts gewesen war, war ich nun wahrhaft der Fürst der Finsternis. Ich sog die Macht der Dunkelheit ein, die mich mit Energie erfüllte.

Mit Gadreel zu meiner Linken und Samael zu meiner Rechten pirschte ich mich an das heruntergekommene Motel heran, während unbändige Wut in meinen Adern brannte. Einer meiner treuesten Dämonen wurde dort festgehalten, zusammen mit Hannahs bester Freundin. Die beiden würden verdammt nochmal besser am Leben sein, oder hier wäre die Hölle los.

Ach, wem wollte ich was vormachen? Die Hölle war hier sowieso schon los, und der Teufel persönlich hier, um seine Schulden einzutreiben.

Noch bevor ich die Tür zur Motellobby erreichte, flog sie auf und zwei Männer rannten heraus. Sie begannen auf uns zu schießen. Pistolen, im Ernst? Wie lächerlich. Ich hob eine Hand und hüllte die Kugeln in Dunkelheit und ließ sie in der Nacht verblassen, ehe sie mich oder die Krieger hinter mir treffen konnten. Die beiden Männer stießen daraufhin ein Brüllen aus, während ihre Körper größer wurden und sich verwandelten. Fell und Krallen bildeten sich. Bärenwandler. Dämonen der Leidenschaft und des Zorns, die mir gegenüber eigentlich loyal sein sollten.

Sie stürmten nach vorne, und andere Dämonen in Form von Bären, Wölfen und sogar Höllenhunden kamen aus den verschiedenen Türen des Motels hervor. Sie krochen durch Fenster, sprangen durch morsche Wände und vom Dach. Meine Gefallenen Engel und Lilim stürzten sich sofort ins Getümmel, bevor einer der Gestaltwandler in meine Nähe kommen konnte, und ich knurrte beim Anblick von Dämonen, die gegen Dämonen kämpfen.

„Genug", brüllte ich, und meine Stimme hallte von den umliegenden Bergen mit einem Krachen wie Donner wider und hallte zu uns zurück. „Verbeugt euch vor mir, eurem Herrscher."

Keiner von ihnen wich zurück, und der Kampf um mich herum tobte weiter. Ich gab Samael ein Zeichen, nach drinnen zu gehen, und er stürmte mit erhobenem Schwert voran, gefolgt von ein paar wütenden, prachtvollen Lilim. Gadreel kämpfte neben mir gegen einen gewaltigen Bären, wobei er sein Schwert und Schattenmagie einsetzte, um die Bestie zu bändigen. Mit einem kräftigen Hieb rammte Gadreel sein Schwert durch die Brust des Bären, dann wickelte sich die Dunkelheit um dessen Kehle, bis der Gestaltwandler besiegt zusammenbrach. Gadreel mochte wie ein fröhlicher Engel wirken, aber im Kampf war er wahrlich erbarmungslos, ein ebenbürtiger Gegner für jeden blutrünstigen Dämon.

Andere Gestaltwandler versuchten törichterweise, mich anzugreifen. Ihre scharfen Krallen und gefletschten Zähne glitten von meiner Haut ohne eine Spur zu hinterlassen. All die Wut, die ich zu verbergen versucht hatte und vor der ich Hannah schützen wollte, entlud sich angesichts der totalen Missachtung meiner Autorität aus mir. Es war wohl an der Zeit, sie daran zu erinnern, wer ich war.

Ich zog die Nacht an mich, breitete meine Flügel weit aus, bevor ich sie entfesselte. Wie schattenhafte Tentakel griff meine Magie nach jedem Gestaltwandler vor dem Motel. Ich riss scharfe Furchen durch sie hindurch, die sie Stück für Stück zerfetzten. Brauchte ich eine kleine Armee in meinem Rücken?

Nein. Ich könnte jeden einzelnen hier mit dem leisesten Gedanken vernichten. Ich hatte einfach gehofft, ein Blutvergießen zu vermeiden, weil ich dachte, dass eine Machtdemonstration die Gestaltwandler dazu bringen würde, nachzugeben und die Gefangenen auszuhändigen. Aber das war nicht der Fall, und jetzt war ich verflucht sauer.

Weitere Gestaltwandler tauchten aus dem Motel auf. Gejagt wurden sie von Samael und seinen Lilim-Kriegern. Ein riesiger Rotfuchs hatte den Mut und schnappte nach mir. Derselbe verdammte Fuchswandler, der mich und Hannah ausspioniert hatte, während wir shoppen gewesen waren.

Als er sich mit seinen scharfen Zähnen auf mich stürzte, krallte ich meine Finger um den Hals der Kreatur und nutzte die Dunkelheit, um in sein Innerstes vorzudringen und ihm Herz und Lunge zu zerquetschen. Dann schleuderte ich seinen Körper zu Boden, während sich der Rest seines Fleisches wieder in menschliche Gestalt verwandelte. Er hätte meine Drohung beherzigen sollen.

Ich schaute auf die anhaltenden Gefechte, und meine Brust hob sich, als ich gegen das Verlangen ankämpfte, jeden der verbleibenden Gestaltwandler zu Asche werden zu lassen. Vielleicht würden sie sich jetzt ergeben.

Doch keiner von ihnen gab auf.

Ich trieb meine Dunkelheit nach draußen. Sobald die verbleibenden Gestaltwandler mehr von den wirbelnden Schatten sahen, die von mir ausgingen, liefen sie davon, aber es war zu spät. Sie hatten mich zum Handeln gezwungen.

Meine Finsternis wand sich um die Kehlen der rebellischen kleinen Verräter und würgte sie. Ich sog sämtliches Leben aus ihnen heraus und nahm es in mich auf, ihr Widerstand machte mich nur noch stärker. Ihre leblosen Körper prallten auf den Boden und die Schlacht war offiziell beendet. Ich drehte rechtzeitig in Richtung Motel, um zu beobachten, wie Samael mit

Asmodeus und einer hübschen schwarzen Frau aus der Haupttür herauskam. Ihre dunkle Haut war staubbedeckt und es gab Spuren von Blut, das um kleine Risse in ihrer Kleidung herum geronnen war. Ihre braunen Augen hingegen strahlten noch immer Entschlossenheit aus. Das musste Brandy sein.

Allem Anschein nach ging es ihr besser als Asmodeus, und sie klammerte sich an seinen Arm, als ob sie sich weigerte, von ihm getrennt zu werden. Die olivfarbene Haut des Inkubus war mit noch mehr getrocknetem Blut und Schmutz bedeckt, ebenso seine zerrissene und zerfetzte Kleidung. Seine normalerweise leuchtend grünen Augen waren stumpf und erschöpft, und er taumelte durch den Schmutz vorwärts. Er lehnte sich an Brandy, um sich abzustützen, während Samael mit einem Stirnrunzeln zusah.

Ich nahm ein Taschentuch aus meiner Anzugtasche und wischte mir langsam die Hände ab. „Berichte mir, was passiert ist."

„Sie haben uns entführt", sagte Brandy, und ich war überrascht, dass sie zuerst antwortete. Eine ganz Mutige, zweifellos. „Sie haben ihn gefoltert und versucht, ihn dazu zu bringen, über Sie zu reden, aber er wollte nicht aufgeben."

„Hast du dich an ihr genährt?", fragte ich Asmodeus. Unter den gegebenen Umständen wäre es verständlich, aber Menschen hielten nur eine gewisse Menge an Zärtlichkeiten von einem Inkubus aus. Ich musste wissen, ob er Brandy Schaden zugefügt hatte, ehe ich sie zu Hannah zurückbrachte.

„Nein, das habe ich nicht", sagte Asmodeus zwischen zusammengebissenen Zähnen. Er brauchte offensichtlich Nahrung und hatte alles in seiner Macht stehende getan, um sich zurückzuhalten.

„Du mutiger Spinner", murmelte Brandy, und ihre Augen wurden weicher, als sie ihn ansah. „Ich habe dir doch gesagt, es ist alles in Ordnung."

Mutig? Asmodeus? Der Inkubus, der meine Strip-Clubs leitete und Menschenfrauen wie Süßigkeiten verschlang? Ich hätte fast gelacht, bis ich sah, wie sie einander ansahen. Ihre Blicke begegneten sich, etwas Starkes passierte zwischen ihnen, wie ein gewaltiges Verlangen. Das muss eine Nebenwirkung seiner Kräfte sein. Asmodeus nährte sich zwar nicht an ihr, aber die Lust, die er entfachte, war für einen Menschen unwiderstehlich. „Ich würde dir niemals wehtun", sagte Asmodeus zu ihr.

Samael trat vor, nahm Asmodeus' Arm und zog ihn mit missbilligendem Stirnrunzeln von Brandy weg. „Du musst essen, mein Sohn. Ich nehme dich jetzt mit."

„Ja, geht", sagte ich und winkte sie fort. „Ich kümmere mich hier um alles."

Asmodeus streckte die Hand nach Brandy aus, als wolle er ihr Gesicht streicheln, ließ dann aber die Hand sinken, und sein Ausdruck wurde düster. Samael breitete seine Flügel aus und ergriff seinen Sohn, ehe sie hoch in den Himmel flogen. Im Gegensatz zu Samael hatte Asmodeus keine Flügel. Er kam nach seiner Mutter Lilith.

Brandy beobachtete, wie sie davonflogen, und strich sich mit den Fingern über die Augen, um die Tränen wegzuwischen, von denen sie nicht wollte, dass ich sie sah. Dann wandte sie sich mir zu und starrte mich mit so etwas wie Neugierde an.

„Weißt du, wer ich bin?" fragte ich. Da sie jetzt sicherlich alles über Dämonen wusste, hatte es keinen Sinn, meine Kräfte zu verbergen oder so zu tun, als wäre ich ein anderer als ich war.

Sie biss sich auf die Lippen und nickte, aber es beeindruckte mich, dass sie ihren Blick nicht senkte oder wegschaute. „Asmodeus hat es mir erzählt. Ich habe es zuerst nicht geglaubt, aber ..."

Sie bewältigte die Dinge alles in allem sehr gut. Ich konnte verstehen, warum Hannah für eine solche Freundin praktisch ihre Seele verkaufen würde. „Wir bringen dich zurück in mein

Hotel, das Celestial, wo du dich in Ruhe erholen kannst. Hannah ist bereits dort."

„Hannah?" Brandy sah sich hilflos zwischen all den Leichen um. „Sie kann unmöglich hier sein. Dieser Ort, diese Welt ..." Wahrscheinlich war das für einen Sterblichen alles ein bisschen zu viel. Ich schwenkte meinen Arm und die Nacht verschlang die Leichen, sodass sie verschwanden. Das brachte sie allerdings nur zum Zusammenzucken, und ich fragte mich, ob ich es womöglich übertrieben hatte. Es war lange her, dass ich einem Menschen mein wahres Wesen offenbart hatte, und ich hatte vergessen, wie schreckhaft sie bei Blut und Magie wurden.

„Hannah ist der Grund, warum wir dich gefunden haben", erklärte ich. „Sie wird sehr erleichtert sein, zu sehen, dass es dir gut geht."

„Tut es das denn?", fragte sie mit einem kurzen Lachen, während sie sich die Arme rieb und mit dunklen Gedanken in den Augen auf das Motel starrte. Ja, sie musste definitiv weg von hier. Nachdem meine Leute das Motel nach Spuren durchsucht hatten, würde ich es ihr zu Ehren niederbrennen.

Ich schnippte mit den Fingern. „Gadreel, bitte begleite Ms. Brandy zurück ins Celestial und bringe sie in einer der Luxussuiten unter."

Gadreel trat nach vorne und nickte, seine hellen Flügel breiteten sich hinter ihm aus. Brandy starrte ihn mit offenem Mund an. Daraufhin sagte er leise etwas zu ihr, ehe er sie hochhob. Natürlich hätte ich Brandy auch selbst tragen können, aber das fühlte sich wie ein Verrat an Hannah an. Eine andere Frau in meinen Armen? Nein. Ich wollte nur die eine, die für mich bestimmt war.

Ich erteilte den verbliebenen Gefallenen und Lilim vor Ort ein paar Befehle und stellte sicher, dass sie bei ihrer Suche nichts ausließen. Ich wusste nicht, warum diese Gestaltwandler Asmodeus und Brandy entführt hatten, aber der Verrat brachte mein

Blut in Wallung. Ich musste wissen, ob es sich um eine einzelne Gruppe von Abtrünnigen handelte, oder ob dies Teil einer größeren Revolte war. Hoffentlich würde Asmodeus, wenn er sich erholt hatte, ebenfalls ein paar Antworten haben.

Ich sah mich ein letztes Mal um, bevor ich in den Himmel aufflog. Ich konnte es kaum erwarten, Hannah zu sagen, dass ihre Freundin gerettet worden war. Mein Teil der Abmachung war erfüllt.

Jetzt war sie an der Reihe.

11

HANNAH

Ich schritt im Penthouse hin und her, bis mir die Füße weh taten. Sollten sie nicht schon längst zurück sein? Ich schaute zum fünfzigsten Mal auf die Uhr, aber es waren gerade mal zwei Minuten vergangen, seit ich das letzte Mal auf die Uhr geschaut hatte. Stöhnend wandte ich mich ab, bevor ich mich noch mehr in den Wahnsinn trieb.

Azazel beobachtete mich von ihrer Position auf dem schwarzen Ledersofa in Luzifers Wohnzimmer aus. Mit ihrer satten, dunklen Haut und ihrer schwarzen Lederkleidung sah sie aus wie ein Panther – tödlich, aber trügerisch entspannt. Während sie ein Glas Rotwein trank, beobachtete sie jede einzelne meiner Bewegungen, als müsste sie Luzifer über jede von ihnen Bericht erstatten.

„Du machst mich ganz müde, kleine Menschenfrau." Sie gähnte und wechselte ihre Position, streckte sich wie eine Katze.

Ich blieb stehen und seufzte. „Es tut mir leid, dass dich mein ständiges Auf- und Abgehen so ermüdet. Machst du dir überhaupt keine Sorgen?"

Zel schnaubte. „Ganz und gar nicht. Sofern deine Freundin

noch lebt, wird Luzifer nicht zulassen, dass ihr etwas geschieht. Und wenn sie tot ist, nun, dann ist es sowieso schon passiert."

Ich warf die Hände hoch angesichts ihrer ätzenden Antwort. „Was ist mit Luzifer? Er ist doch dein Boss, oder?"

Sie lachte als Antwort darauf. „Um ihn brauchst du dir nun wirklich keine Sorgen zu machen."

Möglicherweise brauchte ich das nicht, aber ich war überrascht, wie sehr der Gedanke, dass er verletzt werden könnte, mich besorgte und mein Herz zum Klopfen brachte. Warum machte ich mir überhaupt Sorgen? Er war der Teufel, verdammt noch mal. Sollte ich ihn überhaupt anfeuern, oder war das so, als würde ich mich auf die Seite des Bösen schlagen? Aber wenn er unschuldige Frauen vor Entführern rettete, machte ihn das nicht zu einem guten Kerl? Verdammt, dieser Scheiß war wirklich verwirrend.

Trotz allem musste ich mir wahrscheinlich keine Sorgen machen. Ich kannte Luzifer erst seit den paar Tagen, in denen er mich praktisch gefangen gehalten hatte. Okay, er hatte mir auch eine Menge hübscher Sachen gekauft und mich wie eine Königin behandelt, aber ich hatte auch einige ziemlich schreckliche Dinge gesehen. Ganz zu schweigen davon, dass ich fast gestorben wäre.

Zu behaupten, dass ich hin- und hergerissen war, wäre eine Untertreibung gewesen.

Ich holte tief Luft. Alles, was ich wollte, war, dass Brandy in Sicherheit war. Darauf würde ich mich konzentrieren und den Rest später klären. Da mir nichts anderes übrig blieb, als zu warten, ließ ich mich in einen der Sessel fallen und wackelte mit dem Bein. Zel regte sich wieder auf dem Sofa wie eine Katze, und legte sich so hin, dass sie mich besser sehen konnte.

„Du bist also ein gefallener Engel?", fragte ich und versuchte, eine Unterhaltung zu beginnen. Hauptsächlich, um mich davon abzuhalten, schon wieder auf die Uhr zu schauen.

„Wenn du es unbedingt wissen musst, ich war mal ein Erelim."

Ich warf ihr einen verständnislosen Blick zu. „Sollte ich etwa wissen, was das ist?"

Sie seufzte und begann zu sprechen, als würde sie mir etwas erklären, das sogar ein Kindergartenkind wissen würde. „Engel haben vier Chöre, jeder mit unterschiedlichen Fähigkeiten. Die Malakim sind Heiler, die Ishim können sich unsichtbar machen, die Ofanim sehen die Wahrheit, und die Erelim sind Krieger des Lichts."

Ich zuckte mit den Schultern. Ich wusste immer noch nicht wirklich, wovon sie sprach. „Und was ist dann passiert?"

Sie fixierte mich mit einem finsteren Blick. „Ich bin Luzifer in die Hölle gefolgt und wurde eine Gefallene, so wie der Rest seiner ergebenen Krieger."

Mir blieb der Mund offen stehen. „Heißt das nicht, dass du Tausende von Jahren alt bist?"

Sie betrachtete träge einen ihrer perfekten roten Nägel. „Ja, ich war viele Jahre lang Luzifers Schwert, sowohl im Frieden als auch im Krieg."

„Krieg?" Wenigstens war Zel eine gute Ablenkung von meinen Sorgen. „Welcher Krieg?"

„Der große Krieg." Sie wartete auf meine Reaktion, aber ich zuckte nur wieder mit den Schultern, und sie rollte mit den Augen. „Der Krieg zwischen Himmel und Hölle?"

„Ach ja, richtig." Das hätte ich mir wohl denken können. „Ist der Krieg immer noch im Gange?"

„Nein, er endete vor etwas mehr als dreißig Jahren, als Luzifer und Erzengel Michael das Erdenabkommen unterzeichneten, und wir alle gezwungen waren, Himmel und Hölle zu verlassen, um in eurer langweiligen Welt der Sterblichen zu leben." Sie grinste. „Angeblich herrscht seitdem Frieden zwischen Engeln und Dämonen."

„Und wieso klingst du nicht besonders glücklich darüber?"

„Weil mir Krieg lieber ist", schnauzte Zel. Ihre Worte hatten etwas Endgültiges, aber es steckte eindeutig mehr dahinter als das. Während ich darüber nachdachte, ob ich es dabei bewenden lassen oder weitere Fragen stellen sollte, da ich immer noch eine Million davon hatte, wenn es um Engel und Dämonen ging, durchdrang das Geräusch von berstenden Fenstern den Raum.

Ich schrie auf, als Glassplitter auf uns herabregneten. Zel lag sofort auf mir, bedeckte meinen Körper mit ihrem eigenen und drückte mich auf den Marmorboden. Ich schaffte es, den Kopf zu heben, als Menschen mit dämonenhaften, fledermausartigen Flügeln und steingrauer Haut in den Raum drängten, und ich hätte fast wieder geschrien.

„Gargoyles", Zel spie das Wort vor Verachtung regelrecht aus. „Unten bleiben!"

Gerne. Auf keinen Fall wollte ich einem dieser Dinger zu nahe kommen. Falls ich jemals Zweifel an der Existenz von Dämonen gehabt hatte, so waren diese in dem Augenblick verflogen, als ich diese geflügelten Ungeheuer ankommen sah.

Zel sprang auf und setzte sich in Bewegung. Ich beobachtete mit offenem Mund, wie sie zwei Säbel aus den Holstern an ihren Oberschenkeln holte und begann, die Kreaturen niederzumähen. Sie machte ein paar unglaubliche Bewegungen mit den Säbeln, die schneller flogen, als ich überhaupt mit den Augen folgen konnte. Einer glühte in weißem Licht, während der andere ein seltsames schwarzes Glühen hatte, das mich an die Flügel Luzifers erinnerte. Aber die Gargoyles schienen fast unangreifbar, mit Haut wie Stein, und ihre Hiebe prallten an ihnen ab. Nur der glühende weiße Dolch schien ihnen erheblichen Schaden zuzufügen.

Ich wich vor einem übermenschlichen Knurren hinter mir zurück, als heißer, stinkender Atem über meinen Nacken strich. Einer der Gargoyles war um Zel herumgekommen. Mit einem panischen Aufschrei kroch ich auf allen Vieren über den Teppich, winzige Splitter von zerbrochenem Glas gruben sich in meine Knie. Der Gargoyle packte mein Bein und zerrte mich zu sich heran. Blankes Entsetzen erfüllte mich. Ich ächzte und trat mit meinem anderen Bein gegen sein Gesicht, wobei ich erfolgreich seine Nase traf. Es war, als würde man gegen einen Felsbrocken treten.

Ich war mir ziemlich sicher, dass ich meinem Fuß mehr Schaden zugefügt hatte als seinem Gesicht. Diese Arschlöcher waren tatsächlich aus Stein. Seine ungeheuer starken Finger schleiften mich zu ihm hin, ganz gleich, wie sehr ich mich wehrte, doch dann schleuderte Zel ihren hellen Dolch nach der Brust der Bestie. Die Kreatur heulte auf und ließ von mir ab, was mir genug Zeit gab, wegzukriechen.

Die Tür zu Luzifers Bibliothek stand offen und ich rannte darauf zu, schneller als ich je in meinem Leben gerannt war. Ich flitzte hindurch und versuchte, die Tür von innen zu verschließen, aber ein anderer Gargoyle schob seine Hand hindurch und ergriff die Tür in letzter Sekunde, so dass sie sich nicht mehr ganz schließen ließ. Er schob die Tür mit übermenschlicher Kraft auf, und ich wich fluchend zurück.

Ich sah mich fieberhaft im Raum um und suchte nach einer Waffe. Irgendetwas, das helfen würde, dieses Monster von mir fernzuhalten. Mein Blick fiel auf das ornamentale Schwert, das an der Wand hinter Luzifers unheimlichem Schreibtisch hing. Es schien nach mir zu rufen, und ich konnte meinen Blick nicht mehr davon losreißen.

Noch bevor ich mein Vorhaben hinterfragen konnte, stand ich auf Zehenspitzen und riss das Schwert von der Wand. Ich riss es aus seiner mit Edelsteinen besetzten Scheide und kippte es dann nach vorne, weil mich das Gewicht der Schwertklinge überraschte. Die Spitze schlug fast auf dem Boden auf, bevor ich mich wieder aufrichtete und es in die Höhe schwang, just in dem Augenblick, in dem ein gleißendes, weißes Licht aus der Klinge strömte und die Brust des Gargoyle durchschlug. Das leuchtende Schwert schnitt durch seine steinerne Haut wie Butter, und ich stöhnte, als er tot auf dem Boden aufschlug. Der Aufprall seines steinernen Körpers auf dem Marmorboden hinterließ Risse darin und wirbelte Schutt und Staub auf. Sobald das Leben aus ihm gewichen war, verschwanden seine Flügel und sein Aussehen veränderte sich. Er sah nun aus wie ein normaler Mensch. Ein völlig normaler, absolut toter Mensch.

Verdammte Scheiße, ich hatte gerade jemanden umgebracht.

Bevor ich verarbeiten konnte, was ich getan hatte, stürmte ein anderer Gargoyle hinter mir her in die Bibliothek. Instinktiv und im Überlebensmodus bewegte ich das Schwert weiter und streckte auch diesen Angreifer nieder, wobei ich es mit einer Geschicklichkeit führte, von der ich nie zu träumen gewagt hatte.

Aber ich hatte keine Zeit, das hier zu hinterfragen. Mehr Gargoyles drängten durch die Tür, und meine Hände blieben in Bewegung. Ebenso auch mein ganzer Körper, während ich herumtänzelte, kämpfte und tötete. Es war, als hätte ich ein Muskelgedächtnis entdeckt, von dem ich nie gewusst hatte, dass ich es besessen hatte. Es war, als hätte ich fast mein ganzes Leben mit einem Schwert in der Hand verbracht. Das war auch gut so, denn hier war ich nun, schwang dieses verdammte Schwert und traf mein Ziel jedes Mal, als würde mein Leben davon abhängen – was es ja auch tat.

Ein Gargoyle nach dem anderen fiel unter der scharfen, glänzenden Klinge zu Boden, und dann kämpfte plötzlich Zel an meiner Seite. Ihre Bewegungen waren ungeheuer schnell und in Dunkelheit gehüllt. Sie warf einen Dolch, dann zog sie ihn mit Schattententakeln zurück in ihre Hand, und wenn ich nicht gerade mit meinen eigenen Dämonen gerungen hätte, so hätte ich innegehalten und sie angestarrt.

„Ist alles in Ordnung, kleine Sterbliche?" brüllte Zel, während sie einem Gargoyle den Hals durchstach.

„Ich glaube schon?" rief ich zurück, und wich nur knapp den Klauen eines Gargoyles aus. Mit einem mächtigen Schwung hackte ich ihm den Kopf ab, wie ein blutrünstiger Kriegsfürst im Kampfrausch. Okay, vielleicht war ich doch nicht ganz in Ordnung. Aber ich konnte auch nicht aufhören.

Zel schlug den letzten Gargoyle nieder, und dann waren wir allein. Wir standen inmitten eines Haufens von Leichen. Schwer keuchend und mit Staub und Blut bedeckt. Ich sah an mir herunter und der ganze Horror der Situation wurde mir schlagartig bewusst. Mein Adrenalinspiegel stürzte ab, das Schwert fiel mir aus der Hand und klirrend auf den Boden. Ich betrachtete meine zitternden Hände und fragte mich, ob sie tatsächlich mir gehörten. Wie hatte ich das alles gemacht? Soweit ich mich erinnern konnte, hatte ich doch noch nie zuvor ein Schwert in der Hand gehabt. Irgendwie hatte ich meine Gegner niedergestreckt, als sei es ein Kinderspiel. Als sei ich für den Kampf geboren worden.

„Wie?" Ich sah zu Zel auf, mein Herz raste und mein Magen verkrampfte sich. „Wie habe ich …?"

Zel lehnte sich an eines der großen Bücherregale und sah völlig entspannt aus, während sie ihre Dolche mit einem kleinen Tuch abwischte. „Das war eine tolle Show. Ich muss zugeben, ich bin beeindruckt, kleine Sterbliche."

„Ich habe sie getötet." Mein Blick schweifte über die leblosen Körper, denn ich wusste, dass ich für ihren Tod verantwortlich war. „Oh Gott, ich habe sie getötet."

Sie zuckte mit den Schultern, als wäre es keine große Sache. „Es hieß: Entweder du oder sie."

Sie schob das Bücherregal beiseite und stieß das Schwert, das ich benutzt hatte, mit ihrem Stiefel an. Dann hob sie es vorsichtig mit dem Tuch auf, als hätte sie Angst, es könnte sie verbrennen, obwohl das helle Licht verblasst war. In mir regte sich so etwas wie Besitzanspruch, als sie es berührte. Ich wollte ihr die Klinge fast entreißen und schreien: „Meins!"

Aber stattdessen trat ich einen Schritt zurück und schüttelte den Kopf. Was zum Teufel war mit mir los?

„Wie habe ich das gemacht?" fragte ich mit stockender Stimme.

„Es ist nicht meine Aufgabe, dir diese Geschichte zu erzählen", sagte sie. „Da musst du Luzifer fragen."

Sie verließ die Bibliothek und ließ mich inmitten der Leichen stehen – Leichen, für deren Tod ich verantwortlich war.

12

LUZIFER

Ich landete eiligst auf dem Balkon meines Penthouses und nahm die Zerstörung in Augenschein. Die Fenster des Wohnbereichs waren alle zerbrochen, und winzige Glassplitter glitzerten im Mondlicht. Panik und Schrecken rangen in mir um die Herrschaft, während ich ins Haus eilte.

„Hannah?", schrie ich.

Meine Möbel waren umhergeworfen und zerschlagen worden, und eine dünne Schicht aus Staub und Schutt bedeckte den Boden, ebenso Blut. Aber ich sah keine Leichen, und auch keine Spur von Hannah oder Azazel.

Ich rannte zu Hannahs Zimmer, aber es war leer und unberührt, abgesehen von den zerbrochenen Fenstern und dem Glas, das auch dort überall auf dem Boden lag. Wo war sie nur? Ich kehrte zum Wohnbereich zurück und drehte mich im Kreis. Meine Wut und Angst überwältigten mich fast. Die Dunkelheit entglitt meinen Fingerspitzen, begierig darauf, jemanden zu finden, den ich für diesen Überfall bestrafen konnte. Wie konnten sie es wagen, mein Penthouse anzugreifen? In dem meine Frau war?

„Es geht ihr gut."

Ich wirbelte herum und hätte Azazel beinahe mit dunkler Magie beschossen, konnte mich aber beherrschen. „Wo ist sie?"

„In deinem Zimmer. Sie schläft und ist unverletzt."

Erleichterung machte sich in mir breit und ich atmete tief durch, dann legte ich Azazel eine Hand auf die Schulter. „Danke, dass du sie beschützt hast. Ich wusste, du würdest mich nicht enttäuschen. Gargoyles, nicht wahr?"

Sie neigte den Kopf leicht zur Bestätigung. „Sie haben versucht, Hannah zu entführen."

Ich ballte die Fäuste an meiner Seite und erfüllte sie mit Höllenfeuer, das nur darauf wartete, entfesselt zu werden. Erst Kobolde, dann Gestaltwandler und jetzt Gargoyles. Wandten sich alle meine Dämonen gegen mich? Und weshalb griffen sie jetzt an? Sie mussten wissen, dass wir unterwegs waren, um Hannahs Freundin zu retten. Ein weiterer Verrat an mir.

„Da ist etwas, das du sehen solltest", sagte Azazel.

Sie führte mich in die Bibliothek, wo die Leichen der Gargoyles im Kreis lagen. Die Aufräumtruppe war immer noch beschäftigt, und sie alle verbeugten sich tief vor mir, ehe sie ihre Arbeit fortsetzten. Obwohl ein Großteil des Gemetzels verschwunden war, sah ich einige Köpfe, die von ihren Körpern getrennt worden waren. Die Angreifer waren weitaus zahlreicher, als selbst Azazel es hätte bewältigen können. Ich zog eine Augenbraue in die Höhe. „Die hast alle du zur Strecke gebracht?"

„Nein, ich hatte Hilfe. Von Hannah." Azazel verschränkte die Arme und legte den Kopf schief zu mir. „Sie hat Morningstar benutzt."

Ich warf einen Blick hinüber zu der Stelle an der Wand, wo das Schwert normalerweise hing, aber es war verschwunden. Dann sah ich es auf meinem Schreibtisch liegen, direkt neben seiner mit Juwelen besetzten Scheide. Ich hob es auf und untersuchte das Schwert, das ich einst als Erzengel im Himmel getragen hatte. Nun war es mit Spuren von Gargoyle-Blut und Stein bedeckt, glühte aber immer noch im strahlenden Licht der Engel. Ich würde es später reinigen, sobald ich nach meiner Gefährtin gesehen hatte.

„Beeindruckend", sagte ich, als ich das Schwert wieder absetzte. „Sie erinnert sich wohl endlich."

Ich ließ Azazel in der Bibliothek zurück und ging zu meinem Zimmer. Die Tür war nicht ganz geschlossen, und ich schob sie leise auf. Hannah lag schlafend auf dem Bett. Sie war zu einem Knäuel zusammengerollt und hatte mein Kissen fest an ihre Brust gepresst. Sie war verkrampft eingeschlafen, wie man an ihren zusammengezogenen Brauen erkennen konnte, und irgendwann hatte sie die Laken von sich geworfen und auf der leeren Seite des Bettes zu einem Haufen zusammengeschoben.

Meine Wut verebbte und wich einer starken Erleichterung, sie am Leben zu sehen. Als ich angekommen war und die Spuren eines Angriffs vorgefunden hatte, hatte ich das Schlimmste befürchtet. Obwohl Hannahs Tod irgendwann unausweichlich sein würde, wollte ich zuerst mehr Zeit mit ihr verbringen.

Ein paar Sekunden lang starrte ich sie einfach an und betrachtete sie beim Atmen. Sie trug ein anderes dieser raffinierten kleinen Nachthemden, die wir gestern gekauft hatten, und es zeigte jede Kurve ihres Körpers. Ihr goldenes Haar fiel ihr über die Schultern, und eine ihrer Hände war ausgestreckt, so als suche sie nach mir. Ein intensives Verlangen, sie für sich zu beanspruchen, durchfuhr mich, aber ich unterdrückte es.

Ich setzte mich behutsam neben sie und legte meine Hand auf ihre Schulter, um ihre weiche Haut zu spüren, und um mich zu vergewissern, dass sie noch lebte. Ich hatte nicht vor, sie zu wecken, aber in dem Augenblick, in dem ich sie berührte, riss sie die Augen auf und setzte sich aufrecht hin, als ob sie gleich loslaufen wollte.

Die Anspannung verließ sie in der Sekunde, in der sie mich sah. „Luzifer?"

Ich behielt meine Hand auf ihrer Schulter, in der Hoffnung, sie zu beruhigen. „Es ist alles in Ordnung. Ich bin ja hier. Brandy ist in Sicherheit."

Hannah überraschte mich, indem sie ihre Arme um mich warf und etwas ausstieß, das sich wie ein erleichtertes Schluchzen anhörte. „Es geht ihr gut? Wirklich?"

Ich drückte sie fest an mich und genoss erneut das Gefühl, sie in meinen Armen zu halten. Wo sie hingehörte. „Natürlich tut es das. Ich habe es doch versprochen, oder nicht?" „Danke." Sie lehnte sich langsam zurück und wischte sich die Tränen aus den Augen. „Wo ist sie?"

„Sie ist in einer Suite hier im Hotel. Ein menschlicher Arzt kümmert sich um sie, außerdem hat sie reichlich zu essen und jede Menge bewaffnete Leibwächter. Ich habe auch Kleidung für sie heraufbringen lassen und jemanden geschickt, der ihrer Familie Bescheid gibt, dass es ihr gut geht."

„Das hast du alles getan?", fragte Hannah und legte den Kopf schief, während sie mich musterte.

„Das ist das Mindeste, was ich tun konnte. Immerhin wurde sie aus meinem Hotel entführt."

„Kann ich sie sehen?"

Ich schüttelte den Kopf. „Deine Freundin hat ein traumatisches Erlebnis hinter sich und ist erschöpft. Im Moment braucht sie vor allem Ruhe." Ihre Schultern sanken enttäuscht herab, und ich fügte schnell hinzu: „Allerdings habe ich für euch beide morgen einen Wellnesstag gebucht. Einen Faulenzertag, wenn du so willst."

„Ein Wellnesstag klingt gut." Ihr Blick richtete sich auf mein weißes Hemd, und sie streckte die Hand aus, um eine Stelle darauf zu berühren, wobei ihre Handflächen auf meiner Brust ruhten. „Blutest du?"

Meine Muskeln verkrampften sich unter ihrer Berührung. „Mir geht's gut. Das ist nicht mein Blut."

„Ich schätze, vergangene Nacht war es der Zorn." Ihre Worte waren kaum mehr als ein Flüstern, und sie sah weg, ihr Gesicht verzog sich zu einer Grimasse. „Für uns beide."

Ich spürte die Unruhe in ihr und vermutete, dass sie mit dem Angriff zu tun hatte. „Willst du mir erzählen, was passiert ist?" Sie sah mich mit großen, bestürzten Augen an. „Diese ... Gargoyles flogen rein und griffen uns an. Zel hat sie abgewehrt, aber es waren so viele von ihnen. Ich rannte in die Bibliothek und holte das Schwert von der Wand, und es war, als hätte man mir beigebracht, wie man es benutzt. Mein Körper bewegte sich und arbeitete von allein, ohne dass ich ihn kontrollieren konnte. Es war wie ..." Sie zögerte und runzelte die Stirn. „Eine Art Muskelgedächtnis oder sowas."

Bestürzt und vielleicht auch ein wenig verblüfft betrachtete sie ihre Hände. Natürlich war es kein Geheimnis, wie das passiert war, dass sie mit einem Schwert umgehen konnte. Jedenfalls nicht für mich. Aber war es der richtige Zeitpunkt, um es ihr zu sagen?

„Vielleicht hast du eine tief verschüttete Erinnerung angezapft?", schlug ich vor, in der Hoffnung, dass meine Worte ein gewisses Wiedererkennen auslösen würden.

„Vielleicht", murmelte sie, aber an ihrem Gesichtsausdruck änderte sich nichts.

„Dieses Schwert gehörte mir, als ich in der Armee der Engel war. Es wurde geschaffen, um Dämonen mit himmlischem Licht zu zerteilen. Kaum ein anderer kann es führen, ohne dass es ihn verbrennt." Ich griff nach oben und strich ihr sanft über die Wange. „Ich bin froh, dass es dich heute Abend beschützt hat."

Sie zuckte mit einer ihrer nackten Schultern. „Zel hat die meiste Arbeit gemacht."

„Nach dem, was sie sagte, klang es, als hättest du es selbst mit ihnen aufgenommen." Ich ließ meine Finger in ihr weiches, goldenes Haar gleiten. „Bist du in Ordnung? Wurdest du auch sicher nicht verletzt?"

„Mir geht's gut. Körperlich jedenfalls. Emotional ... bin ich ziemlich aufgewühlt." Sie holte tief Luft, aber dann lächelte sie mich schwach an. „Wenigstens geht es Brandy gut. Ich bin dir so dankbar für alles, was du für sie getan hast. Und für mich."

„Es ist mir eine Freude und meine Pflicht." Die Art, auf die sie mich ansah, ließ meine Brust sich vor Sehnsucht zusammenziehen. „Ich würde alles für dich tun."

Daraufhin hob sie die Augenbrauen. „Vielleicht ist der Teufel ja gar nicht der Bösewicht, für den ihn alle Welt hält?"

Ich lachte düster. „Ich versichere dir: Ich bin jedenfalls durch und durch der Bösewicht, für den ich gehalten werde."

„Ich glaube nicht, dass das wahr ist."

„Soll ich es dir beweisen?" Ich nahm ihr Kinn in meine Hand und neigte ihren Kopf zur Seite, dann lehnte ich mich dicht an sie und atmete ihren süßen Duft ein. Ich wollte meine Lungen mit ihr füllen, sie in mich aufsaugen, bis sie mein leeres, dunkles Herz mit ihrem Licht durchflutete. Meine Seele sehnte sich danach, sie zu verschlingen, aber ich begnügte mich damit, meinen Mund auf die Stelle direkt unter ihrem Ohr zu drücken. Der zarte Geschmack reichte nicht annähernd aus, um mich zu sättigen, vor allem, als ich spürte, wie ihr Herzschlag schneller und ihr Atem flacher wurde. Wurde sie feucht für mich? Sehnte sie sich so sehr nach mir, wie ich mich nach ihr sehnte?

Ich fuhr mit dem Daumen über ihre weichen Lippen, stellte mir vor, wie sie sich um meinen Schwanz legten oder meinen Namen riefen, wenn sie kam. Ihre Augen schlossen sich bei meiner leichten Berührung, ihre Brüste hoben und senkten sich im Takt ihres schweren Atems. Ihre Brustwarzen spannten sich gegen den dünnen Stoff ihres Nachthemdes. Mein Mund wanderte ganz langsam ihren Hals hinunter, und sie wölbte sich mir entgegen, unfähig, dagegen anzukämpfen.

„Luzifer", ächzte sie leise, als meine Lippen die Rundung ihres Halses erreichten. Ihre Finger umklammerten mein Hemd und gruben sich in meine Arme, allerdings nicht, um mich aufzuhalten, sondern um mich näher zu ziehen. Ihr verzweifeltes Verlangen entsprach meinem eigenen, und ein leises Stöhnen männlicher Befriedigung drang tief aus meiner Kehle. Diese Frau würde mein Verderben und meine Erlösung sein, so wie sie es immer war.

Ich drehte ihr Gesicht zu mir und sah ihr in die Augen, dann presste ich meinen Mund auf ihren und forderte den Kuss ein, auf den ich schon lange gewartet hatte. Seit Jahren hatte ich von diesem Moment geträumt, aber die Wirklichkeit war besser, als ich es mir je hätte vorstellen können. Als mein Mund den ihren einfing, stand die Zeit still. Zum ersten Mal seit Ewigkeiten fühlte ich mich lebendig. Ganz. Vollendet. Das Blut rauschte durch meine Adern, und meine Sinne waren geschärft, während die Dunkelheit um uns herum wirbelte. Ich intensivierte den Kuss, schlang meine Arme um sie und erforschte ihren zarten Mund mit meiner Zungenspitze. Ihre Finger legten sich um meinen Hals und zogen mich näher heran, damit sie mich ebenso leidenschaftlich küssen konnte. Auch wenn sie sich nicht an die Wahrheit über uns erinnerte, ihr Körper tat es, ihre Instinkte sagten ihr, dass sie zu mir gehörte.

Als ich mich zurückzog, leckte sie sich über die Lippen und starrte hungrig auf meinen Mund, begierig nach mehr, und verdammt, wie sehr wollte ich es ihr geben. Alles in mir war erfüllt von dem Bedürfnis, ihren Körper wieder in Besitz zu nehmen, und ich wusste, dass sie mich alles mit sich machen lassen würde. Innerhalb weniger Minuten würde sie um mich betteln, bis sie tief in ihrer Seele wusste, dass sie mir gehörte, und nur mir.

Aber ich konnte es nicht tun.

Noch nicht.

Diese leuchtend blauen Augen waren von Schlaf und Verlangen benebelt, aber irgendetwas hielt mich davon ab, sie zu der meinen zu machen. Ein leichtes Zögern in ihrem Blick, ein kleines Zittern in ihrer Berührung. Sie war noch nicht bereit dafür. Nicht nach der Nacht, die sie hinter sich hatte. Es machte mich fast wahnsinnig, mich derartig beherrschen zu müssen, aber ich sagte mir, dass es nur umso süßer werden würde, wenn ich sie endlich für mich in Anspruch nehmen würde, wenn es soweit war. Ich drückte ihr einen letzten heißen Kuss auf den Hals und ließ sie dann los. Sie sah einen Moment lang verwirrt aus, aber dann erklangen Schritte vor der Tür. Zorn drohte wieder in mir hochzukochen – wer wagte es, mich mit meiner Frau in meinem Bett zu stören?

Gadreel trat zielstrebig ein und hielt erst inne, als er Hannah in meinen Armen sah. Sie wirkte ein wenig perplex, als sie ihre Lippen berührte, als wäre sie noch benommen von meinem Kuss. Ich konnte es ihr nicht verdenken.

„Verzeiht die Störung", sagte Gadreel und wandte seinen Blick ab. „Ich komme später wieder."

„Ist schon gut." Ich ließ Hannah widerwillig los. „Hast du einen Lagebericht für mich?"

„Ja. Es ist uns gelungen, einen der Gestaltwandler im Motel festzunehmen. Wir verhören ihn gerade."

„Sehr gut. Habt ihr sonst noch etwas im Motel gefunden? Irgendeinen Hinweis darauf, wer der Anführer war?"

Er hielt den Kopf gesenkt. „Nein, mein Gebieter."

Ein leises Grollen drang aus meiner Brust. Kobolde, Gestaltwandler und Gargoyles hatten in den letzten Tagen alle gegen mich oder Hannah agiert. Seit sie in mein Leben getreten war, wandten sich Dämonen, die einst mir gegenüber loyal gewesen waren, gegen mich. War das ein Zufall oder Teil einer größeren

Verschwörung? Die Gefallenen und die Lilim schienen mir immer noch treu ergeben zu sein, aber was war mit den Drachen und Vampiren? Ich musste den Gestaltwandler heute Abend befragen und herausfinden, was es mit dieser aufrührerischen Verschwörung auf sich hatte. So oder so würde ich mich mit diesem Problem befassen müssen, ehe noch mehr Dämonen auf die Idee kamen, sich zu widersetzen.

Ich fuhr mir mit der Hand durchs Haar, der Zorn und die angestaute Lust machten meine Bewegungen ruckartig. „Danke, Gadreel. Ich sehe dich in Kürze im Kriegszimmer." Er verneigte sich und ging, und ich drehte mich wieder zu Hannah um, die das Gespräch mit ihren fragenden, klugen Augen verfolgt hatte. Verdammt noch mal. Ich musste ihr sagen, wer sie war, aber zuerst musste ich mich um dieses Problem des Ungehorsams kümmern. Außerdem war sie heute Nacht nicht bereit für weitere Überraschungen.

„Schlaf jetzt", sagte ich zu ihr, ließ sie zurück ins Bett sinken und legte wieder einen Hauch von Macht in meine Worte. „Bleib hier in meinem Bett, wo du hingehörst. Ich werde dafür sorgen, dass du sicher bist."

Sie nickte langsam, während sie sich zurücklegte und ihre Augenlider auch schon schwer wurden. „Geh noch nicht weg."

Mein Herz verkrampfte sich bei dieser sanften Bitte. „Ich bleibe, bis du schläfst."

Das schien sie zu beruhigen, und ich streichelte sanft über ihren Kopf. So konnte sie etwas loslassen und war nicht mehr so angespannt wie zuvor. Ich sehnte mich danach, neben sie zu schlüpfen, mich an sie zu schmiegen und meine Arme fest um ihren schmalen Körper zu legen. Aber ich hatte heute Abend noch etwas zu erledigen.

Und morgen. Morgen würde ich ihr die Wahrheit sagen.

13

HANNAH

In Luzifers Zimmer zu schlafen war wie eine Extraklasse der Dekadenz. Ich hatte mich dorthin geflüchtet, weil es nach dem Angriff der Gargoyles das einzige unbeschädigte Zimmer im Penthouse war. Reine Erschöpfung und ein nachwirkender Schock hatten mich dazu verleitet, in seinem Bett einzuschlafen, inmitten von schwarzen Seidenlaken, die nach ihm rochen. Als ich durch seine Berührung und die Nachricht, dass Brandy am Leben war, erwachte, empfand ich eine noch nie dagewesene Erleichterung und unendliche Dankbarkeit. Er nannte sich einen Schurken, aber letzte Nacht war er mein Held gewesen.

Und dann war da dieser Kuss, und die Art, auf die er mich berührte, als würde er bereits jeden Zentimeter meines Körpers kennen. Ich wurde wieder feucht, wenn ich nur daran dachte und mir vorstellte, wie er jetzt hier mit mir im Bett lag, während ich mich auf seinen weichen Laken ausstreckte und das morgendliche Sonnenlicht durch die durchsichtigen schwarzen Vorhänge gefiltert wurde. Ich hatte keine Ahnung, wo er letzte Nacht geschlafen hatte und ob er überhaupt geschlafen hatte. Das Letzte, an das ich mich erinnerte, war, dass er mir übers

Haar gestrichen hatte, während der Schlaf mich übermannt hatte.

Auch in der Küche war Luzifer nicht, wie ich mit einem Gefühl der Sehnsucht feststellte. Ich war sicher, dass er mit den Folgen der Ereignisse der letzten Nacht beschäftigt war, und ich wollte ohnehin zu Brandy gehen, aber ich vermisste seine Anwesenheit in dem großen, leeren Penthouse dennoch. Ich kippte schnell meinen Kaffee hinunter und aß einen Muffin, dann zog ich mir eine Yogahose und ein T-Shirt aus meinem eigenen Kleiderschrank an.

Als ich fertig war, eilte ich nach unten zum Wellnessbereich des Celestial, um mich dort mit Brandy zu treffen, während Azazel und ein paar andere Wachen mich begleiteten. Es war keine Überraschung, dass das Celestial sein eigenes Luxus-Tages-Spa hatte. Es schien nichts zu geben, was in Luzifers Resort und Casino nicht zu finden war. Ich sah sogar einen Champagner-Automaten auf meinem Weg durch die marmornen Hallen. Wahrscheinlich hätte ich mein gesamtes Leben in diesem Hotel verbringen können, ohne es jemals wieder verlassen zu müssen – vor allem, wenn Luzifer mir weiterhin die ganze Welt darbrachte. Erinnerungen an seinen Kuss stiegen bei diesem Gedanken in mir auf und setzten meinen Schlüpfer regelrecht in Brand. Vielleicht war es am Ende gar nicht so übel, eine Gefangene des Teufels zu sein.

Ich betrat das Diabolique Day Spa und bewunderte den großen, beruhigenden Springbrunnen vor mir. Alles bestand aus weißem Marmor, leuchtend blauem Glas und sanften, geschwungenen Linien.

„Ms. Thorn", sagte eine wunderschöne Frau und trat auf mich zu. Ich fragte mich kurz, ob sie ein Dämon war, und wenn ja, was für einer? „Wir haben Sie schon erwartet."

„Ist meine Freundin schon hier?", fragte ich.

„Nein, aber wir werden sie hineinbringen, sobald sie eintrifft." Sie deutete den Flur entlang. „Folgen Sie mir."

Ich wurde über schimmernde Fußböden und durch eine mattblaue Tür in einen Raum mit zwei Massagetischen geführt. Eine andere Frau näherte sich mit einem Glas Champagner, doch ich winkte ab. „Nein, danke."

Sie ließen mich allein in dem Raum. Wahrscheinlich sollte ich mich umzuziehen. Ich war noch nie in einem Spa gewesen, zumindest nicht, dass ich mich daran hätte erinnern können, und ich wusste nicht so genau, was es alles beinhaltete. Anstatt mich auszuziehen, schritt ich mit einem mulmigen Gefühl im Magen durch den Raum. Brandy musste jeden Moment hier sein.

Als die Tür wieder aufging, eilte ich auf meine beste Freundin zu. Sie sah zu schmal aus, und Augenringe färbten die Haut unter ihren dunkelbraunen Augen violett-grau, aber sie war am Leben und in Sicherheit, und das war alles, was zählte.

„Brandy!" Ich warf meine Arme um sie. „Ich habe mir solche Sorgen gemacht!"

Brandy umarmte mich ganz fest. „Danke, dass du nach Las Vegas gekommen bist, um nach mir zu suchen."

„Wie hätte ich das nicht tun können?" Wir ließen einander mehrere Augenblicke lang nicht los, da wir beide nicht ganz standfest waren. Tränen stiegen mir in die Augen, und ich hörte auch sie weinen. „Ich bin so froh, dass es dir gut geht."

Ich löste mich von ihr und betrachtete sie erneut. Ich hatte richtig gelegen – ihr Gesicht war fast mager, und ihre normalerweise leuchtende, dunkle Haut sah aschfahl aus. Sie musste in der Gefangenschaft schlecht gegessen haben, wenn überhaupt. Zum Glück hatte Luzifer sie rechtzeitig gerettet. Da war auch eine Düsternis in ihren Augen, die vorher nicht da gewesen war, so als habe sie Dinge gesehen und erfahren, die sie bis ins Mark erschüttert hatten. Ich fragte mich, ob ich wohl denselben Ausdruck in meinen Augen hatte.

Während wir einander umarmten und weinten, sahen die Massagekräfte immer wieder in den Raum. Es bedurfte einiger Male, bis wir uns trennten und für unseren ersten Termin des Tages auf den Tischen lagen. Aber eine Ganzkörpermassage war etwas ganz Besonderes, und Brandy sah aus, als ob sie die Pflege und Zuwendung wirklich brauchte. „Wir sollten sie uns lieber massieren lassen, bevor sie ausflippen", sagte ich.

Brandy brachte einen Anflug eines Lächelns zustande und nickte. „Ich kann definitiv eine ordentliche Massage gebrauchen."

Wir legten uns hin und versuchten, das Gespräch möglichst neutral zu halten, während die Frauen im Raum waren. Ich erzählte ihr von ihrer Mutter und ihrem Sohn, wie sehr sie sich gesorgt hatten, und wir sprachen über das, was wir von Vegas gesehen hatten, aber die Unterhaltung weckte in mir das dringende Bedürfnis, mehr zu erfahren, und ich konnte es kaum erwarten, bis die Massagen vorbei waren, damit wir richtig reden konnten.

Als unsere Massage beendet war, brachten uns die Frauen in einen anderen Raum. Er war spärlich beleuchtet und enthielt einen langen, teuer aussehenden Tresen sowie zwei Ruhesessel, ähnlich denen, die man normalerweise in einem Salon findet. Auf dem Tresen standen diverse Tiegel und Geräte. Die Instrumente des Fachs, nahm ich an, obwohl ich nicht einmal ansatzweise erraten konnte, was einige dieser Apparate taten. Eine von ihnen bot uns Champagner an, den Brandy dankend annahm.

„Ihre Visagistin wird gleich hier sein", sagte die Frau. „Mr. Ifer hat uns angewiesen, Ihnen zwischen den einzelnen Behandlungen mindestens eine halbe Stunde Pause zu gönnen. Er sagte, Sie würden es kaum erwarten können, sich zu unterhalten."

Ich dankte ihr mit einem Lächeln, obwohl ich mich fragte, ob ich mich lieber bei Luzifer bedanken sollte. Schon wieder. Wie konnte er der eigentliche Teufel sein, mit allem Bösen und aller

Finsternis, die das mit sich brachte, und trotzdem mein Herz mit seinen kleinen Gesten der Rücksichtnahme zum Schmelzen bringen? Aber mein Lächeln verflog schnell, als ich Brandy ansah, sobald wir allein waren, und ich fröstelte bei dem Gedanken an das, was sie durchgemacht haben musste.

Ich ließ mich in einen der Sessel sinken. „Erzähl mir, was passiert ist."

„Das ist ein erstklassiger Tropfen", sagte Brandy und kippte den Champagner hinunter. Mir wurde klar – es war leicht, sich vom Prunk in Luzifers Leben ablenken zu lassen, vor allem, wenn es schwieriger war, über das eigentliche Thema zu sprechen. Sie starrte in ihr leeres Glas. „Ich schätze, du verdienst es mehr als jeder andere, über alles Bescheid zu wissen."

„Wenn es zu schmerzlich ist, darüber zu reden, dann verstehe ich das."

Sie setzte sich neben mich und schüttelte den Kopf. „Nein, es wird mir helfen, darüber zu reden. Es ist einfach so irre, dass ich es mit jemandem teilen muss." Sie holte tief Luft. „Du weißt ja, dass ich wegen dieser Bibliothekarenkonferenz nach Las Vegas gekommen bin. Aber als ich dann hier ankam, gab es gar keine Konferenz."

Ich nickte. Genau das hatte auch ich erfahren, als ich angefangen hatte, herumzustochern.

„Ich wusste also nicht, was ich tun sollte. Ich meine, ich war ganz allein in Vegas und hatte nichts zu tun. Am Ende ging ich an eine Bar, um mir einen Drink zu holen." Ihr Gesicht nahm einen entrückten, verträumten Ausdruck an. „Dort habe ich Mo-, ich meine Asmodeus getroffen. Er ist wahrscheinlich der schärfste Typ, den ich je gesehen habe, und verdammt charmant. Noch bevor ich meinen Drink erhalten hatte, wollte ich ihn schon mit auf mein Zimmer nehmen ..."

Mir blieb der Mund offen stehen. Brandy war nie die Art von

Frau gewesen, die in Bars rumhing. Waren da vielleicht seine Inkubuskräfte am Werk? „Und dann?"

„Er hat mich überredet, mit ihm essen zu gehen. Als wir das Hotel verließen, wurden wir angegriffen. Von diesen ... Monstern." Sie schüttelte den Kopf, als glaubte sie immer noch nicht, was passiert war, und ich ergriff ihre Hand, als sich erneut Entsetzen in ihren Augen widerspiegelte. „Riesige Wölfe und Bären. Es ist so ein Klischee, aber es ging alles so schnell, und es war in dem Moment völlig unbegreiflich. Dann wurde ich bewusstlos geschlagen."

„Das muss ein Riesenschock gewesen sein." Nach dem, was ich gehört hatte, waren es Shifter, die sie gefangen genommen hatten. Ich hatte selbst noch nie einen von ihnen in Tierform gesehen, aber ich hatte Gargoyles und Gefallene Engel gesehen, und die waren gruselig genug. „Das kannst du laut sagen." Brandy schnaufte, bevor sie nach der Champagnerflasche griff und sich ein weiteres Glas einschenkte. „Als ich aufwachte, war ich mit Asmodeus in einem kleinen Betonraum – eine Art Keller, schätzte ich, denn es gab nur ein winziges Fenster aus dickwandigem Glas oben in der Wand. Es ließ sich nicht öffnen, und es hatte keinen Sinn, dagegen zu hämmern." Sie lachte ein wenig. „Ich meine, ich habe es versucht. Aber mir taten davon nur die Hände weh, und es machte kaum ein Geräusch. Wir konnten nicht einmal hindurchsehen." Ihre Augen nahmen wieder diesen abwesenden Blick an. „Asmodeus war die ganze Zeit bei mir, und wir haben viel geredet. Es gab nicht viel anderes zu tun. Er ... er hat mir ein paar Dinge erklärt."

Ich sah sie an und versuchte herauszufinden, worüber sie und Asmodeus gesprochen hatten. Ich wollte sie nicht mit einem Haufen Informationen zuschütten, die sie nicht brauchte. Als Geisel genommen zu werden, war wahrscheinlich schon traumatisch genug, auch ohne alles über Luzifer und die damit verbundenen paranormalen Wesen zu erfahren. Ich konnte es selbst immer noch kaum glauben – und das nach all den Dingen, die ich erlebt hatte. „Was für Dinge?"

„Dinge, die ich noch immer kaum glauben kann", murmelte sie.

Sie wusste es. Sie musste es wissen. Ich wollte es ihr einfach sagen. Sie war meine älteste Freundin, wir hatten keine Geheimnisse voreinander. „Er hat dir von Dämonen erzählt, nicht wahr?"

Ihre Schultern sackten herab und ein großer Seufzer der Erleichterung entfuhr ihr. „Also, weißt du es? Bitte sag, dass du es weißt."

Ich zog Brandy in meine Arme und versuchte, sie zu beruhigen, aber was konnte ich schon sagen? Sie hatte nicht ausgesprochen, was genau Asmodeus ihr erzählt hatte. Wahrscheinlich wusste ich es schon, aber sie brauchte keine Unsicherheit von mir zu hören. „Ja. Ich weiß. Du kannst ganz offen zu mir sein. Ich bin die Erste, die das versteht."

„Wie meinst du das?" Ungläubigkeit schwang in ihrem Ton mit.

„Du kennst doch den Typ, den man den Teufel von Las Vegas nennt?" fragte ich. „Wie sich herausgestellt hat, ist er tatsächlich der Teufel. Und nicht nur der von Las Vegas."

„Asmodeus sagte mir, er arbeite für den Teufel. Zuerst wollte ich es nicht glauben, aber ..." Sie nickte langsam. „Gestern Abend habe ich ihn kennengelernt. Er war höllisch gut, aber ... intensiv. Du hättest sehen sollen, was er mit den Dämonen gemacht hat, die mich entführt haben."

Ich richtete mich ein wenig auf, neugierig darauf, was er getan hatte. „Hat er sie alle getötet?"

„Und ob er das hat."

„Gut." Das Wort rutschte mir so heraus und überraschte uns beide. Ich hatte noch nie jemandem den Tod gewünscht, aber alles, was ich fühlte, war ein tiefes Gefühl der Befriedigung, weil ich wusste, dass die Leute, die Brandy wehgetan hatten, bestraft worden waren.

„Er hat uns gerettet." Wieder füllten Tränen ihre Augen. „Und er sagte, er habe mich deinetwegen gefunden. Ich danke dir."

Ich hatte ihre Hand immer noch nicht losgelassen und ließ sie sich so fest an mich drücken, wie sie es brauchte. „Aber klar doch. Du hättest doch auch den Teufel persönlich geschickt, um mich zu retten."

Sie wischte sich die Tränen schnell weg, aber ihre Traurigkeit schmerzte mich und machte mir das Herz schwer. „Ich dachte nicht, dass wir da rauskommen würden. Ich dachte, wir würden da drin sterben."

„Hast du irgendeine Ahnung, warum du entführt wurdest? Wusste Asmodeus es?" Vielleicht hatte sie ein paar Antworten, die Luzifer helfen würden, das Ganze zu verstehen.

„Nicht wirklich. Asmodeus sagte, er ermittle in einer Verschwörung gegen Luzifer und sagte auch, dass er eine SMS von seinem Vater bekommen habe, in der dieser ihm befahl, mich zu verführen. Aber warum wusste er auch nicht. Auch die Bibliothekarenkonferenz scheint eine Falle gewesen zu sein, aber warum sollten Dämonen mich kidnappen wollen?"

„Dich verführen?", fragte ich. Es war etwas an der Art, wie Brandy seinen Namen aussprach. „Und ist es ihm geglückt?"

Sie öffnete und schloss mehrmals den Mund. „Bevor ich dir alles erzähle, sollte ich vielleicht erwähnen, dass Asmodeus ein Inkubus ist, ein Dämon der Lust. Er braucht jemanden nur anzusehen, um ihn zu verführen, und er braucht Sex, um zu überleben. Er braucht einen ständigen Strom von Geliebten, von denen er sich nähren kann, und Menschen können Sex mit einem Inkubus nicht mehr als einmal überleben ... Das heißt, wir beide ... Nun, es ist nicht möglich."

Sie sprach so sachlich über die Dinge, mit denen ich gerade

erst anfing, mich zu arrangieren. Wie viel wusste sie noch? Und wie weit waren sie und Asmodeus in ihrem Kellergefängnis gegangen? Sie sah mich an, als könne sie meine Gedanken lesen. „Aber um deine Frage zu beantworten, nein, er hat mich nicht verführt. Wir haben uns einmal geküsst, und ehrlich gesagt, das war besser als jeder Sex, den ich je hatte, aber das war's. Meistens haben wir viel geredet und uns gegenseitig kennengelernt. Sonst gab es nichts zu tun."

„Ihr hattet also keinen Sex?", fragte ich. Angesichts der Tatsache, dass Asmodeus ein Inkubus war, schien das fast unmöglich.

„Nein." Sie schüttelte den Kopf. „Die Gestaltwandler haben ihn gefoltert, um Informationen über Luzifer zu bekommen, aber Mo wurde nicht schwach. Selbst als sie versuchten, ihn dazu zu bringen, sich an mir zu nähren, hielt er sich zurück. Manchmal war es offensichtlich, wie schmerzvoll es für ihn war, im selben Raum mit einer Frau zu sein, ohne sich zu nähren, besonders da er verletzt war. Aber er war so stark." Ihre Augen nahmen wieder diesen abwesenden Blick an, bis ein Stirnrunzeln die aufkommende Freude verdrängte. Sie mochte ihn eindeutig. Ohne jeden Zweifel. Aber sie glaubte auch, dass es keinen Weg gab, es auszuleben. Ich wünschte, ich hätte eine Lösung für sie gehabt, aber es gab noch so vieles, was ich über diese Welt nicht wusste.

Sie schüttelte den Kopf und blinzelte schnell. „Und du? Wie hast du den Teufel dazu gebracht, mich zu retten? Und das hier alles?" Sie deutete mit der Hand quer durch den Raum. „Das übersteigt bei weitem unser beider Gehaltsklassen."

Als ich ihr erklärte, wie ich sie gesucht hatte, und die Abmachung, die ich mit Luzifer getroffen hatte, wurde sie ernst. Und dann regelrecht wütend.

„Du hast dich für sieben Nächte an ihn verkauft?", schrie sie förmlich. „Wie eine Art Sexsklavin?"

Ich hob die Hände und verspürte den Drang, ihn sofort zu verteidigen. „Er hat geschworen, sich mir nicht aufzuzwingen, und bis jetzt ist er ein perfekter Gentleman gewesen. Ich weiß nicht, warum er an mir interessiert ist, aber da ist etwas. Etwas, das ich nicht erklären kann." Ich hielt inne und suchte nach Worten. „Ich weiß, dass ich mich in einer gefährlichen Situation befinde, aber ich bin einen Deal eingegangen, und er hat seinen Teil erfüllt. Bleibt nur noch mein Teil der Abmachung." Ich holte tief Luft. „Ich muss es zu Ende bringen."

„Hannah, wir können gehen. Wir können jetzt gehen. Hier ist keiner, der uns aufhält. Wir gehen jetzt einfach wieder nach Hause und vergessen, dass das alles hier jemals passiert ist."

Ich schüttelte den Kopf. „Das kann ich nicht tun." Brandy sah mich an, ihr Blick hielt dem meinen stand. „Ich gehe nach Hause zu meiner Mutter und meinem Sohn, sobald ich kann. Ich muss es tun. Das verstehst du doch, oder?"

Ich lehnte mich nach vorne und schlang meine Arme um sie. „Natürlich verstehe ich das. Ich würde nie erwarten, dass du bleibst. Ich will nicht einmal, dass du bleibst – bei dieser ganzen Reise ging es darum, dich sicher wieder nach Hause zu bringen. Das ist alles, was ich will. Wir müssen nicht einmal diesen Wellnesstag durchziehen, wenn du jetzt gleich gehen willst."

Sie schüttelte den Kopf. „Nein, Luzifer hat ein Auto organisiert, das mich zurück nach Vista bringt, sobald das hier vorbei ist. Bis dahin kann ich warten. Außerdem denke ich, dass ich die Verwöhnkur wahrscheinlich brauche. Wenn ich mich zu Hause so blicken lasse lasse, rastet meine Mutter aus."

Kurz darauf kam die Visagistin herein und verwöhnte uns mit einer Behandlung, die mehr Massage als alles andere war, aber wir seufzten beide und beschwerten uns keineswegs. Als es vorbei war, fühlte sich meine Haut wie die eines Babys an und strahlte regelrecht. Brandy sah auch tausendmal besser aus als zuvor.

Als nächstes bekamen wir ein gigantisches, exquisites Mittagessen, das Brandy verschlang. Dann gingen wir in den Salon und ließen uns maniküren und pediküren, während die Expertinnen mit unseren Haaren anstellten, was sie wollten. Wir gaben ihnen die Freiheit, ihr eigenes Ding zu machen, und sie verpassten uns beiden wunderschöne Locken, die uns aussehen ließen, als würden wir gleich ein Filmset betreten.

Nachdem wir zu Mittag gegessen und eine weitere Runde von Terminen wahrgenommen hatten, ging der Tag viel schneller zu Ende, als ich es wollte. Brandy musste zurück zu ihrer Familie, und ich konnte nicht mit ihr gehen. Das war in Ordnung. Aber ich hatte gerade meine beste Freundin gefunden, und ich wollte mich nicht schon von ihr trennen. Außerdem war sie der einzige Grund, warum ich in Vegas war. Wenn sie weg war, hatte ich nur noch meinen Pakt mit Luzifer. Der Gedanke daran ließ meinen Puls in die Höhe schnellen.

Brandy und ich hielten vor einer Limousine in der privaten Parkgarage und ich zog sie in eine innige Umarmung. Emotionen überfluteten mich – Dankbarkeit, dass sie in Sicherheit war, Freude, dass sie bei mir war, und Trauer, dass sie gehen musste, obwohl es das war, was ich am meisten auf der Welt wollte. „Ich sehe dich bald wieder. Versprochen.“

Sie blickte mir in die Augen. „Ich habe gemeint, was ich gesagt habe. Steig einfach zu mir ins Auto, und wir gehen gemeinsam.“ „Ich kann nicht. Ich habe Luzifer versprochen, sieben Tage und Nächte für ihn da zu sein, und heute ist erst Tag vier. Ich schulde ihm noch drei weitere Nächte. Ich kann doch wohl kaum ein Versprechen an den Teufel brechen, oder?“ Mein Herz raste vor Lust und Beklemmung, als mir das Bild seines Gesichts mit den dunklen Schatten und der geballten Männlichkeit durch den Kopf zuckte. Außerdem war ganz offensichtlich etwas Merkwürdiges mit mir los, und ich musste die Wahrheit herausfinden.

„Ich weiß nicht“, sagte Brandy und musterte mich mit gerunzelter Stirn. „Du stehst doch irgendwie auf ihn. Hat er dich schon verführt?"

Röte überzog meine Wangen. „Wir haben uns geküsst. Das war's."

Sie stieß einen Schrei aus. „Ich wusste es!"

„Auch nicht mehr als du und Asmodeus getan habt!"

„Das ist ja alles schön und gut, und vielleicht bekommst du ja noch ein bisschen guten Sex dabei, aber sei vorsichtig. Denk daran, dass es bei diesen Leuten nur um Versuchung geht. Hüte dein Herz." Sie warf dem Fahrer, der mit offener Limousinentür wartete, einen Blick zu und senkte ihre Stimme. „Ich habe gesehen, wozu die fähig sind, Hannah."

Ich erinnerte mich an letzte Nacht und daran, wie ich die Gargoyles, die es auf mich abgesehen hatten, niedergeschlagen hatte, und schluckte schwer. „Ich habe auch so einiges gesehen, aber ich habe alles unter Kontrolle. Vertrau mir." Ich umarmte sie wieder. „Grüß Jack und Donna von mir."

„Mach ich. Und komm nach Hause, sobald du kannst." Sie löste sich mit einem traurigen Lächeln von mir und stieg dann in die Limousine. Der Fahrer schloss die Tür, und die Fenster waren so dunkel getönt, dass das Fahrzeug sie verschluckt zu haben schien.

Ich winkte, als die Limousine wegfuhr, und dachte über ihre Worte nach.

Sie hatte Recht. Ich musste mein Herz beschützen. Doch war das mit einem Mann wie Luzifer überhaupt möglich?

14

HANNAH

Ich machte mich auf den Weg zurück zum Penthouse und war ziemlich niedergeschlagen, nachdem ich mich von Brandy verabschiedet hatte. Als ich mit Azazel an meiner Seite dort eintraf, sah ich mich ratlos um. Die Spuren des Angriffs der Gargoyles waren beseitigt worden, während ich den Tag im Spa verbracht hatte, und sogar die Fenster waren bereits ersetzt worden. Es war, als hätte es den Angriff nie gegeben. Allerdings fehlte jede Spur von Luzifer, und ich war mir nicht sicher, was ich tun sollte. Ich überlegte, ob ich etwas Zeit in der Bibliothek verbringen sollte, aber schließlich holte mich die Erschöpfung ein, und ich ging auf mein Zimmer, um ein Mittagsschläfchen zu machen. Heute ging es schließlich um Faulheit.

Der Schlaf fiel mir dieses Mal leicht, aber er war nicht erholsam. Ich erwachte zusammengerollt und fest um ein Kissen geschlungen, wie ich es oft tat. Angespannt, mit schmerzenden und steifen Muskeln, als hätte ich den Tag im Fitnessstudio statt im Spa verbracht. Und die Träume ... Ich erinnerte mich nie an Einzelheiten, nur an Angst und Dunkelheit, Schmerz und Tod.

Nur Bruchstücke, aber immer voller Gewalt, Schrecken und Leid.

Dieses Mittagsschlaf war keine Ausnahme. Ich war mir ziemlich sicher, dass sich mein Unvermögen, friedlich zu schlafen, verschlimmert hatte, seit ich Luzifer begegnet war. Wahrscheinlich lag es daran, dass ich nicht in meiner gewohnten Umgebung war, an einem fremden Ort und in einer zutiefst beunruhigenden Lage, aber ich sehnte mich danach, einfach die Augen zu schließen und Stunden später ohne jegliche Erinnerung an irgendetwas aufzuwachen.

Irgendwann während meines unruhigen Schlafs war die Sonne untergegangen, und ich setzte mich auf, um von meinem Fenster aus den Nachthimmel zu betrachten, der von all den Lichtern von Las Vegas erhellt wurde. Durch den Spalt unter meiner Tür drang Klaviermusik, die mich wie der Lockruf einer Sirene in den Wohnbereich lockte. Dort wartete ohne Zweifel Luzifer auf mich.

Im Badezimmer überprüfte ich mein frisiertes Haar und mein Make-up und stellte erfreut fest, dass sie meinen Mittagsschlaf gut überstanden hatten. Ich toupierte mein Haar und trug ein wenig Lipgloss auf, bevor ich in meinen begehbaren Kleiderschrank trat und all die wunderschönen Kleider darin bestaunte. Es war immer noch kaum zu glauben, dass sie mir gehörten, zumindest vorübergehend. Ich war mir nicht sicher, was Luzifer für heute Abend geplant hatte, aber ich vermutete, dass meine Yogahose und mein T-Shirt nicht das richtige Outfit dafür waren. Also wählte ich stattdessen ein langes schwarzes Kleid, der Stoff war weich und luftig und schimmerte leicht. Dann griff ich nach dem erstbesten Paar schwarzer Pumps, die mir in die Hände fielen, und das waren so viele, als ob sie dort brüteten. Während ich die Riemchen zuzog, steigerte sich die Musik zu einem Crescendo. War Luzifer derjenige, der spielte? Die Neugierde trieb mich aus dem Zimmer. Nicht nur auf die Musik, sondern auf Dutzende andere Dinge. Dämonen. Brandys Entführung. Die Angriffe auf mein Leben. Und vor allem, wie ich dieses Schwert wie eine mächtige Kriegerin geschwungen hatte und nicht wie eine Floristin aus Nowheresville.

Und ein nicht unwesentlicher Teil von mir wollte das fortsetzen, was wir letzte Nacht begonnen hatten. Als ich in den Wohnraum sah, beobachtete ich Luzifer von hinten, während seine Finger über die elfenbeinernen Tasten des Flügels flogen. Er schien eins mit dem Instrument zu sein, und das Ergebnis war reine Magie. Ich war vollkommen hingerissen von der Art, wie er spielte, ganz zu schweigen von der Form seiner Schultern in seinem schwarzen Anzug und der Art, wie sich sein dunkler Kopf über das Klavier beugte. Ich hatte noch nie in meinem Leben einen schöneren Mann gesehen, und ich hatte nie jemanden mehr begehrt.

Ich kannte das Stück, das er spielte, nicht, aber es war ergreifend – voller Molltöne und langsamer Melodien. Der Raum wurde von Dutzenden roter Kerzen erhellt, und das Raumlicht war gedämpft, so dass das Neonlicht der Stadt die flackernden Flammen anstrahlte. Die Schatten, die durch diesen Effekt entstanden, waren eher schön als unheimlich, und ich fühlte mich von ihnen angezogen.

Und von ihm. Immer. Auf unfassbare Art und Weise.

Die Frage war ... warum?

Luzifer musste gespürt haben, dass ich da war, denn er neigte den Kopf. „Bitte, komm rein."

„Was soll das alles?" Ich ging um das Klavier herum und deutete auf das Kerzenlicht.

„Ich dachte, wir könnten heute Abend zu Hause bleiben. Gemütlich und entspannt. Sicher." Die Musik verklang, als Luzifer das Ende des Liedes erreichte. Er deutete mit einem Nicken in Richtung der Fenster. „Ich habe überall Wachposten aufgestellt, um deinen Schutz zu gewährleisten."

Ich wandte meinen Blick zu den hohen Fenstern und konzentrierte mich auf die Dunkelheit rund um das Neon in Vegas. Es war fast so, als würde ich mit meinem peripheren Sichtvermögen nach ihnen suchen, aber schließlich entdeckte ich sie. Gefallene mit dunklen Flügeln, die das Gebäude umrundeten, mit Schatten, die an ihren Federn hafteten. Ich hatte keinen Zweifel, dass Azazel dort draußen war, und wahrscheinlich auch Gadreel.

„Alles, um mich zu beschützen", sagte ich langsam und fand die Situation immer noch unglaublich. „Warum?"

„Ich werde nicht zulassen, dass dir jemand etwas antut."

Fast hätte ich erwidert, dass er meine Frage damit nicht wirklich beantwortet hatte, doch dann erhob er sich vom Klavier und raubte mir den Atem. Das flackernde Kerzenlicht umspielte sein Gesicht und machte ihn nur noch verführerischer. Eine Mischung aus Dunkel und Licht. Die Erinnerung daran, dass der Teufel einst ein Engel gewesen war.

Luzifer trat auf mich zu und reichte mir die Hand. „Ich hoffe, du hast Hunger."

Ich zögerte, nicht weil ich seine Hand nicht ergreifen wollte, sondern weil ich es so sehr wollte und weil ich wusste, dass ich in der Sekunde, in der wir uns berührten, dieses vertraute Verlangen spüren würde. Schließlich bröckelte mein Widerstand und ich ließ meine Hand in seine gleiten. „Ja, das habe ich."

„Ausgezeichnet. Ich habe dein Lieblingsessen gemacht." Er führte mich um die Bar herum in die Küche und den Essbereich, wo ein makelloses weißes Tischtuch auf dem Tisch ausgebreitet war, zusammen mit feinstem Silberbesteck. Alle Stühle bis auf zwei waren weggeräumt worden, und die roten Kerzen sorgten für ein intimes Ambiente. Eine einzelne Narzissenblüte stand zwischen den Gedecken.

Luzifer half mir wie ein Gentleman auf meinen Platz und ließ seine Hand einen Moment auf meinem Rücken verweilen, ehe er hinter die Kücheninsel trat. Dort begann er, auf zwei Tellern etwas zu servieren, während Dampf aufstieg. Der verlockende Duft von Kräutern und Tomaten schlug mir entgegen und machte mich noch hungriger.

„Hast du gekocht?", fragte ich, unfähig, die Überraschung in meiner Stimme zu verbergen.

„Ich bin ein Mann mit vielen Talenten. Wie du schon bald feststellen wirst."

Er stellte eine dampfende Schüssel mit Spaghetti und Fleischbällchen vor mich hin, dann stellte er etwas Knoblauchbrot und einen Beilagensalat dazu. Zum Schluss goss er noch etwas Sekt in mein Weinglas, ehe er sich mir gegenüber an den Tisch setzte. Ich fragte mich, wie vielen anderen Frauen der Teufel schon ein Essen serviert hatte. Oder wie viele von ihm ihr Lieblingsessen gekocht bekommen hatten.

„Woher wusstest du, dass das mein Lieblingsgericht ist?", fragte ich, während ich den herrlichen Essensduft einatmete, bevor ich meine Gabel in die Hand nahm.

Er schenkte mir eines seiner teuflischen Grinsen. „Ich habe eine ganze Akte über dich, meine liebe Hannah. Du würdest staunen, wie viel man online finden kann."

Ich errötete bei dem Gedanken, dass er mein Facebook-Profil durchforstet hatte. Das konnte aber nicht alles sein. Er wusste zu viel, Dinge, die er nicht durch Stalking im Internet herausgefunden haben konnte. Heute Abend wollte ich Antworten von ihm bekommen – nachdem ich mir mit etwas Essen Mut gemacht hatte. Meine Lippen schlossen sich um meine Gabel und ich seufzte vor Entzücken. Die Soße war perfekt gewürzt. Die meisten Leute hielten Spaghetti für ein Kindergericht, aber mir war das egal. Es war mein Lieblingsessen, und das hier war die absolute Perfektion. „Wow, das ist unglaublich. Hast du die Soße selbst gemacht?"

„Ja, das habe ich." Er zog eine seiner dunklen Augenbrauen hoch. „Überrascht dich das?"

Ich brach mir ein Stück Knoblauchbrot ab. „Ich hätte nie gedacht, dass du der Typ bist, der kocht, geschweige denn ein Meisterkoch."

Seine Augen blitzten vor Amüsement. „Naja, ich habe tausende von Jahren Übung ..."

Ich verschluckte mich bei seinen Worten fast an meinem Knoblauchbrot.

Tausende. Von. Jahren.

Manchmal vergaß ich, dass er so alt war, und dann überraschte er mich einfach so in einer beiläufigen Bemerkung damit.

Er nahm einen Schluck Rotwein. „Du solltest wissen, dass ich ein ausgezeichneter Koch in vielen Kochstilen bin, von denen du zum Teil noch nie gehört hast, weil sie längst aus der Geschichte verschwunden sind."

Eine weitere Erinnerung daran, wie uralt und unergründlich er war. Warum sollte er an einer normalen Frau wie mir interessiert sein?

Während ich über seine Unsterblichkeit und meine sterbliche Existenz nachdachte, fragte er: „Wie war dein Tag? Hat sich deine Freundin von ihrer Tortur erholt?"

„Sie scheint ein wenig mitgenommen zu sein von dem, was passiert ist, aber sie ist stark. Sie wird es schon überwinden." Ich zwirbelte meine Spaghetti auf der Gabel. „Obwohl ich glaube, dass sie eine Schwäche für Asmodeus hat."

„Wer hätte das nicht?" Luzifer grinste. „Ich habe Glück, dass du den Mann noch nicht kennengelernt hast. Sagen wir einfach, er lässt mich ziemlich unattraktiv aussehen."

„Ich glaube nicht, dass das möglich ist", platzte ich heraus, wechselte dann unbeholfen das Thema und beantwortete seine andere Frage. „Ich denke, der Wellnesstag war genau das, was sie gebraucht hat. Danke nochmal. Für alles."

Er legte den Kopf in den Nacken. „Das war nicht der Rede wert."

„Hast du etwas darüber in Erfahrung bringen können, warum sie gekidnappt wurde?"

„Nein. Noch nicht. Es scheint, dass sich eine abtrünnige Gruppe von Dämonen gegen mich verschworen hat, aber ich weiß noch nicht, wer sie anführt." Er schwenkte sein Glas und wirbelte den Wein herum. „Hab keine Angst. Bald wird alles in Ordnung gebracht sein."

„Okay, es ist nur ..." Ich biss mir auf die Lippe, um den Mut aufzubringen, meine Gedanken laut auszusprechen. „Es klingt vielleicht verrückt, aber ich frage mich ernsthaft, ob Brandy mit Absicht nach Las Vegas gelockt und entführt wurde, um mich hierher zu bringen. Zu dir."

Er musterte mich mit einem intensiven Blick. „Wie kommst du denn darauf?"

„Es ergibt sonst keinen Sinn. Warum sollte jemand eine fingierte Bibliothekarenkonferenz inszenieren, um sie hierher zu locken? Und dann waren da noch diese Anschläge auf mein Leben. Den Angriff auf dem Dach hätte ich ja noch für einen Unfall halten können, aber dass die Gargoyles hinter mir her waren, war absolut kein Zufall. Oder wie ich sie zur Strecke gebracht habe." Meine Hände zitterten, während ich all die Gedanken aussprach, die in den letzten Tagen in meinem Kopf herumgeschwirrt waren. „Irgendetwas geht hier vor sich, etwas, das du mir nicht erzählst. Und ich glaube, es hat damit zu tun, dass ich dein Schwert wie eine Art Ninja schwingen konnte. Und warum ich dich so vertraut und ... angenehm finde, obwohl du mir doch Angst machen solltest. Und warum ich immer furchtbare Träume voller Tod und Gewalt habe, die seit unserer Begegnung nur noch schlimmer geworden sind. Ich dachte immer, dass diese Träume etwas mit dem Autounfall zu tun haben, bei dem meine Eltern ums Leben gekommen sind, aber jetzt? Jetzt bin ich mir nicht mehr so sicher."

Ich verstummte, und meine Worte schienen zwischen uns nachzuhallen, während Luzifer mich mit einem schwer zu deutenden Ausdruck anstarrte. Die Sekunden verstrichen, und keiner von uns bewegte sich. Das Essen war vergessen.

Schließlich seufzte er. „Oh, Hannah. Wenn ich deine Fragen beantworte, ist das so, als würde ich die Büchse der Pandora noch einmal öffnen. Wenn man diese Wahrheiten einmal kennt, gibt es kein Zurück mehr. Bist du sicher, dass du diesen Weg beschreiten willst?"

Ich war mir noch nie in meinem Leben einer Sache so sicher gewesen. „Ich muss es wissen."

Er nickte, sein Mund verzog sich zu einer Grimasse. Dann stand er auf und zwang mich, zu ihm aufzuschauen. „Lass uns diese Unterhaltung in einem anderen Raum führen."

Ich stand auf, und er legte seine Hand auf mein Kreuz, wobei der leichte Druck die Hitze zwischen meinen Schenkeln aufsteigen ließ. Gemeinsam kehrten wir in den Wohnbereich zurück, und ich ließ mich in eines der Ledersofas sinken, während er sich neben mich hockte und seine Hand auf mein Knie legte.

„Wir haben dieses Gespräch schon hunderte Male geführt, und doch wird es nie einfacher", sinnierte Luzifer vor sich hin. „Man sollte meinen, ich hätte inzwischen ein Drehbuch, nicht wahr?"

Ich runzelte die Stirn. Das machte überhaupt keinen Sinn. „Was meinst du?"

Luzifer nahm meine beiden Hände in seine und sah mir in die Augen. „Ich habe dir doch erzählt, dass ich einmal eine große Liebe hatte, aber ich sie verloren habe. Diese Liebe warst du."

„Ich?", fragte ich, obwohl seine Worte in meinem Inneren

voller Wahrheit widerhallten. „War das vor dem Unfall? Ist das der Grund, warum ich mich nicht an dich erinnere?"

Er schüttelte den Kopf. „Nein, es war sogar davor. Vor diesem Leben."

Ich blinzelte ihn an. „Das verstehe ich nicht."

„Hannah, du hast viele Leben gelebt, die Tausende von Jahren zurückreichen."

„Wie ... Reinkarnation?"

„Genau. Und in jedem deiner Leben bist du meine Gefährtin. Mein Schicksal. Mein Herz."

Mein Puls raste, während er sprach. Ich blickte tief in seine smaragdgrünen Augen, und ich konnte mich des Gefühls nicht erwehren, zu fallen. „Deine Gefährtin?"

„Ja. Dämonen haben manchmal Schicksalsgefährten, ebenso wie ein paar ausgewählte Engel, darunter auch Gefallene. Es ist selten, aber es kommt vor."

„So wie eine Art Seelenverwandte ...", sagte ich langsam und spürte tief in mir die Richtigkeit dieser Aussage, selbst wenn sie zu unglaublich klang, um wahr zu sein.

Er lehnte sich näher an mich heran, nah genug, dass mein Blick auf seine Lippen fiel und ich mich fragte, ob er mich wieder küssen würde. „Wir sind dazu bestimmt, bis in alle Ewigkeit zusammen zu sein. Es ist unser Schicksal. Unser Schicksal. Und unser Fluch."

Seine Worte rührten etwas in mir, etwas Urwüchsiges und Wahres. Das Gefühl des Fallens verstärkte sich, und ich klammerte mich fester an seine Hände, weil ich wusste, dass er mich auffangen würde. Alles, was er sagte, war unglaublich, aber das hatte ich vor ein paar Tagen auch schon über Dämonen gedacht. Und mit jedem Wort fühlte es sich an, als würde ein Licht in mir aufgehen, als würde etwas Uraltes und Machtvolles endlich wieder erwachen.

Ich schloss meine Augen und holte tief Luft, suchte tief in

meiner Seele. Ich vertraute immer auf mein Bauchgefühl, und das sagte mir, dass Luzifer nicht log. Dass alles, was er sagte, über Wiedergeburt und Schicksal und Gefährten, die Wahrheit war, ganz egal, wie verrückt es sich anhörte. Natürlich warf das nur noch mehr Fragen auf.

„Wurde ich deshalb angegriffen?", fragte ich.

„Ja. Denn sie wissen, wie wichtig du für mich bist. Und deshalb konntest du dich auch so leicht verteidigen."

Ich stand auf und begann auf und ab zu gehen, während seine Worte in mir nachhallten. „Wie viele Leben hatte ich schon? Wie viele Male bin ich gestorben und wiedergeboren worden?"

„Hunderte. Manchmal bekommen wir nur ein paar Tage, ehe ich dich wieder verliere. Manchmal bekommen wir viele glückliche Jahre miteinander." Er stand auf, kam aber nicht näher, als ob er spürte, dass ich Abstand brauchte. „Ich hoffe, dass dieses eines der besseren Leben sein wird."

„Und wir sind in allen von ihnen zusammen?"

„Ja, Hannah. Und jedes Mal, wenn du stirbst, warte ich darauf, dass du wiedergeboren wirst. Diese Jahre ohne dich fühlen sich endlos an, und mein Herz verdorrt und erstarrt, nur um wieder zum Leben zu erwachen, wenn ich dich wiederfinde. Und das tue ich immer. Ich finde dich, ich mache dich zu meiner Frau und ich liebe dich, in einem endlosen Kreislauf."

„Warum?", fragte ich. Es war das einzige Wort, das mir über die Lippen kam. „Warum ich?"

„Weil du zu mir gehörst." Er trat einen Schritt nach vorne und nahm mein Gesicht in seine Hände. „Du gehörst zu mir, seit du deinen ersten Atemzug getan hast, und du wirst zu mir gehören, auch nachdem du deinen letzten getan hast. Wir sind untrennbar miteinander verbunden."

Die Wahrheit legte sich über mich wie eine warme Decke. Ich erinnerte mich noch immer nicht an die Zeit vor dem Unfall, aber alles, was er sagte, fühlte sich ... richtig an, irgendwie. Wie eine Wahrheit, die ich tief in mir schon immer gekannt hatte. Ein Teil von mir hatte ihn erkannt, als wir uns das erste Mal begegnet waren, und obwohl ich mich vor Luzifer fürchten sollte, tat ich es nicht. Nicht mehr.

„Du findest mich." Es war keine Frage. Meine Seele spürte, dass es die Wahrheit war. „Jedes Mal."

„Jedes Mal." Er sah mich mit einer solchen Sehnsucht an, dass es einen Teil meiner Seele berührte. Irgendetwas hielt mich davon ab, mich an ihn zu erinnern, ein bitterer Schmerz, der sich nicht vertreiben ließ. Aber vielleicht würde das hier helfen.

Ich presste meinen Mund gegen seinen und küsste den Teufel von ganzem Herzen. Ich war bereit, ihm alles zu geben. Er legte eine Hand in meinen Nacken, zog mich näher an sich heran und übernahm die Kontrolle über meinen Mund. Seine Zunge glitt an meinen Lippen vorbei, und ich kannte das Gefühl. Ich hatte es schon einmal gespürt. Nicht von einem anderen Mann, sondern von ihm. Immer von ihm. *Luzifer.*

Mein Verstand erinnerte sich vielleicht nicht an ihn, aber mein Körper tat es zweifellos. Und er verlangte nach mehr.

HANNAH

Das Verlangen raste in meinen Adern und Hitze stieg in meinem Inneren auf, als Luzifers Kuss die Kontrolle über mich übernahm. Seine Arme legten sich um meine Taille, und er hob mich mit einer Leichtigkeit hoch, die ich immer noch nicht glauben konnte. Meine Brustwarzen schmerzten, als sie gegen seine harte Brust drückten. Er trug mich quer durch den Raum, während er meinen Mund mit seiner Zunge beanspruchte, als gehöre er ihm.

Er setzte mich auf der Kante des großen, schwarzen Flügels ab und löste schließlich den Kuss, um mich mit seinen infernalischen Augen anzusehen. Seine Hand fand den oberschenkelhohen Schlitz an meinem langen Kleid, und er tauchte einen Finger darunter und streichelte meine Haut. Er neckte mich. Ein Meister der Verführung.

Dann ergriff er den Schlitz und zerriss den Stoff, wobei er in purer männlicher Befriedigung stöhnte, als er ihn unter seinen starken Händen leicht nachgab. Der Akt war so überraschend und fleischlich, dass ich nach Luft schnappte. Dann zog er seine eigene Jacke mit schnellen, entschlossenen Bewegungen aus, wie ein Mann, der gleich zur Sache kommen würde. Mich einzufordern.

Mit kraftvollen Händen packte er meine Schenkel und spreizte sie auseinander, so dass er einen Blick auf meinen dunkelroten Tanga erhaschen konnte. Ich griff nach seinem teuren weißen Hemd, die Knöpfe bohrten sich in meine Handflächen, als ich ihn an mich zog. Das Klavier hatte genau die richtige Höhe, damit er zwischen meine Beine passte und seine harte Schwellung gegen meinen Unterleib drückte. Ich schlang meine Beine um ihn, und seine Reaktion war unüberhörbar, als er ein leises Grollen von sich gab.

Seine Lippen streiften mein Ohr. „Ich kann mich nicht beherrschen, wenn du das tust.“

Ich stemmte mich langsam gegen ihn und sah ihn herausfordernd an. „Du sollst dich nicht beherrschen.“

Dieses glühende Feuer funkelte wieder in seinen Augen, was mich jetzt, da ich wusste, was es war, erregte. Er zog mich näher zu sich und hob mich vom Klavier. Ich schlang meine Arme um seinen Hals und fuhr mit meiner Zunge über die dunklen Stoppeln an seinem Kinn, während er mich in Richtung seines Schlafzimmers trug. Das Verlangen pulsierte durch meinen Körper. Ich konnte mich nicht entsinnen, jemals so sehr nach jemandem gelüstet zu haben.

Als mein Mund Luzifers Ohr berührte, biss ich hinein – vielleicht ein bisschen stärker, als ich es getan hätte, hätte ich nicht gewusst, dass er der Teufel war. Sein Grollen wurde wieder laut, und ehe ich mich versah, schlug mein Rücken heftig auf der weichen Matratze auf. Luzifer stand über mir im schwachen Licht seines Zimmers und strahlte in seinem schwarzen Anzug Macht und Kontrolle aus. Sein Gesicht war dunkel und seine Augen waren voller Hunger. Nach mir.

Mit langsamen, bedächtigen Bewegungen zerrte er an der Krawatte um seinen Hals und nahm sie ab, während seine Augen mein Gesicht nicht losließen. Mir lief das Wasser im Mund zusammen, und ich hoffte, er würde sich weiter ausziehen, aber er starrte nur auf mich herab wie das Raubtier, von dem ich instinktiv wusste, dass er es war.

Und heute Abend war ich seine Beute.

Er packte den Saum meines bereits ruinierten Kleides und riss es mit einer schnellen Bewegung in zwei Teile. Das Geräusch des zerreißenden Stoffes erfüllte den Raum, und kühle Luft strömte über meine nackte Haut. Das steigerte meine Begierde nur noch mehr. Mein Puls raste, als ich in nichts als meinem roten Spitzen-BH und -Höschen vor ihm lag, schwarze High Heels an den Füßen. Ich wartete darauf, dass er sein Unwesen mit mir treiben würde.

„So zauberhaft", sagte er, mit diesem sexy Akzent, der mich so wild machte. „Du schaffst es immer wieder, mich mit deiner Schönheit zu überwältigen."

Hitze durchströmte mich, als er sich schließlich über mich beugte und meinen Mund wieder für sich beanspruchte. Sein Kuss war heiß und begierig, während seine Hände über meine nackte Haut fuhren, und dann folgten seine Lippen, wanderten von meinem Hals zu meinem Dekolleté, dann noch tiefer. Ich krallte meine Finger in sein dunkles Haar, als seine Zunge über meine Haut glitt, über die Spitze meines BHs, meine Brustwarzen so hart, dass es fast wehtat. Dann packte er die Ränder der roten Spitze und riss auch den BH mit einem lauten Ruck in zwei Teile, so dass meine Brüste herausquollen. Heute Abend fiel eine Menge meiner Kleidung Luzifers Lust zum Opfer, aber er hatte für sie bezahlt, also konnte er damit machen, was er wollte.

Luzifer sah mit einem teuflischen Grinsen zu mir auf, dann senkte er seinen Kopf wieder auf meine Brust. Sein Mund umschloss eine meiner bereits harten Brustwarzen und er saugte leidenschaftlich, während Blitze durch mein Innerstes schossen. Ich wölbte meinen Rücken und stöhnte, weil ich mehr wollte.

„Luzifer." Ich keuchte, als seine Zunge meine Brustwarze umspielte. „Bitte."

Er ließ ein leises, sinnliches Schmunzeln hören. „Ich habe dir ja gesagt, dass du um mich betteln würdest."

Dann nahm er die andere Brust in den Mund, während seine Hände an meinen Schenkeln entlang glitten, so nah an der Stelle, wo ich ihn brauchte, aber nicht nah genug. Seine Finger streiften meinen Spitzentanga, aber nur für einen Augenblick, bevor sie sich wieder zurückzogen, gerade genug, um mich noch feuchter für ihn zu machen.

Er war wirklich der Teufel, und das war seine Art, mich zu quälen.

„Bitte", flehte ich wieder. „Lass mich dich berühren."

„Heute Abend geht es nur um dich", antwortete er mit heiserer Stimme. „Immer um dich."

Ich bebte, als seine Worte das Verlangen in mir nur noch steigerten. Mein Körper steuerte auf einen Orgasmus zu, allein durch den Klang seiner Stimme und die Berührung seiner Zunge und seines Mundes auf meiner Haut, aber es war nicht genug. Ich fühlte mich, als hätte ich mein ganzes Leben auf diesen Moment gewartet, und nur wenn er in mich eindrang, würde ich vollkommen sein.

Er hob seinen Mund von meiner anderen Brust, wo er meine Brustwarze mit seiner Zunge neckte, und ließ dann heiße Küsse über meine Haut gleiten, die bei jeder Berührung seiner Lippen kribbelte. Sein Mund wanderte über meinen Bauch, meine Hüften hinunter und schließlich tiefer, wobei seine Zähne leicht in die Spitze zwischen meinen Beinen kniffen. Ich keuchte und drückte mich leicht nach oben. Er nutzte diese Bewegung, um seine Finger in den Seiten meines Tangas einzuhaken und ihn mir herunterzureißen.

Er ergriff meine Knie und spreizte mich weit für ihn. „Schau dir diese wunderschöne Muschi an. Absolute Perfektion. Und sie gehört mir. Für immer mir."

Er war so nah an meinem Schoß, sodass sein heißer Atem über meine glitschigen, erregten Muschelfalten tanzte. Ich wand mich bereits im Rausch, obwohl er mich noch nicht einmal dort berührt hatte, wo ich ihn am meisten brauchte. Dann glitt seine Zunge in mich hinein, und ich wäre fast aus der Haut gefahren.

Er huschte rein und raus, schmeckte mich mit einem tiefen, zustimmenden Brummen, das durch mich hindurch vibrierte. Dann leckte er nach oben, und seine Zungenspitze berührte meinen Kitzler, Sekunden bevor er ihn in den Mund saugte. Ich schrie auf bei dem plötzlichen Schub der Lust. Meine Finger gruben sich in seine seidenen Laken, während seine Lippen und seine Zunge mich verschlangen.

Seine Finger kamen kurz darauf dazu, glitten in mich hinein und fickten mich langsam im Rhythmus seiner anderen Bewegungen. Mit der anderen Hand packte er meinen Hintern und zog mich damit näher zu sich heran. Er hob mich hoch wie eine Opfergabe für seinen gierigen Mund.

Und dann explodierte ich. Meine Hüften bäumten sich auf und pressten meine feuchte Muschi in sein Gesicht, während sich meine innersten Muskeln immer wieder zusammenzogen. Luzifer leckte und saugte weiter durch meinen Orgasmus hindurch, pumpte seine Finger in mich hinein, während ich mich auf dem Bett wand und stöhnte, unfähig, meinen eigenen Körper noch zu kontrollieren. Er gehörte jetzt ihm, ganz und gar ihm.

„Es ist schon viel zu lange her, dass ich dich geschmeckt habe." Er stützte sich auf die Ellbogen und leckte sich über die Lippen, als würde er seine Lieblingsspeise genießen. „Und viel zu lange, seit ich dich kommen fühlen durfte. Aber jetzt will ich, dass du um meinen Schwanz herum kommst. Denkst du, du kannst das?"

Ich nickte, außerstande zu sprechen. Außerstande irgendetwas zu tun, außer vor Lust und Erwartung zu zittern. Er erhob sich über mich wie ein Gott der Finsternis, immer noch vollständig bekleidet, und ich konnte nur auf ihn starren, während er langsam sein Hemd aufknöpfte und dabei jeden Zentimeter Haut genießen, den er entblößte. Ich hatte ihn neulich ohne Hemd gesehen und der Anblick hatte mein Höschen durchnässt und meine dunkelsten Vorstellungen beflügelt, als ich allein war. Luzifers Brust war stark und muskulös, der Körper eines Kriegers, versteckt unter einem dreiteiligen Anzug. Ich wollte mit meiner Zunge über die Täler und Grate seiner Bauchmuskeln fahren, dann seine dunklen Brustwarzen necken, so wie er meine gequält hatte.

Er löste seinen Gürtel mit einem lauten Schnalzen, dann öffnete er den Reißverschluss seiner schwarzen Hose. Ich hielt den Atem an, als er sie nach unten schob und seinen enormen Schwanz enthüllte. Ich hatte geglaubt, dass er nur angegeben hatte, als er über dessen Größe scherzte, aber nein. Er war tatsächlich so groß, hart und prachtvoll.

Er glitt langsam an meinem Körper hinauf und dann kam sein Mund wieder auf meinen, seine starken Hände griffen nach meinen schmerzenden Schenkeln und ließen sich zwischen ihnen nieder. Sein harter Schwanz strich über meine empfindliche Haut, während er meine Handgelenke packte und sie ins Bett drückte, um mich festzuhalten.

„Ich habe schon viel zu lange darauf gewartet“, sagte er, während die Spitze seines Schwanzes in mich glitt, gerade genug, um mich zu reizen. „Jetzt werde ich mir nehmen, was mir gehört.“

Mein Innerstes krampfte sich bei seinen Worten zusammen, mein Körper sehnte sich danach, dass er mich vollständig ausfüllte. Ich spannte meine Hüften an und zog ihn tiefer in mich hinein. Sein Name kam mit einem leisen Stöhnen über meine Lippen. „Luzifer.“

Das schien ihn um den Verstand zu bringen. Seine Beherrschung schwand und sein Schwanz stieß in mich, hart und schnell. Er füllte mich vollständig aus und dehnte mich auf seine Größe. Ich keuchte bei dem plötzlichen Eindringen und der Art und Weise, wie ich mich dadurch als Ganzes fühlte.

„Du wurdest geschaffen, meinen Schwanz in dir aufzunehmen." Er untermalte jedes Wort mit einem harten, tiefen Stoß. „Wir haben schon immer so zusammengepasst. So perfekt."

Seine Worte wirkten wie eine Droge auf meine Lust und steigerten mein Verlangen in ein verzweifeltes, gieriges Begehren. Meine Hände waren immer noch von ihm gefangen, aber ich schlang meine Beine um seine Hüften und zog ihn näher zu mir. Er legte ein unerbittliches Tempo vor, das mir genau das gab, was ich brauchte, als er mit beeindruckender Kraft in mich stieß. Jeder Stoß fühlte sich an, als würde er Anspruch auf mich erheben, mich als sein Eigentum markieren und jeden Zweifel auslöschen, dass ich ihm gehörte.

Er fand einen Rhythmus, der meinen Körper zum Beben brachte. Mit jedem genussvollen Stoß seines Schwanzes tanzte ein Feuer in meinen Adern. Er riss meine Arme über meinen Kopf, sein harter, maskuliner Körper drückte mich ins Bett, seine Finger umklammerten meine Handgelenke. Ich gab mich ihm völlig hin und schrie seinen Namen, als ein weiterer Orgasmus über mich hereinbrach. Die Lust schlug auf mich ein wie ein Hammer auf Glas, und ich sehnte mich so sehr danach, zerschmettert zu werden.

„Das ist es", stöhnte Luzifer. „Komm für mich. Nimm mich mit."

Ich verlor jegliche Kontrolle über meinen Körper, als er bebte und sich um ihn herum zusammenzog, meine Hüften stemmten sich in einem wilden Rhythmus gegen ihn, den er Stoß für Stoß erwiderte. Dann stieß er härter in mich, warf seinen Kopf zurück und entblößte seinen perfekten, maskulinen Hals, als er in mir explodierte. Gemeinsam ritten wir auf den Wellen der Lust, unfähig, uns zu beherrschen, bis wir beide völlig erschöpft waren.

Luzifer ließ meine Handgelenke los, zog mich in seine Arme und drückte mich an seine starke Brust. Mein Körper war schwach und träge, kribbelte von den Nachwirkungen der Lust, und alles, was ich tun konnte, war, mich an ihn zu schmiegen.

Es machte keinen Sinn, aber hier in den Armen des Teufels fühlte ich mich, als hätte ich endlich ein Zuhause gefunden.

LUZIFER

Noch bevor ich meine Augen öffnete, spürte ich sie. Eine Leichtigkeit, die am Tag zuvor noch nicht dagewesen war, eine Wärme in meiner Brust, die ich nur spürte, wenn sie bei mir war. Als der Rest meines Körpers meinen Verstand einholte, erfüllte mich das Gefühl der Freude, mit Hannah in meinen Armen aufzuwachen. Ich lag einen Moment lang still da und genoss es einfach. Anders als die anderen Male, die ich sie hatte schlafen sehen, war sie entspannt und ruhig. Ich strich leicht über ihr goldenes Haar, fuhr mit meinen Händen über ihre weiche Haut und bewunderte, wie perfekt sie sich an mich schmiegte.

Sie regte sich und drückte sich an mich, weckte meinen Schwanz, während sie meinen Oberarm als Kopfkissen benutzte. Sie musste wissen, was sie da tat. Sie musste meine Erektion spüren, die sich von hinten gegen sie presste. Auf der Suche nach dem, was mein war.

Ich fuhr mit meinen Fingern an ihrer Seite entlang, auf ihrer nackten Haut, dann tauchte ich hinab, zwischen ihre Schenkel.

Ich fand sie bereits klatschnass für mich. Sie stöhnte ein wenig, ihre Stimme war noch voller Schlaf, und das war mir genug.

Ich schob meinen Schwanz von hinten in ihre enge Muschi, während meine Finger ihren Kitzler reizten. Sie keuchte bei dem plötzlichen Eindringen, ihr Rücken wölbte sich, was ihren Arsch nur noch fester gegen mich drückte und meinen Schwanz noch tiefer versenkte. Verdammt, sie war perfekt, ihr Körper war wie geschaffen für mich. Sie passte so gut zu mir, wie es keine andere jemals gekonnt hätte.

Ich begann langsam abwechselnd in sie einzudringen und mich zurückzuziehen, wobei ich mir Zeit ließ, denn ich hatte nicht das dringende Verlangen, sie für mich einzufordern, das ich letzte Nacht verspürt hatte. Der Sex am frühen Morgen sollte gemächlich sein, zumindest am Anfang. Sie stöhnte und wiegte sich im Takt meiner Bewegungen gegen mich, während ich ihre Klitoris mit meinen Fingern stimulierte. Ich beugte meinen Kopf über ihren Nacken und drückte heiße Küsse dorthin, konnte nicht genug von ihr bekommen.

In dieser Stellung konnte sie nur das nehmen, was ich ihr gab, und meiner Bewegung folgen. Ich zögerte den gemeinsamen Höhepunkt so lange hinaus, wie ich konnte, bis ihre Hüften sich fester nach hinten drückten und ich spürte, dass sie kurz davor war, zu kommen. Obwohl ich versucht war, ihren Orgasmus noch etwas hinauszuzögern und sie ein wenig mehr zu reizen, würde dafür später noch Zeit sein. Mit ein paar harten Stößen meines Schwanzes und meinen Fingern an ihrer Klitoris begann sie zu beben und zu stöhnen, ihre Muschi krampfte sich um mich zusammen, was auch mich zum Höhepunkt brachte. Mein heißer Samen füllte ihr Innerstes, als ich mit ihr in den Abgrund stürzte.

Sie drehte sich in meinen Armen um und sah mich mit Augen an, die schwer vom Schlaf und von den Nachwehen der Lust waren. „Das war eine schöne Art, aufzuwachen." „Guten

Morgen", flüsterte ich ihr ins Ohr, bevor ich die weiche Stelle darunter kraulte. „Ich hoffe, du hast gut geschlafen."

Hannah streckte sich, ihr geschmeidiger Körper drückte sich an meinem entlang. Ich widerstand dem Drang, zu wiederholen, was wir gerade getan hatten. So sehr ich auch den Tag im Bett mit meiner wiedergefundenen Gefährtin verbringen wollte, so musste ich doch einige Antworten finden.

Hannah streckte sich, kuschelte sich dann wieder an mich und unterdrückte ein Gähnen. „Weißt du was? Ich kann mich nicht daran erinnern, wann ich das letzte Mal so gut geschlafen habe." Sie legte ihre Arme zwischen uns und streichelte träge meine Brust. Wahrscheinlich war es ihr nicht bewusst, aber es war eine Stellung, die sie seit zig Jahrtausenden bevorzugt hatte – mit meinen Armen, die sie umschlossen, und ihrem Gesicht in der Kuhle meines Halses.

Ich seufzte und umarmte sie für einen weiteren längeren Moment, zog unsere gemeinsame Zeit in die Länge und prägte mir das Gefühl von ihr ein, bevor ich mich zurückzog. „Ich habe auch so gut geschlafen wie seit langem nicht mehr." Zumindest seit dem letzten Mal, als ich mit ihr in meinen Armen geschlafen hatte.

„Was ist für den heutigen Tag geplant?", fragte sie, als ich aus dem Bett stieg. Ihr Blick folgte mir und schweifte auf eine Weise über meinen nackten Körper, die es mir äußerst schwer machte, nicht gleich wieder zu ihr ins Bett zu steigen. Möglicherweise hätte ich mich ein wenig geziert, doch ich hätte es geleugnet, wenn jemand gefragt hätte.

Ich schaute auf meinem Handy nach und hatte ein paar Nachrichten von Samael. Er wollte sich sofort treffen. „Ich muss mich jetzt um ein paar teuflische Geschäfte kümmern, aber du kannst heute alles machen, was du willst. Warte hier und entspann dich im Penthouse, oder geh mit Azazel woanders hin.

Benutze meine Kreditkarten und nimm eins meiner Autos. Alles, was mir gehört, gehört dir."

Sie setzte sich auf. „Ich kann von hier weg?"

„Du bist keine Gefangene hier, Hannah. Du bist mein Gast. Amüsiere dich."

Ich duschte schnell und ließ die Tür offen, falls sie nachkommen wollte, aber sie bewegte sich nicht. Wahrscheinlich war das auch besser so, denn wir wussten beide, wohin das sonst geführt hätte.

Nachdem ich mir ein Handtuch um die Lenden gewickelt hatte und zurück ins Schlafzimmer gegangen war, holte ich einen Anzug aus dem Schrank und begann, mich anzuziehen. Sie verschränkte die Hände hinter dem Kopf und beobachtete mich weiter, während ich mir eine Krawatte um den Hals schlang. Die Bettdecke reichte ihr bis zur Taille und entblößte ihre nackten Brüste, und ich wandte meinen Blick ab, bevor mein Schwanz zu dick wurde, als dass ich ihn ignorieren konnte.

„Hast du entschieden, was du heute tun wirst?", fragte ich. Wie ich Hannah kannte, würde sie nicht viel ausgeben, aber wenn sie wollte, konnte sie es.

„Ich weiß es noch nicht." Sie schürzte verschmitzt die Lippen, als wüsste sie es in Wirklichkeit. „Vielleicht schleppe ich meinen Lieblings-Bodyguard unter den Gefallenen mit, um etwas Touristisches und Lustiges zu machen. Zum Beispiel mit der Achterbahn im New York-New York zu fahren oder so."

Ich lachte schallend, während ich mich aufs Bett setzte und meine Socken und Schuhe anzog. Vielleicht hatte sie ja doch etwas von meiner Vorliebe für Quälereien. „Das klingt perfekt."

Dann beugte ich mich nach vorne und küsste sie lange. Zu viele Jahre hatte ich mit einem Loch im Herzen existiert, und zum ersten Mal seit Ewigkeiten fühlte ich mich wieder lebendig. So fühlte ich mich immer nur, wenn ich mit ihr zusammen war. Den Rest der Zeit, während der vielen langen Jahre allein, war ich leer, die Hülle eines Mannes, der nur darauf wartete, dass ich das nächste Mal mit ihr zusammen sein würde. Dass sie mich wieder zum Leben erweckte.

Aber dieses Glück würde nicht von Dauer sein. Das war es nie. Ich musste tun, was ich konnte, um zu verteidigen, was wir gerade zurückgewonnen hatten. Um zu verhindern, dass ich sie wieder verlor.

Ich musste das Unvermeidliche irgendwie hinauszögern.

Ich verdammte innerlich diesen Fluch. Ich strich ihr sanft über die Wange, während ich mich zurückzog. „Wir sehen uns nach deinen Abenteuern mit Azazel."

Sie lehnte sich gegen meine Kissen. „Viel Spaß bei … was auch immer du tust. Dinge, von denen ich wahrscheinlich nichts wissen will."

Ich zwinkerte ihr zu. „Oh, den habe ich definitiv."

In der Küche schenkte ich mir eine Tasse Kaffee ein, so stark und schwarz wie meine Seele. Azazel war schon da, und sie salutierte mir, während sie ihren eigenen schwarzen Kaffee trank.

Auf dem Weg nach draußen begegnete ich Gadreel, der vor der Penthousetür hockte und diese bewachte. Er richtete sich auf, sobald ich mich ihm näherte.

„Guten Morgen, Gebieter."

Ich hielt einen Moment inne, während ich einen Schluck von meinem Kaffee nahm, dann wandte ich mich an ihn. „Bitte bleib heute bei Hannah. Ich möchte sicher sein, dass ihr nichts zustößt."

Er senkte ergeben den Kopf. „Ich werde sie mit meinem Leben beschützen."

Und ich wusste, dass er das tun würde. Ich nickte anerkennend und machte mich auf den Weg zu meinem Kriegszimmer, um Samael zu suchen. Letzte Nacht hatte Gadreel einen gefangenen Gestaltwandler erwähnt, und inzwischen sollte Samael auch Asmodeus befragt haben. Irgendjemand sollte besser ein paar verfluchte Antworten für mich haben.

„Bericht erstatten“, bellte ich, sobald ich den Raum betrat.

Wie immer flimmerten Lichter über riesige Bildschirme und Kameras zeigten verschiedene Ansichten der Stadt, aber das interessierte mich alles nicht. Überall huschten Dämonen und Gefallene umher, einige, um mir aus dem Weg zu gehen, und andere, um zu zeigen, wie beschäftigt sie waren.

Samael kam auf mich zu und signalisierte mit einer Geste, dass wir den Konferenzraum betreten sollten, dann schloss er die Tür. „Guten Morgen.“

„Habt ihr Neuigkeiten?“

„Wir haben einen Kobold, einen Gestaltwandler und einen Gargoyle gefangen genommen, von denen wir glauben, dass sie alle mit den Anschlägen in Verbindung stehen.“

Ich setzte mich an das Kopfende des Konferenztisches. „Und?“

„Nichts. Sie reden nicht.“ Er zog einen Stuhl heran und setzte sich zu mir, als er wieder sprach. „Vielleicht könnt Ihr sie überreden.“

Ich verschränkte die Finger. Ich konnte sehr überzeugend sein. „Und Asmodeus?“

Spannung zog sich um Samaels Mundwinkel. Das war das einzige Zeichen, dass er wütend war. „Mein Sohn weiß leider sehr wenig. Er ist Gerüchten nachgegangen, die unter den Lilim kursieren, dass sich einige Dämonen gegen Euch gewendet haben, und er glaubt, dass er deshalb entführt wurde. Die Gestaltwandler haben ihn gefoltert, um Informationen über Euch zu bekommen, während er als Geisel gehalten wurde, aber er weiß nicht, für wen sie arbeiten.“

„Wie geht es ihm jetzt?“

„Er ... weigert sich vollkommen, sich zu ernähren.“ Samael

schüttelte mit einem Anflug von Ekel den Kopf. „Ich glaube, er hat Gefühle für diese Sterbliche."

Meine Augenbrauen schossen nach oben, als ich mich in meinem Stuhl zurücklehnte. „Das wird für keinen der beiden ein gutes Ende nehmen."

„Das ist klar." Samael schnitt eine Grimasse, wurde dann aber wieder ganz sachlich. „Er behauptete auch, eine SMS von mir erhalten zu haben, in der ich ihm befahl, diese Frau zu verführen, aber ich habe sie nie abgeschickt. Ich vermute, dass jemand wieder versucht, Euch zu stürzen. Möglicherweise einer der Erzdämonen."

„Ich nehme an, ein neuer Putschversuch ist überfällig." Das geschah ungefähr alle hundert Jahre oder so, aber ich war nicht ohne Grund seit Tausenden von Jahren der König der Dämonen. Es würde mehr als nur ein paar armselige Angriffe brauchen, um mich zu stürzen. Der einzige Grund, warum das jetzt ein Problem war, war, weil es meine Gefährtin in Gefahr brachte.

Vielleicht war das der Punkt.

„Der Zeitpunkt dieses Coups ist verdächtig", sagte Samael, der meine Gedanken aussprach. „Ich glaube, Brandy wurde absichtlich entführt, um Hannah hierher zu locken und Euch abzulenken. Wahrscheinlich denken sie, Hannah würde Euch schwächen oder Euer Konzentrationsvermögen beeinträchtigen."

„Nichts schwächt mich." Ich trommelte mit den Fingern auf den Tisch. „Das habe ich auch schon gedacht. Irgendetwas an dieser Situation scheint ein abgekartetes Spiel zu sein, um Hannah zu mir zu bringen und sie dann wieder wegzunehmen."

„Glaubt Ihr, es könnte ihr erster Ehemann sein?"

„Ich bin mir noch nicht sicher." Rotglühender Hass durchströmte meine Adern bei dem Gedanken an dieses Ungeheuer, aber das hier schien nicht sein Werk zu sein. „Aber ich will, dass er gefunden wird. Und wir müssen sowieso zusätzliche Schutzmaßnahmen für Hannah ergreifen."

„Ich kümmere mich darum." Samael hielt inne, seine dunklen Augen taxierten mich stumm. „Weiß sie schon, wer sie wirklich ist?"

„Ich habe ihr gestern Abend einen Teil der Wahrheit erzählt. Nicht alles. Sie ist noch nicht reif dafür, von dem Fluch zu erfahren."

Samaels Lippen zogen sich zu einem schmalen Strich zusammen. „Das gefällt mir nicht. Sie macht Euch schwach, auch wenn Ihr es nicht seht. Seit sie in Euer Leben getreten ist, hat sich Euer Fokus verändert."

Ich schlug mit der Hand auf den Tisch, stand auf und starrte ihn an. „Du irrst dich. Hannah macht mich stark. Ich brauche sie an meiner Seite."

Er senkte den Kopf. „Wo ist sie jetzt?"

„Das Letzte, was ich gehört habe, ist, dass sie mit Azazel in die Achterbahn im New York-New York wollte. Ich habe Gadreel ebenfalls mitgeschickt."

Samael lachte kehlig, der tiefe Klang war eine willkommene Aufheiterung. „Azazel wird jede Sekunde davon hassen."

„Ich werde jetzt mit den Gefangenen sprechen." Ich setzte zum Gehen an, hielt dann aber an der Tür inne, als sich meine Hände zu Fäusten ballten. „Eine letzte Sache noch. Sorge dafür, dass alle Erzdämonen beim Maskenball in der Teufelsnacht dabei sind. Ich habe etwas Besonderes für sie geplant."

„Wie Ihr wünscht", sagte Samael.

Ich schritt aus dem Raum, um die Gefangenen zu finden und sie zum Reden zu bringen. Wenn es mit der Folter nicht klappte, dann mit meinen speziellen Kräften der Einflussnahme.

Die Arbeit des Teufels war nie beendet.

17

HANNAH

Ich verbrachte den Tag mit Zel und Gadreel – den ich inzwischen Gad nannte – und unternahm alle möglichen Touri-Sachen auf dem Strip, zu denen ich sonst nie die Gelegenheit hatte. Zel murrte und beschwerte sich die ganze Zeit und sagte Dinge wie „Achterbahnen sind etwas für Leute, die keine Flügel haben", aber sie blieb an meiner Seite. Ich wusste genau, dass sich unter der harten Schale ein weicher Kern verbarg, und ich war fest entschlossen, ihn zu finden. Gad hingegen begleitete mich fröhlich bei jeder Fahrt und bei jedem albernen Fotoshooting. Wir fuhren im Venetian mit den Gondeln, standen im Paris Las Vegas auf der Spitze des nachgebauten Eiffelturms, sahen im Mirage die weißen Löwen und Delfine und so vieles mehr. Überall, wo es eine Fahrt gab, waren wir dabei. Alles davon fuhren wir wenigstens einmal. Manchmal auch zweimal, nur um Zel zu ärgern.

Außerdem verspielte ich eine Menge von Luzifers Geld an Spielautomaten mit lächerlichen Titeln, aber ich glaubte irgendwie nicht, dass er etwas davon vermissen würde. Bald war der Großteil des Tages vorbei, und es gab noch so viel mehr, was wir in Las Vegas hätten sehen und tun können, aber es war an der Zeit, Luzifer zu treffen. Ich würde meine beiden Gefallenen Bodyguards bald zu einem weiteren touristischen Ausflug mitnehmen.

Ich traf mich mit Luzifer auf einem Hubschrauberlandeplatz auf dem Dach eines Gebäudes, das Teil des weitläufigen Resorts von The Celestial war. Als ich ihn sah, stand er in einem anderen schwarzen Anzug neben dem Hubschrauber der Abaddon Inc., die ihm gehörte. Sein Gesicht war düster, sein Mund zu einem grimmigen Strich verzogen. Ich vermutete, dass sein Tag nicht so lustig gewesen war wie meiner. Dann fiel sein Blick auf mich und alles änderte sich. Die Dunkelheit teilte sich wie ein Vorhang und ließ das Licht durchscheinen, und ein umwerfend schönes Lächeln breitete sich auf seinen sinnlichen Lippen aus.

Ich hatte diese Wirkung auf ihn. Ich ...

Es war ein starkes Gefühl, zu wissen, dass ich den Teufel mit meiner bloßen Anwesenheit zum Lächeln bringen konnte. Ich konnte nicht anders, als ebenfalls zu lächeln, als ich mich ihm näherte. Dann veränderte sich sein Lächeln, wurde schelmisch, und er zwinkerte mir zu. Erinnerungen an letzte Nacht und diesen Morgen überfluteten mich, und meine Schenkel zitterten vor Verlangen, was wahrscheinlich seine Absicht gewesen war. Der Mann war wirklich die Sünde und Versuchung schlechthin.

Luzifer riss mich in seine Arme und küsste mich in einer Weise, die alle meine Nerven entflammte und die Begierde durch meine Adern jagte. Seinen Worten zufolge waren wir dazu bestimmt, zusammen zu sein, und als er mich so hielt, glaubte ich das. Die Sache mit den vergangenen Leben? Das war wesentlich schwieriger zu verdauen.

„Wie war dein Tag?", fragte er, als er mich zum Hubschrauber führte.

„Lustig." Ich warf einen Blick auf meine beiden Bodyguards,

die hinter uns herliefen. „Zel hat jeden Moment davon gehasst. Oder hat zumindest so getan, als ob sie das täte."

Das entlockte ihm ein leichtes, sexy Schmunzeln. „Gut. Sie kann etwas Spaß in ihrem Leben gebrauchen."

„Wohin gehen wir?" fragte ich.

„Ich nehme dich mit auf einen Hubschrauberrundflug über den Grand Canyon."

Meine Augen weiteten sich und schon half er mir ins Innere des Hubschraubers, was eine weitere neue Erfahrung für mich war. Zumindest nahm ich an, dass es das war. Dann ließ er sich auf den Pilotensitz nieder und wir setzten beide klobige Kopfhörer auf, damit wir uns über das Dröhnen des Hubschraubers hinweg unterhalten konnten. Zel und Gad setzten sich auf die Sitze hinter uns, aber sie machten sich nicht die Mühe mit Kopfhörern.

Ich war wirklich beeindruckt, als Luzifer den Hubschrauber in die Luft lenkte. Ich nahm an, wenn man so alt und reich war wie er, konnte man sich ein paar teure Hobbys zulegen. Zuerst flogen wir über die Stadt, und ich bewunderte die Aussicht auf den Strip von oben. Dann flogen wir über die scheinbar endlose Wüste, und die Begeisterung über den Anblick der Welt, die sich vor uns ausbreitete, entlud sich förmlich aus mir.

Ich drehte mich um und beobachtete Luzifer, der Männlichkeit und Kraft ausstrahlte, während er den Hubschrauber mit geübter Leichtigkeit flog. „Wie war dein Tag? Du hast vorhin ... beunruhigt ausgesehen."

Er schüttelte leicht den Kopf, als wäre er von der Frage überrascht. „Du hattest schon immer alles im Blick. Ja, beunruhigt ist ein gutes Wort dafür."

"Was ist passiert?"

„Es ist uns gelungen, einige der Dämonen, die an der Entführung und den Angriffen beteiligt waren, gefangen zu nehmen, aber wir konnten sie nicht dazu bringen, uns etwas zu sagen.

Nicht einmal, als ich sie persönlich befragte ..." Seine Augen brannten voller düsterem Feuer. „Und ich kann sehr überzeugend sein."

„Hast du ..." Ich holte tief Luft und versuchte es erneut. „Hast du sie gefoltert?"

„Nicht auf körperliche Weise." Er schaute zu mir rüber, als würde er über etwas nachdenken. „Eine meiner Stärken ist ... Man könnte es Nötigung nennen. Ich kann Menschen dazu bringen, mir alles zu sagen oder zu tun, was ich will."

Die Erinnerung an Luzifer, der mir sagte, ich solle schlafen, blitzte in meinem Kopf auf, und kalte Angst durchfuhr mich. „Du hast sie bei mir angewendet, nicht wahr?"

„Nur, um dir beim Schlafen zu helfen. Das war alles."

Ich biss mir auf die Lippe. „Aber bei anderen hast du sie angewendet?"

„Ab und zu, ja. Sie ist ein nützliches Werkzeug, aber eines, das ich nur selten einsetze."

Ich hatte eine plötzliche Eingebung und stammelte. „Der Teufel hat mich geritten, als ich es tat. Das ist wirklich wahr, oder?"

Er stieß einen leisen Laut der Missbilligung aus. „Ich kann niemanden zu irgendwas zwingen. Das ist eher eine Kraft der Vampire. Ich kann nur in Versuchung führen. Nötigen. Einfluss nehmen. Wenn jemand an einem Scheideweg steht, kann ich ihn auf einen von mir gewählten Weg locken."

„Zweifellos auf den dunkleren Weg", murmelte ich.

„Vielleicht, aber ist Dunkelheit denn immer böse? Oder ist sie notwendig, damit es Licht geben kann?"

Ich schüttelte den Kopf, unsicher über die Rechtfertigung dessen, was er tat. Vielleicht schien es für ein uraltes Wesen wie ihn normal zu sein, aber für mich klang es wie Gedankensteuerung – und brachte mich dazu, mich zu fragen, welche anderen Kräfte er wohl noch besaß, von denen ich nichts wusste. Und wie viele Geschichten über den Teufel wahr waren.

Ich seufzte und wandte mich wieder der Aussicht zu, während wir an einem Fluss entlang flogen, der schließlich zu einer großen Brücke und einem weißen Damm dahinter führte. Luzifer informierte mich, dass es sich um den Hoover-Damm handelte, und ich beugte mich vor, um einen besseren Blick auf das beeindruckende Bauwerk zu erhaschen, das sich zwischen die trockenen Berge schmiegte. Am Eingang standen zwei riesige grüne Statuen mit großen Flügeln Wache. Als Luzifer mich dabei erwischte, wie ich sie beäugte, erklärte er: „Ich habe vor langer Zeit bei der Finanzierung des Damms geholfen."

Weitere widerstreitende Gefühle kämpften in mir. War er gut oder böse? Sollte ich mir Sorgen über die Gefühle machen, die ich für ihn entwickelte? Und wie richtig fühlte es sich an, an seiner Seite zu sein?

Ich starrte hinaus auf die Aussicht, um mich abzulenken, was leicht war, als der Sonnenuntergang den Grand Canyon in ein Farbenmeer tauchte. Seine ungeheure Größe erfüllte mich mit Ehrfurcht, ebenso wie die erhabenen Plateaus und steilen Canyons, die von gewundenen Flüssen durchzogen wurden. Die Naturliebhaberin in mir sehnte sich danach, dort draußen auf den Pfaden zu wandern, die Pflanzen zu erkunden, die hier wuchsen und die wilden Düfte einzuatmen. Plötzlich schwebte der Hubschrauber tief über dem Canyon, so dass sich mein Magen zusammenzog und ich impulsiv nach Luzifers Hand griff. Er drückte sie, während er sich darauf vorbereitete, den Hubschrauber auf einem der Plateaus zu landen, und ich erspähte einen Tisch mit einer weißen Tischdecke, die von Steinen gehalten wurde, damit sie vom Wind des Hubschrauberpropellers nicht davon geweht wurde. Als die Rotorblätter zur Ruhe kamen, half mir Luzifer, auf das felsige Gelände hinauszutreten. Zel und Gad stiegen hinter mir aus und flogen los, um schnell irgendwo zwischen den Felsen der steilen Wände zu verschwinden.

Die Sonne war gerade hinter den Felswänden versunken und ließ uns in einem orangefarbenen und roten Schein zurück. Luzifer hielt meine Hand, als wir über die harte, raue Landschaft hinüber zu dem kleinen Tisch gingen. Er half mir auf meinen Platz, denn wenn er sonst nichts tat, war der Teufel immer ein wahrer Gentleman. Dann öffnete er einen großen schwarzen Behälter, den er im Hubschrauber mitgebracht hatte. Ein superschicker Picknickkorb. Er deckte schnell den Tisch mit roten Kerzen, echten Tellern und Silberbesteck. Kein Papier für dieses Picknick. Mit einem Fingerschnippen zündete er die Kerzen mit blassblauem Feuer an – eine weitere seiner Kräfte, wie es schien – und ich versuchte, mein Erstaunen zu verbergen.

Luzifer schenkte uns beiden Getränke ein, und als ich gerade protestieren wollte, zwinkerte er mir zu und zeigte mir das Etikett. Es war ein edler Cider mit Kohlensäure. „Alkoholfrei, natürlich.“

Ein warmes Gefühl breitete sich in meiner Brust aus, weil ich wusste, dass er sich an meine Wünsche erinnerte und sie respektierte, und dass er das alles für mich arrangiert hatte. Ich nahm das Glas und sah hinaus auf die unglaubliche Aussicht, während der kühle Wind sanft mit meinem Haar spielte.

„Welche der Todsünden ist heute Abend dran?“ Bis jetzt hatten wir Völlerei, Habgier, Zorn und Trägheit abgehakt. Also blieben nur noch drei übrig.

„Ich weiß es noch nicht.“ Er hob sein Glas zu einem Toast. „Schauen wir mal, was der Abend bringt.“

Er öffnete den Korb und legte ausgefallene Sandwiches, eine beeindruckende Käseplatte mit Tapenade und handgemachte Kartoffelchips auf den Tisch. Ich hatte keinen Zweifel, dass alles fantastisch schmecken würde, denn bei Luzifer gab es nur vom Feinsten.

Das Licht spiegelte sich in seinen Augen wider und betonte das Flammenspiel umso mehr, während er in ein Stück Käse biss. Als ich ein Sandwich in die Hand nahm, platzte ich mit einer der vielen Fragen heraus, die mir ständig im Kopf herumschwirrten. „Musst du denn überhaupt essen?"

Seine Augen funkelten vor Belustigung. „Natürlich, alle Wesen brauchen Nahrung."

„Aber du hast gesagt, die Lilim ernähren sich von Lust. Brauchst du auch etwas anderes?"

Er hob die Augenbrauen, als sei er beeindruckt. „Eine sehr aufmerksame Frage. Ja, alle übernatürlichen Wesen müssen sich von irgendeiner Art von Energie ernähren. Die Feen zum Beispiel ernähren sich von der Natur selbst, während Engel sich von Licht ernähren. Dämonen ernähren sich je nach Art von etwas anderem, aber im Allgemeinen ernähren sie sich von den Emotionen der Menschen. Und Gefallene sind das Gegenteil von Engeln. Sie brauchen die Dunkelheit, um zu überleben und ihre Kräfte zu stärken."

„Dich inbegriffen?"

Er lehnte sich dicht an mich heran und senkte seine Stimme. „Ich werde dir ein Geheimnis verraten. Ich kann mich sowohl von Licht als auch von Dunkelheit ernähren. Das ist einer der Gründe, warum ich das mächtigste Wesen bin, das zurzeit auf der Erde wandelt."

„Wow, bist du nicht ein bisschen überheblich?" fragte ich mit einem spitzen Lachen.

Er lehnte sich zurück, hob lässig eine Schulter und schenkte mir eines seiner teuflischen Grinsen. „Ist es denn überheblich, wenn es die Wahrheit ist?"

Ich schnappte mir einen der leckeren Chips aus der Packung. „Es gibt also niemanden, der so mächtig ist wie du?"

„Oh, da gibt es ein paar. Der Großkönig der Fae zum Beispiel, aber der ist in Faerie und weiß, dass er besser keinen

Fuß hierher setzen sollte. Die Alten Götter natürlich, aber die sind alle verbannt oder weggesperrt." Sein Lächeln wurde breiter und offenbarte seine Zähne. „Aber auf der Erde? Da bin ich das Böse schlechthin, Schätzchen."

Aha, schöne Scheiße.

Ich beschloss in jener Sekunde, dass man, wenn man sich mit unmöglichen oder erschreckenden Dingen konfrontiert sieht, die man nur schwer akzeptieren und begreifen kann, entweder weglaufen oder einen Witz reißen kann. Ich entschied mich für Letzteres.

Ich hob mein Glas und grinste. „Heute Abend ist dann wohl Hochmut angesagt, denn du bist zweifellos voll davon."

Er stieß ein tiefes Lachen aus, das purer Sex war. „Du hast wahrscheinlich recht. Hochmut ist schließlich meine Sünde."

18

HANNAH

Wir aßen weiter, während der Himmel um uns herum dunkler wurde und die Kerzen in der leichten Brise flackerten. Endlich brachte ich den Mut auf, das Thema anzusprechen, das mir den ganzen Tag über im Kopf herumgespukt war. „Erzähl mir von meinen vergangenen Leben."

„Von welchen?" Er schenkte uns beiden mehr Cider ein. „Wir können heute Abend unmöglich über alle reden. Ich habe eine bessere Idee. Erzähl du mir von deinem jetzigen Leben."

„Hast du nicht alles über mich irgendwo in einer kleinen Akte gespeichert?"

„Ich würde es lieber von dir selber hören." Er reichte mir die Käseplatte. „Gestern Abend hast du erwähnt, dass deine Eltern bei einem Autounfall gestorben sind. Das war vor fünf Jahren, nicht wahr?"

Ich schluckte und starrte auf meinen Teller, wünschte mir, das Thema nicht ansprechen zu müssen, wusste aber, dass es irgendwann zur Sprache kommen musste. Es war besser, es hinter mich zu bringen. „Es war ein betrunkener Autofahrer."

„Ah. Deshalb trinkst du keinen Alkohol."

Ich nickte und atmete tief durch, versuchte, mich zu zwingen, ruhig zu bleiben, während die Emotionen in mir aufstiegen. „Ich war mit ihnen im Auto, aber ich war die Einzige, die überlebt hat. Ich habe dabei mein Gedächtnis verloren. Ich erinnere mich nicht einmal mehr an sie."

Er griff über den Tisch und nahm meine Hand. „Wie schrecklich das für dich sein muss."

Meine Sicht verschwamm, und ich blinzelte die Tränen zurück. „Ich wünsche mir so sehr, ich könnte mich an sie erinnern, aber da ist einfach ... nichts. Meine früheste Erinnerung ist, dass ich aufgewacht bin und meine Schwester mir erzählt hat, was passiert ist."

Seine Daumen rieben langsam über meine Fingerknöchel hin und her. „Deine Schwester ... Jo, stimmt's?"

Es fiel mir schwer zu glauben, dass er nicht schon alles über mich wusste, aber ich nickte. „Ja. Sie lebt in San Francisco und leitet dort eine Tech-Firma. Sie hat mir nach dem Unfall geholfen, wieder auf die Beine zu kommen, und dann habe ich angefangen, in dem Blumenladen zu arbeiten, den wir von meinen Eltern geerbt hatten. Kurz darauf lernte ich Brandy kennen, die in der örtlichen Bibliothek arbeitet, und wir wurden Freundinnen. Sie hat sich irgendwann scheiden lassen, und ich bin danach in ihr Haus gezogen."

Er lehnte sich zurück, ließ meine Hand los und begann, seinen Cider zu schwenken, als sei es Wein. „Wolltest du jemals mehr vom Leben, als in einem Blumenladen zu arbeiten? Oder ist das dein Herzenswunsch?"

Ich biss mir auf die Lippe und wandte den Blick ab, denn seine Frage berührte etwas tief in mir, etwas, das ich zu verdrängen versuchte. Ich wollte mehr. Sehnlichst. Aber ich hatte auch die Pflicht, den Laden meiner Eltern zu führen, und davor konnte ich nicht weglaufen. „Ich habe hier und da ein paar

Online-Kurse belegt, und manchmal wünschte ich, ich könnte aufs College gehen und einen Abschluss machen, aber ich habe nicht wirklich Zeit. Ich muss den Laden führen und das Erbe meiner Eltern am Leben erhalten. Das reicht. Das muss reichen."

„Hmm ..." Er klang, als würde er mir nicht glauben. „Als du von etwas Größerem geträumt hast, was wolltest du da machen?"

„Ich weiß es nicht. Manchmal habe ich davon geträumt, eine Landschaftsarchitektin zu werden und für Leute Außenflächen zu gestalten." Ich zuckte mit den Schultern und wischte mir den Mund an meiner Serviette ab. „Ist ja auch egal, da es nie dazu kommen wird."

„Ein Beruf, der mit Natur und Pflanzen zu tun hat. Scheint, als würde das zu dir passen."

Mit einem kleinen Lächeln sah ich die herrliche Aussicht an. „Ich liebe es, mit Pflanzen zu tun zu haben. Das war schon immer so."

Er nickte, als habe er das erwartet, während er einen großen, roten Granatapfel aus dem Picknickkorb zog. Er hielt mir die Frucht entgegen. „Möchtest du einen?"

Ich nickte, während ich den zarten, puderartigen Duft einatmete. Nur ein Hauch von Süße, der den Luxus in seinem Inneren andeutete. Er musste gewusst haben, dass es eine meiner Lieblingsfrüchte war. Ich fragte mich, ob er meinen Trick kannte, um sie anzuschneiden.

Mit einem kleinen Messer schnitt er den Stiel ab und legte das Innere und die Teile des Granatapfels frei, die keine Kerne hatten. Nachdem er den Granatapfel auf die Seite gedreht hatte, ritzte er die Frucht ein und folgte dabei jedem Abschnitt. Mit seinen Händen brach er den Granatapfel in Einzelteile, wobei die Kerne auf jedem Teil schön und reichlich vorhanden waren.

Meine Augenbrauen schnellten in die Höhe. „Hast du mir diesen Trick beigebracht?"

„Eigentlich hast du ihn mir beigebracht." Er hob einen der

Teile hoch und hielt ihn mir an den Mund. Ich biss hinein, und die Spitzen seiner Finger berührten meine Lippen, was ein Kribbeln in mir auslöste, als der Saft auf meiner Zunge explodierte.

Seine Augen blieben auf meinen Mund gerichtet, während meine Zunge versuchte, den austretenden Saft von meinen Lippen aufzufangen. „In einem unserer früheren Leben nannte man mich Hades. Du wurdest Persephone genannt."

Ich verschluckte mich fast an der köstlichen Frucht und starrte ihn schockiert an. „Die Göttin?"

„Engel, Dämonen und Feen wurden in der Mythologie oft als Götter dargestellt. Du warst in diesem Leben tatsächlich eine Fee des Frühlingshofs." Er zwinkerte, ein verschmitztes Grinsen umspielte seinen Mund. „Ich habe dich aus dem Feenreich entführt, damit du bei mir in der Hölle lebst, sehr zum Leidwesen deiner Eltern."

Ich schüttelte erstaunt den Kopf und versuchte, seine Worte zu verarbeiten. Die Vase in seiner Bibliothek machte nun viel mehr Sinn, ebenso wie die Narzissen in meinem Zimmer. War sie meine Lieblingsblume, weil sie mich unterbewusst an mein früheres Leben erinnerte? Welche anderen Dinge aus meinen früheren Leben beeinflussten mich in diesem Leben? Lieblingsessen, Lieblingsfarbe, sogar die Art, wie ich meinen Kaffee trank – wie viel davon stammte aus meinem jetzigen Leben und wie viel aus den früheren? So vieles nicht zu wissen, machte mich ganz verrückt.

„Es war eine Zeit des relativen Friedens zwischen den übernatürlichen Wesen, in der wir uns alle frei zwischen der Erde und den anderen Welten bewegen konnten." Luzifer fütterte mich weiter mit den Granatapfelkernen und hielt sie mir an die Lippen, während er sprach. Ich ließ meine Zunge die Spitze seines Fingers berühren und beobachtete, wie seine Augen aufflackerten, aber er verpasste keinen Augenblick. „Du hast viele Jahre lang an meiner Seite in der Hölle regiert, obwohl deine Mutter dich auch einen Teil deiner Zeit im Feenreich verbringen ließ."

Das stimmte mit den Mythen über Hades und Persephone überein. Ich schloss die Augen und suchte in meiner Seele nach einer Erinnerung daran, fand aber nichts. „Und was ist mit uns passiert?"

„Alle guten Dinge haben ein Ende." Etwas Finsteres verbarg sich in seinem Blick, etwas, bei dem ich mich fragte, ob meine Erinnerungen aus einem bestimmten Grund verdrängt worden waren. Er stand auf und streckte seine Hand aus, während seine schemenhaften schwarzen Flügel aus seinem Rücken hervortraten. „Komm. Lass mich dir den Canyon so zeigen, wie man ihn sehen sollte. Bei Nacht, in meinen Armen."

Ich konnte ihm nicht widerstehen, auch wenn der Gedanke, wieder zu fliegen, meine Hände zittern ließ. Ich musste immer an meinen schrecklichen Sturz vom Dach des Celestial denken und daran, wie er mich mit einem Ruck in der Luft aufgefangen hatte. Aber er hatte mich damals nicht fallen lassen, und ich wusste, tief im Inneren würde er auch jetzt nicht zulassen, dass mir etwas zustieß. Der Teufel war gefährlich und tödlich, aber mir würde er nie etwas antun.

Er hob mich in seine Arme und hielt mich wie in der letzten Nacht, so als würde er mich vor etwas beschützen. Ich schloss die Augen und klammerte mich an seinen Hals, während seine großen Flügel schwangen und einen Strom kühler Luft um uns herum verbreiteten, so dass wir direkt nach oben flogen. Er hielt mich dicht an seiner Brust, während wir höher flogen, und ich drückte mein Gesicht an seinen Hals, weil ich Angst hatte, ihn loszulassen.

„Ich habe dich, Hannah. Öffne deine Augen."

Seine Flügel hielten uns ruhig, und ich wagte einen Blick

über seine Schulter. Die Sonne stand sehr tief am Horizont und lugte gerade noch über die Berge in der Ferne. Die Abenddämmerung war noch niemals zuvor so schön gewesen, denn ein Regenbogen aus Farben zog sich über den Himmel und zeichnete eine Leinwand über die gesamte Fläche des Grand Canyon. Ich lockerte meinen Griff um ihn, während ich den Blick um uns herum schweifen ließ und das Wunder der Natur in mich aufnahm.

„Es ist unbeschreiblich."

Er nickte, aber sein Blick war abwesend, als er den Moment aufnahm, als die Sonne verschwand und der Himmel sich indigoblau färbte. „So sieht der Tag in der Hölle aus."

In seiner Stimme lag so viel Sehnsucht, und ich fragte mich, ob er sein anderes Zuhause vermisste. Ich wollte ihn fragen, warum er hier und nicht dort lebte, aber dann flogen wir und alle Gedanken wurden aus meinem Kopf verdrängt. Ich drückte mich fester an ihn, während er an den Felswänden entlang flog, durch die gewundenen Täler, und sich absenkte, um knapp über den Fluss zu gleiten. Sein Griff um mich lockerte sich nicht ein einziges Mal, und er hatte immer die volle Kontrolle. Selbst als die Böen stark wurden, nutzte er sie, um uns in die Höhe zu heben, anstatt sich abzufangen. Ich vertraute ihm, auf eine Weise, wie ich noch nie einem anderen Mann vertraut hatte.

Ich verlagerte meine Position in seinen Armen, um besser sehen zu können, wie er nach oben flog und eine Drehung vollzog, bevor er wieder abtauchte. Die Angst beherrschte nicht mehr meine Muskeln und schnürte mir nicht mehr die Kehle zu. Stattdessen hatte ein neues Gefühl die Oberhand gewonnen. Begeisterung. Adrenalin. Glück. Es war so ähnlich wie damals, als wir in den Rennwagen gesessen hatten. Es fühlte sich ... natürlich an.

Als die Nacht hereinbrach, wurde es schwieriger für mich

etwas zu sehen, obwohl die Myriaden von Sternen über uns eine wunderschöne Kulisse bildeten. Irgendwie waren Luzifers Flügel noch dunkler als unsere Umgebung, als ob sie schwärzer waren als die Nacht selbst. Ich konzentrierte mich auf den Mann, der mich hielt, anstatt auf meine Umgebung, denn ich konnte immer noch die Züge seines Gesichts erkennen. Ich ließ meine Hand an seinem Hals entlang gleiten, hinauf zu seinem stoppeligen Kiefer, dann zu seinem sinnlichen Mund. „Wie kannst du sehen, wohin du fliegst?"

„Alle Dämonen und Gefallenen können im Dunkeln sehen", sagte er, seine Stimme übertönte den Wind mühelos.

Er flog um eine Kurve im Canyon, aber dann schoss etwas aus dem Nichts auf uns zu. Etwas Riesiges. Luzifer ließ sich plötzlich fallen, stürzte hinunter, um dem Ding auszuweichen, das auf uns zuraste, und mein Magen krampfte sich zusammen, als ich mich wieder fest an ihn klammerte. Es gab einen gewaltigen Windstoß, als das Ding an uns vorbeiflog, und dann drehte Luzifer sich um und sah es an.

Dann war da Licht – nein, Feuer. Es kam aus einem riesigen Schlund. Mit riesigen Reißzähnen.

Heilige Scheiße. War das ein verdammter *Drache?*

Das Feuer erhellte eine geflügelte, reptilienartige Kreatur von der Größe eines Geländewagens, bevor Flammen auf uns zustürzten. Luzifer streckte eine Hand aus und Dunkelheit, noch schwärzer als die Nacht, schoss hervor und verzehrte die Flammen, bis das Licht erlosch.

„Halte dich fest an mir!", schrie Luzifer, als er mit den Flügeln schlug und uns dem Drachen entgegen schleuderte.

Zitternd schlang ich die Arme fester um seinen Hals und zog die Beine an, so fest ich konnte. Es gab nichts weiter, was ich tun konnte, und ich fühlte mich so verdammt hilflos und verängstigt.

Der Drache brüllte und jagte mir Schauder über den

Rücken, aber in der Dunkelheit konnte ich ihn kaum sehen, bis mehr Feuer aus seinem Maul aufstieg. Noch bevor er es entfachen konnte, brachen dunkle, magische Ranken aus Luzifers Händen hervor und schossen auf den Drachen zu. Die dunklen Tentakel umkreisten den Drachen, wickelten sich um ihn und zogen sich wie ein Netz zusammen.

Dann aber fluchte Luzifer in einer mir unbekannten Sprache, den Blick auf etwas zu seiner Rechten gerichtet. Ich drehte mich um und sah noch mehr Feuer aus den Mäulern zweier weiterer Drachen steigen, die sich auf reptilienartigen Schwingen auf uns zubewegten.

Luzifer drehte sich um und flog schneller, die Arme fest um mich geschlungen, auf den Hubschrauber zu. Als wir mit halsbrecherischer Geschwindigkeit durch die Luft schossen, jagten uns die anderen Drachen hinterher und bewegten sich ebenso schnell. Luzifer bewegte sich intuitiv und wich den Feuerstößen aus, die in heißen Bahnen auf uns zuschnellten, und ich versuchte, nicht zu schreien, als ein Feuerstrahl gefährlich nahe kam.

Azazel und Gadreel stürzten sich auf die Drachen, und ich sah ehrfürchtig zu, wie sie mit ihren glühend weißen Schwertern um die riesigen Kreaturen herumwirbelten und sie umkreisten. Aber dann bogen wir um eine Ecke des Canyons, und in der Dunkelheit der Nacht war es unmöglich für mich zu sehen, was als nächstes geschah.

Luzifer erreichte den Hubschrauber und landete hart auf dem rauen Stein. Unter dem Aufprall erzitterte der Boden. Ich blickte zurück, sah aber keinen Hinweis auf den Kampf, der da draußen stattfand.

„Steig ein!", brüllte er, als er mir in den Hubschrauber half. Der Felsen hinter mir erbebte durch die Wut in seiner Stimme, und ich kletterte ins Cockpit.

Er knallte die Tür zu und verschwand dann, buchstäblich

einfach ... in der Nacht. Eine Sekunde später strömte die Dunkelheit zu mir ins Cockpit und verschmolz zu seiner Gestalt, während mir der Mund offen stehen blieb. Verdammt, wie viele dieser Kräfte besaß er?

„Was zum Teufel war das für ein Ding?", fragte ich, während ich mich eiligst auf dem Sitz festschnallte.

„Ein Drachenwandler. Ein Dämon der Gier."

Verdammt, ich hatte also tatsächlich einen Drachen gesehen. Ich hatte angefangen, an mir zu zweifeln, sobald wir außer Sichtweite waren, als wäre es vielleicht so etwas wie ein Lichtspiel gewesen, aber nein. Ein verdammter Drache! Er spuckte Feuer auf uns!

„Wie können sie es wagen, uns anzugreifen?" Luzifer knurrte, als er den Hubschrauber startete. Er war außer sich vor Wut, aber auch etwas anderes. Er war verängstigt, wie mir klar wurde. Wegen mir. „Du bist meine Gefährtin. Sie wissen, dass sie dir nichts antun dürfen. Wenn sie dir auch nur ein Haar krümmen würden, würde ich den Rest der verdammten Drachen von der Oberfläche dieser Erde fegen."

Der Hubschrauber schlingerte in die Luft und mein Magen verkrampfte sich, als er höher und höher stieg. Ich hielt den Atem an, während wir abhoben, und in der Ferne sah ich das Aufblitzen heller Lichter und brennender Flammen. Ich betete, dass meine beiden Leibwächter es auch lebend heraus schaffen würden.

Als wir zur Himmelswelt zurückkamen, war Luzifer immer noch wütend. Er rief sofort einige Gefallene Wächter herbei, um auf mich aufzupassen, und gab mir dann einen hastigen Kuss. „Jetzt, wo du in Sicherheit bist, muss ich wieder zurückgehen."

Ich nickte, meine Hände zitterten ein wenig, mein Magen verkrampfte sich vor Sorge um Zel und Gad. Diesmal hob Luzifer auf seinen Schwingen ab, flog schneller als er es mit mir getan hatte, und verschwand dann in der Nacht. Mit einem

Seufzer wurde mir klar, dass er geblieben wäre, um die Drachen zu bekämpfen, wenn ich nicht vor Ort gewesen wäre. Er hätte sie wahrscheinlich leicht besiegen können, aber er war geflohen, weil er sich um meine Sicherheit sorgte. Meine Sterblichkeit hat ihn zurückgehalten. Er fürchtete, mich so bald wieder zu verlieren.

Ich war die Schwäche des Teufels.

19

———

HANNAH

Ich schlief allein in Luzifers Bett ein, eingerollt in seine schwarzen Seidenlaken. Spät in der Nacht kam er zu mir und murmelte leise, dass es Zel und Gad gut ginge. Die drei hatten einen Drachen getötet und einen anderen gefangen genommen, aber der letzte war entkommen. Dann schmiegte er sich an mich und hielt mich fest, bis ich wieder einschlief und mich in seinen Armen sicherer fühlte als irgendwo sonst auf der Welt.

Als ich am Morgen aufwachte, war er schon weg. Ein Zettel sagte mir, dass er den Angriff untersuchte und dass es ihm lieber sei, wenn ich heute im Penthouse bliebe. Von mir aus. Ich hatte sowieso eine Bibliothek zu erkunden.

Nach einem Platz in der ersten Reihe bei einer epischen Drachenschlacht letzte Nacht und all den verrückten Erkenntnissen der letzten Tage war ich bereit für etwas Zeit für mich. Ich nahm eine lange, heiße Dusche in Luzifers Badezimmer, das sogar noch luxuriöser war als das in meinem Zimmer, und stellte fest, dass es bereits fast Mittag war.

Luzifer hatte mir beim Zimmerservice eine riesige Auswahl an Speisen bestellt – von vielfarbigen, tropischen Früchten, von denen ich noch nie etwas gehört hatte, über geräucherten Lachs und Wagyu-Rindfleisch bis hin zu handgemachtem Brot und winzigen Eier-Omeletts mit Trüffelflocken. Dann gab es exotische Pralinen, die mit Gold verziert waren, und Käse, der aus der ganzen Welt eingeflogen worden war. Es war vermutlich das teuerste Buffet, an dem ich je gegessen hatte, und ich konnte unmöglich alles verzehren.

Ich bemerkte Gadreel, der an der Tür stand und heute als mein Leibwächter fungierte. Er trug Jeans und ein verwaschenes T-Shirt, das seine beeindruckenden Arme zur Schau stellte. Mit seinem goldenen Haar und den blauen Augen sah er eher aus wie ein College-Football-Spieler als ein Gefallener Engel.

„Wo ist Zel?" fragte ich, während ich begann, mir einen Teller mit Essen zusammenzustellen.

„Sie hat sich letzte Nacht verletzt und Luzifer hat sie dazu gebracht, sich den Tag freizunehmen, um zu heilen." Er grinste. „Es gab eine Menge Diskussionen. Sie nimmt ihre Pflicht, dich zu beschützen, sehr ernst."

Beim Gedanken daran, dass sie verletzt worden war, zog sich meine Brust zusammen. „Geht es ihr gut?"

„Ja, sie hat nur ein bisschen Drachenfeuer an ihren Beinen abbekommen. Nichts, was sie nicht in einem Tag oder so selbst heilen könnte, aber bis dahin tut es höllisch weh."

Ich neigte den Kopf, während ich mir ein Stück Käse in den Mund steckte. „Heilen?"

„Alle Übernatürlichen heilen schneller als Menschen. Das ist eine unserer zahlreichen Fähigkeiten. Es gibt auch eine Art von Engeln namens Malakim, die andere heilen können, aber wir bitten sie lieber nicht um Gefallen, wenn es sich vermeiden lässt. Alte Rivalitäten und so."

„Richtig", sagte ich und nickte langsam. Mein Plan für heute war, Luzifers Bibliothek nach allem zu durchforsten, was mit

Engeln, Dämonen oder meinem früheren Leben zu tun hatte. Ich hatte noch so viel zu lernen.

Ich wies mit einer Geste auf das riesige Buffet. „Bitte, iss, was du willst. Es ist viel zu viel für mich."

Er schenkte mir ein warmes Lächeln, als er sich von der Wand abstieß und auf mich zuging. „Danke."

Mit einem Teller voller Essen in der einen Hand ging ich in die Bibliothek. Mein Blick landete sofort auf dem Schwert an der Wand hinter Luzifers Schreibtisch, und ich verdrängte die Erinnerungen an tote Gargoyles, die es hervorrief. War ich in einem meiner früheren Leben eine Kämpferin gewesen? Wie oft hatte ich schon Luzifers Schwert geschwungen?

Ich stellte das Essen ab und fand den Bereich der Bibliothek mit den Büchern über Geschichte und Mythologie. Dann verbrachte ich die nächsten paar Minuten damit, alles herauszuziehen, was auch nur im Entferntesten hilfreich aussah. Ich breitete sie auf dem Boden aus und setzte mich mit meinem Teller in die Mitte, mampfte das Essen, während ich alte Wälzer und neuere Bücher durchblätterte.

Die Stunden vergingen, und ich hatte immer noch das Gefühl, nichts zu wissen. Ich seufzte und legte das Buch über Hades und Persephone in meinem Schoß ab. Es war informativ, aber woher sollte ich wissen, wie viel wahr und wie viel Legende war? Ich hatte schon ein Dutzend Bücher über Engel und Dämonen und die griechischen Götter gelesen, aber ich war mir nicht sicher, ob ich wirklich etwas Neues gelernt hatte. Jetzt fing mein Nacken an zu kribbeln, weil ich mich über die Seiten gebeugt hatte. Mein Hintern schmerzte, weil ich so lange auf dem harten Marmor gesessen hatte. Ich seufzte tief und begann, meinen Nacken zu massieren, in der Hoffnung, dass sich meine verspannten Muskeln dadurch lockern würden.

„Alles in Ordnung?", fragte Gadreel, der in einem Sessel saß. Er hatte abwechselnd gegessen und müßig auf seinem Telefon gespielt, während ich hier drin gewesen war. Er schien kein Fan von Büchern zu sein.

„Nur ein bisschen steif." Ich stand auf und streckte mich noch etwas, dann durchquerte ich den Raum und ließ mich in den Sessel neben ihm sinken. Auf dem Boden zu sitzen war keine gute Idee gewesen, aber es war die einzige Möglichkeit, alle meine Bücher im Blick zu haben. „Ich habe versucht, über Engel und Dämonen zu recherchieren, aber das ist ein so großes Thema. Ich bin mir nicht sicher, warum ich dachte, ich könnte alles in ein paar Stunden lernen."

Gad schmunzelte leise. „Es ist wahrscheinlich leichter, einfach einen von uns zu fragen. Wir sagen dir, was du wissen willst."

„Das weiß ich zu schätzen." Ich setzte mich aufrechter hin und stemmte die Füße unter mich. „Wie bist du dazu gekommen, für Luzifer zu arbeiten?"

„Ich bin einer der jüngeren Gefallenen, das heißt, ich bin erst ein paar Jahrhunderte alt und wurde in der Hölle als Gefallener geboren, nicht als Engel, im Gegensatz zu Azazel oder Samael. Ich habe im 19. Jahrhundert im Großen Krieg in Luzifers Armee gekämpft und mich seitdem in den Rängen hochgearbeitet und meine Loyalität bewiesen, bis Samael mich zu seinem Assistenten gemacht hat."

Es beruhigte mich zu hören, dass er nicht so alt war wie die anderen, auch wenn ich ein *paar Jahrhunderte* alt definitiv nicht als jung bezeichnen würde. „Der Große Krieg – der Krieg gegen den Himmel, richtig?"

Er nickte, mit einem traurigen Lächeln. „Ich kannte dich damals. In einem deiner früheren Leben. Erinnerst du dich?"

Ich schüttelte den Kopf, aber das Gefühl, dass er die Wahrheit sprach, setzte sich in meiner Brust fest. „Kannst du mir von diesem Leben erzählen?"

„Das würde ich gerne. Du warst ein wunderschöner gefallener Engel namens Lenore mit rabenschwarzem Haar und Flügeln, geboren etwa zur gleichen Zeit wie ich im 18. Jahrhundert. Wir kämpften zusammen, Seite an Seite, und du warst eine furchterregende Kriegerin."

„Eine Kriegerin?" Mein Blick glitt wieder zu dem Schwert an der Wand. Hatte ich da meine Kampfkünste erlangt?

Er lehnte seinen Kopf gegen die hohe Stuhllehne und grinste. „Oh ja. Du hast so viele Engel in Luzifers Namen niedergestreckt. Aber du warst auch freundlich und lustig, und wie jetzt auch, hast du Bücher geliebt. Du bist oft auf die Erde gekommen und hast dich in London herumgetrieben und mit den dortigen Schriftstellern wie Lord Byron, Mary Shelley und Edgar Allen Poe gesprochen. Du hast sogar viele ihrer Geschichten inspiriert."

„Wirklich?" Meine Augen weiteten sich daraufhin. Es war eine Erleichterung zu hören, dass ich in diesem Leben auch noch etwas anderes getan hatte, als Engel zu töten, und ich hatte all diese alten Bücher der dunklen Literatur immer geliebt – zu hören, dass ich tatsächlich die Autoren getroffen und einige ihrer Geschichten inspiriert hatte, war wirklich unglaublich.

Er lachte darüber. „Ja, und Luzifer hat es befürwortet. Es gefiel ihm, dass sie über die Kreaturen der Nacht schrieben."

Ich stieß einen langen Seufzer aus. „Ich wünschte, ich könnte mich daran erinnern."

„Vielleicht fällt es dir mit der Zeit wieder ein." Doch dann erlosch sein Lächeln und er sah weg. „Obwohl es vielleicht besser ist, dass du dich nicht an alles erinnerst."

„Wie meinst du das?"

„Du bist auf dem Schlachtfeld der Hölle gestorben. Ein Engel in goldener Rüstung hat dich direkt vor meinen Augen niedergestreckt. Du hast deinen letzten Atemzug in Luzifers Armen getan und seinen Namen geflüstert, und viele der Gefallenen weinten tagelang über deinen Verlust." Sein Gesicht war eine Maske der Trauer, als er einen tiefen Atemzug tat. „Ich habe den Engel getötet, der das getan hat. Ich wünschte nur, ich wäre ein wenig schneller gewesen und hätte stattdessen dich retten können."

Ich hatte mich an das Ende des Stuhls geschoben, während er sprach, gefangen von diesem Blick in mein eigenes Leben und auf meinen eigenen Tod. Ich war mir nicht sicher, was ich angesichts dieser neuen Informationen fühlen sollte – Trauer? Betrübnis? Bedauern? Verwirrung? Alles, was ich empfand, war ein Gefühl von Verlust und Leere. „Ich hatte keine Ahnung von all dem."

Gadreel sah betroffen aus, als er sich nach vorne lehnte, als wolle er mich trösten. „Es tut mir leid. Hat Luzifer dir nichts davon erzählt?"

Ich schüttelte den Kopf. „Nein, er war bisher sehr karg mit Details über meine vergangenen Leben."

Er legte mir eine Hand auf die Schulter und schenkte mir ein schwaches Lächeln. „Ich bin sicher, dass er es dir irgendwann erzählt hätte. Er war in letzter Zeit sehr beschäftigt mit den Angriffen und all dem."

„Was geht hier vor sich?" Luzifers tiefe Stimme ließ mich zusammenzucken.

Gadreel zog seine Hand zurück, als ob er sich verbrannt hätte. Ich nahm unsere verschobenen Positionen wahr, da ich näher gerückt war, um ihm bei seiner Geschichte zuzuhören. Unsere Knie berührten sich fast, und wir saßen beide auf den Kanten unserer Sitze. Zu nah.

„Gadreel hat mir gerade erzählt, dass er mich in einem früheren Leben gekannt hat", sagte ich, während ich mich wieder auf meinem Sitz nach hinten bewegte.

Luzifer stand in der Tür, und es raubte mir den Atem, wie gut er aussah, selbst wenn er absolut nichts tat, außer einen schwarzen dreiteiligen Anzug auszufüllen. „Ist das so?"

Ich wies mit einer Geste auf meinen Bücherstapel auf dem Boden. „Ich habe den ganzen Tag über Engel und Dämonen und Mythologie nachgelesen, aber ich hatte noch so viele Fragen. Gadreel war so freundlich, mir zu erzählen, was er weiß."

Luzifer durchquerte den Raum und beugte sich vor mir nieder, ließ eine Hand hinter meinen Nacken gleiten, während er mich stürmisch küsste. Dann wanderte sein finsterer Blick zu Gadreel. „Du kannst jetzt gehen."

Sein Kuss ließ mich atemlos zurück, und er sprach mit tiefer, drohender Stimme, aber ich konnte nicht herausfinden, warum. Es gab keinen Grund für ihn, eifersüchtig zu sein. Ich hatte keine Gefühle für Gadreel. Das war nach einem so heißen Kuss wie diesem noch offensichtlicher.

Gadreel ging an uns mit steifem Rücken vorbei, und schritt aus dem Zimmer.

„Das war unhöflich", sagte ich zu Luzifer und verschränkte meine Arme. Vor Tagen hätte ich nie so mit ihm gesprochen. Und jetzt? Ich hatte alle Angst vor ihm verloren. „Gadreel hat mich den ganzen Tag auf deinen Befehl hin bewacht und wollte mir nur meine Fragen beantworten."

Luzifer betrachtete mich mit seinem grimmigen Blick, senkte dann aber leicht den Kopf. „Ich schätze, ich habe etwas überreagiert. Als ich hereinkam und euch beide so sah ..." Sein Gesicht verfinsterte sich wieder, seine Hände ballten sich zu Fäusten an seiner Seite. „Ich hatte immer den Verdacht, dass Gadreel Gefühle für dich hegte, als du noch Lenore warst, obwohl du behauptet hast, ihr wärt nur Freunde. Aber alle liebten Lenore. Ganze Gedichte wurden über dich geschrieben."

„Warum hast du mir nicht von diesem Leben erzählt?"

Er griff nach oben und berührte mein Gesicht, während er mich mit Trauer in den Augen ansah. „Das war dein letztes Leben vor diesem, und manchmal ist der Schmerz, dich zu verlieren, noch sehr groß. Es fällt mir schwer, darüber zu sprechen, obwohl ich vorhatte, es dir irgendwann zu erzählen. Ich werde dir von all deinen Leben erzählen, wenn wir Zeit haben. Es gibt einfach eine Menge davon, die wir durchgehen müssen."

Ich nickte und lehnte mich ihm entgegen. „Ich schätze, das macht Sinn. Ich bin einfach neugierig darauf alles zu erfahren."

„Das warst du immer schon." Er schenkte mir ein umwerfendes Lächeln, dann trat er zurück. „Komm."

Er führte mich quer durch den Raum zu einem der Bücherregale, und seine schattenhaften Flügel brachen aus seinem Rücken hervor. Mit einem kräftigen Schlag hob er von den Füßen ab und schwebte an einem obersten Regal, das ich noch nicht erreicht hatte. Er packte ein kleines schwarzes Buch und ließ sich auf den Boden sinken, wobei seine Flügel hinter ihm verschwanden.

Er bot mir das schwarz gebundene Buch an. „Das gehörte dir."

Vorsichtig nahm ich das winzige Buch, das zwar alt, aber gut erhalten war. *Gesammelte Werke* von Edgar Allen Poe. Auf der Titelseite stand eine Widmung: „Für meine Muse, meine Lenore." Darunter stand Poes Unterschrift.

Ich sah schnell zu Luzifer auf. „Ist das echt?"

„Oh ja. Ich habe lange Zeit für dich auf dieses Buch aufgepasst."

„Heiliger Bimbam. *Ich* bin Lenore. In ‚The Raven'?" Ich blätterte die Seiten um, um The Raven zu finden und las mir das Gedicht vor, dann wiederholte ich eine Zeile laut. „... *für die Sorgen tief und schwer um die Sel'ge, die Lenoren nennt der Engel heilig Heer – Hier, ach, nennt sie Niemand mehr ...*"

Luzifer schürzte die Lippen. „Er schrieb auch ein anderes Gedicht über dich, das schlicht *Lenore* heißt. Poe war ziemlich besessen von dir."

„Wow." Ich blätterte die Seiten um, die vor Alter knackten, als ich sie umblätterte, und fand das andere Gedicht.

„Hannah, bitte vertrau mir. Ich habe vor, dir von Lenore und all deinen anderen Leben zu erzählen, aber ich weiß aus Erfahrung, dass es besser ist, dir diese Dinge schrittweise zu vermitteln, sonst wird es ziemlich überwältigend für dich. Mit vergangenen Leben fertig zu werden und mit dem Teufel liiert zu sein, ist viel verlangt von einer Frau." Er beugte sich nach vorne und strich mir über die Wange. „Selbst von einer so außergewöhnlichen wie dir."

Es war überwältigend, aber ich hatte auch das dringende Bedürfnis, es zu wissen. Ich schüttelte den Kopf und klappte das Buch zu. „Ich möchte mich so gerne erinnern. Ich habe oft diese lebhaften Träume, und ich dachte immer, es läge daran, dass ich so viele Bücher lese und eine so lebhafte Fantasie habe, aber jetzt frage ich mich, ob sie vielleicht Einblicke in meine vergangenen Leben sind."

„Das ist möglich. Ich bin überrascht, dass du dich noch nicht an mehr erinnert hast, oder zumindest an mich, aber mit der Zeit sollte dir mehr einfallen." Er rieb seine Hände aneinander. „Also, wir haben noch zwei Nächte der Sünde, und heute Nacht ist die Wollust dran. Oh, du solltest sehen, was ich geplant habe."

Ich hob eine Hand, als mir eine Idee kam. „Warte mal. Du hast bisher jede Nacht die Aktivitäten ausgesucht, aber jetzt bin ich dran."

Er blinzelte mich an und legte den Kopf schief. „Du bist dran?"

„Tagelang habe ich alles gemacht, was du wolltest, und ja, es war ziemlich unglaublich, aber heute Abend werden wir zur Abwechslung mal das tun, was ich will."

„Du weißt ja nicht mal, was ich geplant habe." Seine Finger fuhren meinen Hals hinunter und streiften den oberen Teil meiner Brust, als wollten sie mich kitzeln. „Vertrau mir, es wird dir gefallen."

Ich atmete tief ein und versuchte, mein Verlangen zu kontrollieren. „Ich bin sicher, das würde ich, aber ich brauche eine Pause von diesem Lebensstil. Ein bisschen Normalität inmitten des ganzen Wahnsinns der letzten Tage. Bitte."

„Nun gut, ich erlaube dir, den Ablauf des heutigen Abends zu bestimmen." Er klang skeptisch, und ich spürte, dass es daran lag, dass es ihm schwerfiel, die Kontrolle abzugeben, nachdem er viele Leben lang der Herrscher gewesen war.

Ich stellte mich auf die Zehenspitzen und gab ihm einen kurzen Kuss. „Mach dir keine Sorgen. Ich bin sicher, dass wir am Ende der Nacht beide nackt sein werden."

Ich wurde mit einem sinnlichen Grinsen belohnt. „Das hört sich schon besser an."

LUZIFER

„D a wären wir", sagte Hannah, als eine Glocke über unseren Köpfen bimmelte.

Ich vermutete, dass sie eine Tür aufgestoßen hatte, aber ich konnte nichts sehen, weil sie mich angewiesen hatte, die Augen geschlossen zu halten, und zwar mit einer Stimme, die verriet, dass sie es ernst meinte.

„Du kannst deine Augen jetzt öffnen."

Sie stupste mich am Arm an, aber ... Verdammt, musste ich das? Ich hielt meine Augen absichtlich geschlossen, aus Angst, sie könnten herausfallen, sobald ich sie öffnete und sah, wohin sie mich gebracht hatte. Wenn der Gestank von schalem Bier und zu viel billigem Kochfett – ganz zu schweigen von den Untertönen von Kotze und Pisse – irgendetwas hergab, wollte ich meine Augen definitiv geschlossen halten. Sehr fest geschlossen. Vielleicht mit einem Vorhängeschloss dran.

Ich versuchte zu grinsen, aber es kam eher wie eine Grimasse heraus. „Bist du sicher, dass wir am richtigen Ort sind?"

„Ja, das sind wir."

Ich atmete tief ein, obwohl der Alkohol in der Luft so stark war, dass allein das Einatmen in meiner Kehle brannte, und öffnete die Augen. Ich schaute mich besorgt um. Wir befanden uns in einer Art schäbigen Spelunke, an einem Ort, den ich niemals alleine besuchen würde. Das Innere hatte Neonlichter, die flackerten und blinkten, allerdings eher aufgrund eines Kurzschlusses als aus Absicht. Viel zu viele Billardtische nahmen wertvollen Sitzplatz ein und eine ganze Seitenwand war alten Spielautomaten gewidmet, von denen viele dunkle, zerkratzte Bildschirme hatten. Zerrissene Sitzgelegenheiten aus Vinyl schienen en vogue zu sein, zusammen mit veralteten Plastiktischen, bei denen die obere Beschichtung abgehoben und versengt war.

Ein riesiger Mann in schmutzigen Jeans und einer Lederweste – und sonst nichts – stolperte an uns vorbei, und ich blickte auf meinen Armani-Anzug hinunter und fühlte mich für das Lokal ziemlich overdressed.

Hierher hatte sie mich also gebracht? Und *mich* nannten sie den Peiniger!

„Ist es wirklich das, was du dir für die Wollust ausgesucht hast?" Ich konnte mir die Frage nicht länger verkneifen, während ich versuchte, nicht so entsetzt auszusehen, wie ich mich fühlte. Von allen Orten in Las Vegas, an die wir hätten gehen können, hatte sie sich diese schmuddelige, alte Bar ausgesucht?

Hannah lachte, und ihre schelmisch funkelnden Augen waren fast genug, um mich für diesen schrecklichen Ort zu entschädigen. „Komm, lass uns etwas zu essen und zu trinken bestellen."

Sie führte mich an die Bar, und ich bewunderte sie in den engen schwarzen Jeans und dem drapierten Top, die beide aus ihrer neuen Garderobe stammten, obwohl sie an diesem Ort nicht so auffiel wie ich. Ich hätte keinen Moment meines unsterblichen Lebens mit diesen anderen menschlichen Exemplaren verbringen wollen, aber wenn es Hannah glücklich machte, dann sollte es so sein.

Sie hüpfte auf einen der roten Barhocker, und ich nahm den neben ihr. Ich stieß mir fast den Ellbogen an der Bar auf und konnte einen Aufschrei kaum unterdrücken, als ich mich von der Oberfläche losriss. Mehr als nur eine Schicht aus Schmutz und Fett zierte das dunkle Holz. Genug, dass sich mein Jackenärmel von solch engem Kontakt vielleicht nie wieder erholen würde.

„Was machen wir hier drin, wenn du nicht einmal trinkst?", fragte ich Hannah.

„Ich habe diesen Laden auf einer dieser Listen mit dem ‚besten Essen in Vegas abseits des Strips' gefunden." Sie zuckte mit den Schultern, als sie eine laminierte Speisekarte mit abblätternden Rändern aufklappte. „Ich dachte, es würde Spaß machen, etwas anderes zu machen. Dich zur Abwechslung mal aus deinem Element zu bringen und zu sehen, was passiert."

Ein mürrischer alter Barkeeper schlenderte zu uns herüber und grüßte die Leute links und rechts, als er sich uns näherte. Er tat so, als würde er die Bar mit einem fleckigen Lappen abwischen. „Was darf's sein?"

„Vier Chili Dogs mit allem drauf. Pommes und Zwiebelringe." Sie hielt inne, und ich starrte sie entsetzt an, als sie sechs verschiedene Möglichkeiten beschrieb, einen Herzinfarkt zu bekommen. Nicht, dass ich einen bekommen könnte, natürlich, aber ich machte mir Sorgen um ihre eigene Sterblichkeit. „Und ein Malzbier."

„Was wollen Sie trinken?" Der Barkeeper tippte mit den Fingern auf die Theke, während ich überlegte, welcher Wein am besten zu gebratenem Essen schmecken würde.

„Malbec?"

Er starrte mich an, sein Gesicht war ausdruckslos.

„Wein haben Sie nicht, oder?" Anstelle von Entsetzen empfand ich nur noch Resignation. Ich blickte hinter ihm auf die verschiedenen Flaschen und winkte mit einer Hand. „Bringen Sie mir einfach etwas vom Hausbier, was auch immer das ist."

Auf Hannahs Kichern hin lenkte ich meine Aufmerksamkeit wieder auf sie, während der Barkeeper wegging, um unsere Getränke zu holen. Ich rückte meinen Anzug zurecht und fragte: „Amüsiert dich das?"

„Sehr sogar. Es ist eine nette Abwechslung, dich so aus dem Rahmen gefallen zu sehen." Sie hob die Augenbrauen und musterte meinen Anzug mit einem Grinsen, obwohl die Hand, mit der sie über meinen Oberschenkel strich, mehr von Wertschätzung als von Belustigung sprach. „So fühle ich mich immer in deiner Nähe, mit deinem schicken Penthouse und dem Gourmetessen und den privaten Hubschraubern. Heute Abend wollte ich sehen, wie Luzifer ohne all das Geld, den Luxus und die Macht ist."

Ich beugte mich näher zu ihr und strich mit meinen Lippen über ihr Ohr. „Das Geld und den Luxus kannst du mir wegnehmen, aber die Macht? Oh, davon habe ich immer noch jede Menge, Schätzchen."

Ihre Augen funkelten vor Verlangen, als ich mich zurücklehnte, gerade als der Barkeeper zwei Drinks vor uns abstellte. Ich nahm meinen Plastikbecher in die Hand und nahm einen Schluck. Er schmeckte dünn und verwässert, war aber nicht völlig ungenießbar.

„Außerdem fällt es mir schwer zu glauben, dass du hier essen würdest, wenn es nicht darum ginge, mich zu piesacken", fügte ich hinzu, als er wieder gegangen war.

„Wahrscheinlich nicht." Sie blickte sich um und rümpfte die Nase. „Aber das hier ist den Orten, an denen ich normalerweise esse, ähnlicher als alles, wo du uns hinbringen würdest."

„Dann werde ich mich bemühen, mich mit dir unter die Leute zu mischen, wie die Sterblichen sagen."

Daraufhin brach sie in Gelächter aus, und der Klang dieses

Lachens machte die ganze Sache lohnenswert. Ich würde alles tun, was sie verlangte, wenn es so eine Reaktion hervorrufen würde. Verdammt, wie sehr hatte ich es vermisst, mit ihr zusammen zu sein. Sie hatte es immer geliebt, mich herauszufordern, und es war wunderbar zu sehen, dass sie sich jetzt schon wohl genug fühlte, um es zu tun. Ihre Angst vor mir war verschwunden, und obwohl sie sich vielleicht noch nicht an mich erinnern konnte, kannte sie mich auf einer tiefen, unterbewussten Ebene.

Ihr Lachen verstummte, als der Barkeeper zwei fettbespritzte Teller mit Chili Dogs und Pommes vor uns abstellte. Diese Mahlzeit zu essen, ohne uns zu bekleckern, bedurfte eines Wunders.

Nun, ich nahm die Herausforderung an.

Als mein Blick ihrem begegnete, griff ich nach dem Chili Dog und nahm einen riesigen Bissen. Geschmack und Schärfe explodierten in meinem Mund, aber es war nichts, womit ich nicht umgehen konnte. Dann stellte ich das Essen ab und schnappte mir eine Serviette aus dem verschmierten Chromhalter und wischte mir vorsichtig das Fett von den Fingern. „Du bist dran."

Sie nahm den nächsten Bissen, aber ihr Chili Dog fiel dabei auseinander und verursachte eine riesige Sauerei, die auf ihren Teller purzelte. Sie lachte, als sie versuchte, ihn zu retten, und ich reichte ihr ein paar frische Servietten. „Wow, das ist gut. Obwohl ich mir nicht sicher bin, ob es das, ähm, Ambiente wert ist."

„Kein Essen ist das wert", murmelte ich, als zwei Leute in der Ecke anfingen, sich mit hoher Stimme anzuschreien, dann plötzlich aufsprangen und anfingen, über dem Tisch zu knutschen.

Wir aßen trotzdem weiter, dippten Pommes in das Chili, während wir einer Dame in einem rosa Tutu zusahen, die keinen Tag jünger als neunzig sein konnte und einen der Spielautomaten benutzte. Wenigstens war uns keine Sekunde langweilig.

„Was hast du heute gemacht?", fragte Hannah, während sie sich einen Zwiebelring schnappte.

„Ich habe den Drachen verhört, den wir gefangen haben, aber er hat sich wieder einmal als resistent gegen meine Kräfte erwiesen, was nicht möglich sein sollte." Ich biss hart auf einen Zwiebelring und versuchte, mir meinen Ärger nicht anmerken zu lassen. Die Tatsache, dass sich die Drachen auch gegen mich wandten und versuchten, Hannah zu entführen – oder Schlimmeres – bedeutete, dass dies wirklich eine größere Verschwörung war. Eine, um die ich mich bald kümmern musste. Morgen, um genau zu sein, auf dem Ball der Teufelsnacht.

„Ich habe mir fast in die Hosen gemacht, als ich das Ding sah", sagte Hannah. „Ich kann nicht glauben, dass Drachen echt sind."

„Das sind sie, aber es gibt nur noch sehr wenige von ihnen. Es ist unerhört, dass so viele auf einmal angreifen."

Sie hob die Augenbrauen. „Was bedeutet das dann?"

„Dass jemand Mächtiges versucht, meine Macht zu untergraben." Ich zuckte lässig mit den Schultern, obwohl mein Blut bei dem Gedanken daran in Wallung geriet. Weil sie unsicher aussah, streckte ich die Hand aus und legte sie auf ihr Knie. „Du brauchst dir keine Sorgen zu machen. Ich werde mich darum kümmern."

Sie nickte langsam, während sie etwas von ihrem Malzbier trank. „Wie viele Arten von Dämonen gibt es?"

„Sechs oder sieben, wenn man die Gefallenen mitzählt, obwohl es eine Debatte darüber gibt, ob sie als Dämonen zählen oder nicht."

Ihre Augen leuchteten auf. „Einer für jede der Todsünden?"

„Genau, obwohl die Todsünden von Engeln so benannt wurden. Trotzdem passen sie meistens. Hochmut für Gefallene, natürlich. Gestaltwandler sind der Zorn, obwohl ihre Emotion eher die Leidenschaft ist. Imps sind Missgunst, obwohl sie hauptsächlich von der Aufmerksamkeit leben."

„Du hast gestern Abend gesagt, dass Drachen Dämonen der Gier sind."

„Ja, daher kommt das ganze Klischee vom Drachen, der Unmengen hortet."

Sie legte den Kopf schräg, während sie überlegte. „Lilim sind die Wollust, ganz klar. Was ist mit Völlerei und Trägheit?"

„Gargoyles, wie die, die dich neulich angegriffen haben, sind Trägheit. Sie können sich in Stein verwandeln und sie nähren sich vom Schlaf." Ich beendete meine Mahlzeit und benutzte meine Serviette, um mir die Hände abzuwischen. „Was die Völlerei angeht, so wären das die Vampire. Sie brauchen Blut zum Überleben, genau wie in den Überlieferungen, und sie sind sehr charmant."

„Ich bin froh, dass ich noch keinen von denen getroffen habe." Sie gab mir einen scherzhaften Stups gegen die Schulter. „Ich kann unmöglich noch mehr an Charme vertragen."

Wir beendeten unser Essen, und ich war überrascht, dass ich mich in dieser Spelunke mit ihr gut amüsiert hatte – sogar mit den fettigen Chili Dogs und dem mittelmäßigen Bier. Alles, was ich brauchte, war Hannah an meiner Seite, um mich komplett zu fühlen, ganz gleich wo.

Als wir nach draußen traten, sagte ich: „Jetzt, wo du deinen Spaß hattest, lass mich dich zu einem der Dinge mitnehmen, die ich ursprünglich für heute Abend geplant hatte."

Sie runzelte die Stirn. „Keine Privathubschrauber und teuren Kleider mehr, bitte."

Ich hob meine Hände. „Ich verspreche, dass ich für dieses spezielle Unterfangen keinen Penny ausgeben werde."

Sie verzog den Mund, als spielte sie mit dem Gedanken, Nein zu sagen, nickte dann aber. „Okay. Ich nehme an, wir können uns das Mafia-Museum und den größten Spielautomaten der Welt ein anderes Mal ansehen.“

„Wunderbar.“ Ich streckte meine Hand aus, und mein Herz schlug höher, als sich ihre Finger um meine legten. Dann hüllte ich uns in Schatten, damit niemand uns bemerkte, bevor ich Hannah in meine Arme nahm und mich in die Luft erhob. Sie klammerte sich enger an mich, aber nicht so, wie sie es bei den Drachen getan hatte. Sie wusste, dass ich sie nicht fallen lassen würde.

Die Brust vor Freude schwellend, brachte ich uns höher und höher und hielt Hannah fest, damit sie die Stadt unter uns sehen konnte. Das geschäftige Treiben, die Lichter und die Musik, all das Chaos, das mein Zuhause war. Wir sprachen nicht, hielten einander nur fest, während wir über die Stadt flogen, und genossen das Gefühl, uns nahe zu sein, während sich die kühle Nachtluft um uns schmiegte.

Schließlich landete ich auf der Spitze des Stratosphere Towers, dem höchsten Bauwerk der Stadt und dem perfekten Ort, um über sie zu herrschen wie ein König und eine Königin, die ihr Reich überblicken.

„Willkommen im Strat. Hier hat man die beste Aussicht auf die ganze Stadt.“ Ich legte meinen Arm um Hannahs Schultern, und sie lehnte sich an mich.

„Es ist wunderschön.“ Sie drehte sich um und sah mich mit diesen wachen Augen an, denen nichts entging. „Aber warum lebst du hier und nicht in der Hölle?“

Lange verdrängter Schmerz schnürte mir die Brust zu. „Nach Tausenden von Jahren des Krieges gegen die Engel wurde die Hölle unbewohnbar. Der Himmel auch. Unsere Zahl schrumpfte, und es war klar, dass unsere beiden Arten aussterben würden, wenn sich nichts änderte. Erzengel Michael und ich trafen uns über viele Jahre hinweg unter vier Augen und besprachen, wie wir Frieden zwischen unseren Arten aushandeln könnten. Am Ende unterzeichneten wir das Erdenabkommen und riefen einen Waffenstillstand aus, dann brachten wir alle Engel und Dämonen auf die Erde und verschlossen Himmel und Hölle für immer."

Ihre Augenbrauen zogen sich hoch. „Und die Engel und Dämonen waren damit einverstanden?"

Ich stieß ein bitteres Lachen aus. „Nicht wirklich. Damals waren viele wütend auf uns. Zum Teufel, viele sind immer noch wütend. Der Erzengel Michael hat deswegen sogar sein Leben verloren. Aber es war der einzige Weg, unser Volk zu retten, und ich stehe zu dieser Entscheidung."

Ihre Hand suchte die meine und sie drückte sie. „Ich bin sicher, du hast getan, was das Beste war. Aber ... warum Vegas?"

„Vor etwa vierzig Jahren, als ich erkannte, dass wir nicht mehr in der Hölle leben konnten, begann ich, Las Vegas zu einem sicheren Zufluchtsort für Dämonen aufzubauen, wo sie sich von Menschen ernähren können, ohne sie zu verletzen oder unsere Art vor der Welt preiszugeben. Hier dürfen die Menschen ihren Lastern frönen, und die Dämonen können die Früchte ernten."

Der Wind peitschte Strähnen ihres goldenen Haares über ihre Wangen. "Und die Gefallenen?"

„Die Gefallenen fungieren als ... Wächter der Dämonen, könnte man sagen. Ich habe strenge Regeln, die es verbieten, Menschen zu verletzen, und eine der Anforderungen des Erdenabkommens ist, dass wir unsere Anwesenheit vor der Welt der Sterblichen verborgen halten. Meine Gefallenen sorgen dafür, dass die Dämonen bei der Stange bleiben."

Ihr Gesicht wurde weicher, als sie auf die funkelnde Stadt unter uns deutete. „Du hast das alles getan, dieses ganze Reich erschaffen, nur um Menschen und Dämonen zu schützen. Um sicherzustellen, dass wir in Frieden leben können."

„Und die Engel", sagte ich und wehrte ihr Lob mit einem Lächeln ab. „Die dürfen wir nicht vergessen."

„Und die Engel." Sie griff nach oben und berührte verwundert mein Gesicht, und der Blick in ihren blauen Augen zog mich in seinen Bann, wie nichts anderes es je konnte. „Erinnere mich bitte noch einmal daran, warum du der Schurke in dieser Geschichte bist?"

Noch bevor ich antworten konnte, presste sie ihre Lippen auf meine und raubte mir den Atem. Der Kuss wurde heiß, als meine Zunge ihren Mund erforschte und sie ihre Finger in meinem Haar verwob. Ich ließ meine Hände über ihren Rücken gleiten, um ihren Hintern fest zu umschließen, der so knackig in dieser heißen kleinen Jeans war, und sie stieß einen kleinen Seufzer aus.

„Bring mich zurück ins Penthouse", flüsterte sie.

21

HANNAH

„Jetzt schon?" Luzifer zog sich mit einem kleinen Lachen und einem schelmischen Funkeln in den Augen zurück. „Die Nacht ist noch jung. Wir könnten uns noch die Sehenswürdigkeiten ansehen, ein paar Souvenirs kaufen und einen kleinen Happen Nachtisch verputzen."

„Ich bin bereit für den Teil des Abends, der der Wollust gewidmet ist."

Ich ergriff die Vorderseite seines Hemdes, die kleinen Knöpfe drückten sich in meine Haut. Ich küsste ihn mit erneuter Leidenschaft und versuchte, ihn von meinem Begehren zu überzeugen, während er mich in seine Arme schloss. Das Gefühl seiner Zunge, die über meine glitt, lenkte mich so sehr von unserer Umgebung ab, dass ich nicht bemerkte, dass er abgehoben war, bis wir bereits hoch oben in den Lüften waren.

Ich drückte meine Lippen an seinen Hals, während ich die Aussicht über seine Schulter genoss, während er in Richtung des Celestial flog und seine Flügel sich lautlos durch die Nacht bewegten. Ich wollte mehr von dem, was er mir in der letzten

Nacht gegeben hatte, und mein Körper vibrierte vor Verlangen, als ich mich an ihn presste.

Er landete auf dem Balkon vor seinem Zimmer und stieß die Tür vor uns auf. Es war schwer zu erkennen in der Nacht, aber es schien, als habe ein Schatten sie geöffnet. Sobald er den Raum betrat, verschwanden seine Flügel und er setzte mich ab, aber er ließ mich nicht los.

„Ich will dich." Meine Stimme klang heiser und voller Lust, und ich begann, sein Hemd aufzuknöpfen, während er sich die Jacke von den Schultern streifte. Ich ging rückwärts in den Raum, während ich meinen Finger unter seinen Gürtel schob und ihn hinter mir her zog. Sein Schwanz drückte gegen seine Hose, schien ihm den Weg zu weisen, und ich strich mit meiner Hand über die Wölbung, was ihn leise stöhnen ließ.

Nachdem ich ein letztes Mal über die Vorderseite seiner Hose gestrichen war, widmete ich meine Aufmerksamkeit wieder seinen Knöpfen, bevor er ungeduldig wurde, sein Hemd aufriss und es auf den Boden warf.

„Mmm ..." Ich drückte eine Reihe von Küssen mit offenem Mund auf seinen Hals und sein Schlüsselbein, während meine Hände die sich bewegenden Muskeln seines straffen Bauches erkundeten. „Lass mich die einzelnen Todsünden aufzählen ... Habgier." Ich küsste wieder seinen Hals. „Wollust ..." Ein tieferer Kuss auf seinen Mund. „Völlerei." Ich streichelte seine Zunge mit meiner, bevor ich sie in meinen Mund zog. Dann drückte ich meine Hand noch einmal auf die Beule in seiner Hose. „Und Hochmut."

Er hob eine Augenbraue, während sein Mundwinkel amüsiert zuckte. „Immerhin ist das meine Todsünde."

„Willst du mir zeigen, wie hochmütig du bist, Luzifer?" fragte ich, während ich seinen Reißverschluss herunterzog. Mir stockte der Atem, als sein riesiger Schwanz aus seiner weichen schwarzen Hose sprang.

Ich sank auf die Knie, und seine Finger krallten sich sofort in mein Haar, seine Fingerspitzen drückten auf meine Kopfhaut, während meine ganze Konzentration auf die harte Schwanzlänge vor mir gerichtet war. Ich schloss die Augen, während ich mit meinen Fingern leicht über die weiche Haut seines Schwanzes fuhr, und ein Grollen durchdrang ihn.

„Versuchung", stieß er hervor, seine Stimme war rau, während sich seine Finger in meinem Haar festklammerten.

„Bist du eine kleine Versuchung nicht gewohnt, Luzifer?"

Er grollte ein weiteres Mal und ich umfasste ihn mit etwas mehr Druck, während ich seine gesamte Erregung streichelte. Er atmete tief ein, und ich wertete das Geräusch als Aufforderung und drückte die flache Seite meiner Zunge mit einem langen Lecken auf seine Haut. Ich wirbelte sie um die Eichel und hörte, wie er röchelte.

„Hannah." Er murmelte meinen Namen so leise, dass ich nicht wusste, ob er sich überhaupt bewusst war, dass er ihn ausgesprochen hatte.

Als Antwort ließ ich seine Eichel zwischen meine Lippen gleiten. Er stöhnte und schob seine Lenden vor, und ich öffnete meinen Mund weit, um mehr von ihm in mich aufzunehmen. Er war so groß, dass es eine Herausforderung war, aber irgendwie wusste ich, dass ich es konnte.

Er stieß ein paar Zentimeter in mich hinein und zog sich dann langsam wieder zurück, was mir die Möglichkeit gab, durchzuatmen. Ich folgte ihm mit meinem Mund, um mehr von ihm aufzunehmen, während ich mit meiner Hand am Ansatz arbeitete. Ich wippte mit meinem Kopf jedes Mal tiefer, und er bewegte seine Lenden rhythmisch mit mir, wobei sein Atem mit jedem seiner Stöße schneller wurde.

Als ich meine Augen schloss, übernahmen all meine anderen Sinne die Kontrolle. Die Beschaffenheit, der Geschmack, der Geruch und der Klang von Luzifer. Alles überflutete mich, und dieser Augenblick trug mich nach Hause. Ich säuselte mein Vergnügen über seine Haut, während er in meinen Mund stieß.

„Hannah", flüsterte er heiser. „Du warst immer diejenige, die mich zu Fall brachte. Nicht der Hochmut. Du."

Mit einem Stöhnen umklammerten seine Finger meinen Kopf und zwangen mich, ihn tiefer zu saugen, gerade als sein Schwanz zwischen meine Lippen drängte. Dann schoss sein heißer, salziger Samen in meinen Mund und meine Kehle hinunter. Ich nahm alles auf, während ich zu ihm aufblickte und sein Gesicht auf mich herabblickte, während er kam.

Er packte meine Arme und zog mich auf die Beine, seine Augen glühten vor Hunger. „Jetzt bin ich dran. Zieh dich aus."

Ich zog mich langsam aus, erst mein Hemd und meine Jeans, dann meinen BH und meinen Slip. Er beobachtete mich die ganze Zeit, streichelte den langen Schwanz, der immer noch hart war, selbst nach dieser Szene. Ich hatte wohl damit rechnen sollen, dass der Teufel mehr als eine Runde durchhalten würde. Meine Muschi pochte bei dem Gedanken, wo er sein wollte und wo ich ihn so sehr begehrte.

Dann zog er den Rest seiner Kleidung aus, viel zu langsam für meinen Geschmack, obwohl ich den Anblick seines wohlgeformten, nackten Körpers in mir aufsaugte. Sowohl ungeduldig als auch in der Absicht, ihn zu reizen, schob ich meine Finger zwischen meine Schenkel und ließ sie über meinen feuchten Schlitz gleiten. Ich stöhnte auf, als ich meinen Kitzler berührte, plötzlich unsicher, wen ich mehr erregte. „Neid."

„Lass mich nicht zum Zorn übergehen", murmelte er, als er nach mir griff und mich an sich zog, wobei sich sein Schwanz verlangend in mich presste. „Das ist meine Muschi, und ich werde derjenige sein, der sie ausfüllt."

Ich erschauerte angesichts der Finsternis und der Sünde in seiner tiefen Stimme, aber ich blickte lächelnd zu ihm auf. „Versprochen?"

Er grollte und führte mich schneller rückwärts, als ich mithalten konnte. Ich stieß mit dem Rücken gegen das bodentiefe Fenster mit Blick auf Las Vegas, und er packte meinen Hintern und zog mich hoch, wobei ich meine Beine um ihn schlang. Sein Schwanz drang hart und schnell in mich ein, ohne Vorwarnung, und füllte mich vollständig aus. Er erstickte mein Keuchen mit seinem Mund, sein Kuss war rau und fordernd, während er seine Zunge und seinen Schwanz in mich stieß.

Ich griff über seinen Rücken dorthin, wo ich wusste, dass seine Flügel durch irgendeine Art von Magie versteckt waren, und schlang dann meine Arme um seinen Hals. Ich ließ meine Finger in sein üppiges, dunkles Haar gleiten und hielt mich fest, während er unerbittlich in mich stieß.

Mit meinem nackten Hintern, der gegen das Fenster gepresst war, war ich für jeden sichtbar, der hinsah. Vielleicht jemand in einem der anderen Hotels oder einer der Gefallenen, die draußen patrouillierten. Der Gedanke, dass uns jemand beobachten konnte, machte die Begegnung noch sündiger.

Das Glas an meinem Rücken war kühl, aber meine Haut fühlte sich an, als würde sie brennen. Luzifers starke Arme bewegten mich auf seinem Schwanz auf und ab, während seine Lenden in mich stießen. Sein ganzer Körper fickte mich so gründlich, dass ich nicht sicher war, ob ich danach noch würde laufen können.

Ich war kurz davor, so kurz davor, durch seinen berauschenden Rhythmus, aber dann zog er sich plötzlich aus mir heraus und setzte meine Füße wieder auf den Boden. Mein Verlangen nach ihm schoss ins Unermessliche und ich begann zu protestieren, aber dann drehte er mich um, sodass mein nackter Körper zu den Fenstern zeigte. Er drückte mich an sich, fuhr mit seiner Hand zu meiner Klitoris hinunter und kniff sie fest, während wir auf die hellen Lichter der Stadt blickten, über denen sich unser Widerschein spiegelte.

Während sein Schwanz mich von hinten berührte, spielte er mit mir, reizte mich, peinigte mich. Eine Hand an meinem Kitzler, die andere an meinen Brüsten. Meine Muschi pulsierte, sehnte sich danach, dass er mich wieder ausfüllte, und ich stöhnte.

„Luzifer, bitte."

Er vergrub sein Gesicht in meinem Haar, dann knabberte er leicht an meinem Ohr, während seine Finger über meine nassen Schamlippen fuhren. „Sag mir, dass diese Muschi mir gehört."

„Sie gehört dir. Bitte. Ich brauche ..."

Er kniff mir fest in die Brustwarze. „Ja? Was brauchst du?"

Ich keuchte bei dieser Mischung von Schmerz und Vergnügen. „Ich brauche dich in mir."

Er presste mich nach vorne, meine Hände gegen das Glas gespreizt, dann drang er hart von hinten in mich ein. Meine Brustwarzen zogen sich schmerzvoll zusammen, und ich wölbte mich gegen ihn, weil ich brauchte, dass er mich ganz ausfüllte. Er fühlte sich so riesig an in dieser Position, als würde er mich zerreißen, und ich liebte jede Sekunde davon.

In der Reflexion des Spiegels sah ich, wie er mich von hinten fickte, seine Hände auf meinen Hüften, seine Augen rot und wild. Seine Flügel flatterten hinter ihm hervor, seine schwarzen Federn verströmten Finsternis, und der Anblick seiner wahren Gestalt ließ mich ihn noch mehr begehren. Nur ich konnte den Teufel so die Kontrolle verlieren lassen.

„Das ist es, was du willst", sagte er, zwischen harten Stößen. „Du willst, dass ich deine enge kleine Muschi so hart ficke, dass du mich noch tagelang spürst."

„Ja, ja, ja", schrie ich, während er in mich stieß und meine Brüste von den Stößen bebten.

Er packte mich an den Haaren und riss meinen Kopf zurück. „Jetzt wirst du kommen, und du wirst meinen Namen so laut schreien, dass jeder im Celestial weiß, dass es der Teufel ist, der dich fickt."

Damit griff er mit der anderen Hand um mich herum und streichelte meine Klitoris, was mich zum Explodieren brachte. Ich verkrampfte mich um seinen Schwanz, meine Knie wurden weich, und nur seine Hände, die mich festhielten, hielten mich aufrecht. Ich schrie seinen Namen, während ein gewaltiger Orgasmus mich überrollte, einer, wie ich ihn noch nie zuvor erlebt hatte. Meine Hüften bäumten sich ihm entgegen, ich wollte, dass es nie mehr aufhört, während er weiter meine Klitoris rieb und mich erfüllte. Erst als ich das Gefühl hatte, vor Lust zu bersten, ließ auch er los. Ich spürte wie er kam, wie ein gewaltiger Strom, der seinen Körper verließ, seine Flügel flatterten und seine roten Augen mich im Spiegelbild des Fensters ansahen. Als ob er direkt in meine Seele starrte.

Dann nahm er mich in seine Arme, unsere nackten Körper schmiegten sich aneinander, und er trug mich zu seinem Bett. Er setzte mich darauf ab, während ich versuchte, mich daran zu erinnern, wie man atmet, und er ließ sich neben mir nieder, wobei seine Flügel in der Dunkelheit des Raumes verschwanden.

Ich drehte mich zu ihm um und streichelte seine Wange, mit einem verzückten Grinsen im Gesicht. „Und jetzt, Trägheit."

„Ich bin noch nicht fertig mit der Wollust", sagte Luzifer, während er meine Schenkel spreizte und seinen Kopf zwischen sie tauchte, um mir mit seiner Zunge und seinen Fingern einen weiteren Orgasmus abzuringen, der mich immer wieder seinen Namen schreien ließ.

Ich hatte das Gefühl, dass es eine lange Nacht werden würde ... aber ich beklagte mich definitiv nicht.

22

HANNAH

Mein Haar fiel in glänzenden, blonden Locken über meine linke Schulter. Verdammt, das sah gut aus. Ich saß im Bademantel da und fühlte mich schon sexy und sinnlich, bevor das wunderschöne Kleid überhaupt über meinen Kopf glitt. Der passende BH und das dazugehörige Höschen unter dem Bademantel taten ihr Übriges, denn die Spitze auf meiner Haut erinnerte mich daran, dass ich Reizwäsche trug – die Art von Unterwäsche, die ich Luzifer zeigen wollte.

Ich begegnete Zels dunklen Augen im Spiegel. „Für eine knallharte Killerin machst du tolle Frisuren."

„Was, kann eine Frau nicht vielseitig begabt sein?" Zel tippte mir auf die Nase, bevor sie sich wieder der schwarzen Wimperntusche widmete. „Halt still, sonst verschmiere ich deine Mascara."

Das war sie also. Meine letzte Nacht hier mit Luzifer, auch bekannt als Teufelsnacht – die Nacht vor Halloween. Aber was dann? Ich war frei, dachte ich. Der Pakt mit dem Teufel galt nur für sieben Tage. Es wurde Zeit, zurück nach Vista zu fahren und nach meinem Laden zu sehen. Aber der Gedanke ans Weggehen ließ meinen Magen verkrampfen.

„Na also." Zel trat zurück, musterte mich und warf einen kritischen Blick auf ihre Arbeit. „Das wird reichen."

Ich betrachtete mich im Spiegel und war erstaunt darüber, wie Zel mich in eine Art überirdischer Schönheit verwandelt hatte. Aber plötzliche Nervosität überkam mich. „Werden heute Abend alle wissen, wer ich bin?"

„Ohne jeden Zweifel." Zel hielt inne, während sie die Deckel wieder auf die Schminke setzte, die wir benutzt hatten. „Luzifer sieht niemals andere Frauen so an, wie er dich ansieht."

Die Worte jagten mir einen lustvollen Schauer über den Rücken, denn sie bestätigten, was ich bereits wusste. Was Luzifer mir gesagt hatte. Trotzdem war es schön, es von jemand anderem zu hören, jemandem, der – ich hielt inne und überlegte – der ... War Zel eine Freundin?

Ich betrachtete sie genau und bemerkte die leicht gerötete Haut an ihren Beinen, die unter ihrem engen Lederrock kaum sichtbar war. Der Angriff war weitgehend verwunden, aber die Spuren des Kampfes waren noch da. Eine Erinnerung daran, dass sie mein Leben immer wieder beschützt hatte. „Zel, waren wir in einem meiner früheren Leben befreundet?"

Sie hielt in ihren Bewegungen inne und blickte ins Leere. Als sie schließlich durch den Spiegel zu mir aufsah, verzog sie den Mund zu einem grimmigen Ausdruck. „Manchmal, ja."

„Und die anderen Male?" Ich strich ihr sanft über den Arm.

Ihr Gesicht versteinerte sich. „Es ist schwer, mit jemandem befreundet zu sein, von dem man weiß, dass er sterben wird."

Mit diesen Worten verließ sie das Bad und hinderte mich daran, weitere Fragen zu stellen. Ich seufzte und betrachtete mich im Spiegel, die Haare und das Make-up, die Zel so sorgfältig hergerichtet hatte. Sie muss mir in einem früheren Leben nahe gestanden haben, als ich noch ein Mensch war. Im Vergleich zu Dämonen ist unser Leben kurz, unser Körper zerbrechlich. Ich konnte verstehen, warum sie zögerte, sich einer Sterblichen zu nähern, nur um sie ein paar Jahre später zu verlieren.

Sorgte auch Luzifer sich deswegen?

Wie konnte ich in einer Beziehung mit einem Unsterblichen sein, wenn ich wusste, dass ich alt werden und sterben würde, während er genau derselbe blieb?

Ich verließ das Badezimmer und fand Zel zu meiner Überraschung auf meinem Bett sitzend. Sie starrte ins Leere, und ich fragte mich, ob sie so distanziert zu mir war, weil sie sich vor dem Schmerz schützen wollte, ihre Freundin wieder an die Widrigkeiten eines sterblichen Lebens zu verlieren.

Sie stand auf, als ich mich ihr näherte, und ging zum Kleiderschrank. „Lass uns etwas zum Anziehen für dich finden.“

Ich nickte, während sie mir half, in das wunderschöne, schimmernde, schwarze Kleid mit den Kristallsternen und Monden darauf zu steigen. Der Stoff fiel um mich herum, legte sich mit leichtem Druck sanft über meine Haut, umschmeichelte meine Kurven und gab mir das Gefühl, wunderschön zu sein. Als ich mich umdrehte, flatterte der Umhang hinter mir, wie etwas aus einem Traum.

Zel zog eine passende Maske hinter sich hervor. Auch sie war schwarz und mit Kristallen besetzt, wie eine sternklare Nacht. Während sie die Schleife festband und mit ihren geschickten Fingern in meine lange Lockenpracht einflocht, stellte ich eine letzte Frage.

„Können Menschen zu Dämonen gemacht werden? Oder zu Gefallenen?“

Sie schnaubte. „Nein. Unmöglich.“

Verdammt.

Sie reichte mir eine winzige Handtasche, die ganz aus

funkelnden Kristallen zu bestehen schien, und wies mir den Weg zur Tür. „Geh. Luzifer wartet, und der Ball beginnt bald."

Ich zögerte, überwältigt von der Vorstellung, einen Dämonenball zu besuchen. „Wirst auch du dort sein?"

„Ja. Ich werde dich die ganze Zeit aus den Schatten heraus bewachen."

Ich streckte die Hand aus, legte sie auf ihren Oberarm und schenkte ihr ein warmes Lächeln. „Danke."

Sie schüttelte meine Hand ab und sah mir finster in die Augen. „Ich mache nur meinen Job."

Ich trat aus meinem Zimmer und betrat den Wohnbereich, dann hielt ich inne, um den Mann vor mir zu mustern. Heute Abend war der 30. Oktober, bekannt als Teufelsnacht, und wenn je ein Mann so ausgesehen hatte, als verdiene er eine ganze Nacht, die nach ihm benannt wurde, dann war er es. In seinem glänzenden schwarzen Smoking strahlte jeder Zentimeter von ihm Stärke, Charme und dunkle, gefährliche Männlichkeit aus. Er sah aus wie ein sexy Superschurke, über den die Leute im Internet Fanfiction schrieben. Allerdings ohne Maske. Ich vermutete, dass man beim Maskenball zu eigenen Ehren als Einziger keine Maske tragen musste.

„Du siehst umwerfend aus", flüsterte er. „Absolut umwerfend."

„Danke schön." Ich machte eine kleine Drehung, der Stoff umspielte mich. „Du siehst auch fantastisch aus."

Er streckte seinen Arm aus. „Sollen wir?"

Ich verließ mit ihm das Penthouse und ging zum Aufzug. War ich bereit, mich einem Ballsaal voller alter Dämonen zu stellen?

Nein, das war ich nicht. Aber hatte ich eine Wahl?

Der Aufzug fuhr immer weiter runter, runter, runter, als ob wir den ganzen Weg zur Hölle hinunterfahren würden. Ich hatte nicht gesehen, welchen Knopf Luzifer gedrückt hatte, aber wir fuhren an der Tiefgarage vorbei, und als sich die Türen endlich öffneten, lag ein riesiger Ballsaal vor uns. Der Raum war dunkel, nur umherschweifende Scheinwerfer und helle Sterne an der Decke erhellten den Raum, so dass es sich anfühlte, als wären wir draußen unter dem Nachthimmel. Ich erblickte viele Menschen in Masken und prächtigen Kleidern, die sich durch den Raum bewegten, und einen großen silbernen Thron am anderen Ende, aber ansonsten war mir vieles in dem Raum ein Rätsel. Anders als die Dämonen hier konnte ich im Dunkeln nicht sehen.

„Der Ball der Teufelsnacht ist immer so ausgelegt, dass er wie die Hölle aussieht", erklärte Luzifer, während ich mit einem offensichtlich etwas verwirrten Gesichtsausdruck durch den Raum schaute.

„Ich dachte, in der Hölle gäbe es nur Feuer und Schwefel."

Er lachte bitter auf. „Das ist nur wegen der Propaganda der Engel so. Die Hölle ist das Reich der Nacht und der Finsternis. Sie brannte erst, nachdem die Engel unsere Welt in Brand gesetzt hatten."

Kaum traten wir in den Raum, nahmen die Leute Notiz von seiner Ankunft und verneigten sich. Innerhalb von Sekunden fiel der gesamte Ballsaal voller Masken tragender Dämonen auf die Knie oder neigte den Oberkörper, um dem Herrscher der Hölle in respektvollem Schweigen die Ehre zu erweisen. Ich versuchte, unter meiner Maske nicht zu viel von meinem Erstaunen zu offenbaren, während wir auf den Thron zugingen, aber alle Blicke waren auf uns gerichtet. Auf mich.

Hunderte von Dämonen, die mich beobachteten. Sie mussten wissen, dass ich ein Mensch war, eine Schwindlerin unter ihnen, und nur hier, weil Luzifer es wollte. Jeder von ihnen hätte mich wahrscheinlich mit dem bloßen Gedanken töten können.

Luzifer gab allen ein Zeichen, sich zu erheben, und begann dann, auf Leute in der Menge zu zeigen, wobei er zuerst einer

Frau in einem glitzernden silbernen Kleid mit glänzendem, tiefschwarzem Haar zunickte. „Das ist Belphegor, oder Bella, die Erzdämonin der Gargoyles", erklärte er mir mit tiefer Stimme. „Sie lebt in Paris und beaufsichtigt einen Großteil der europäischen Dämonengeschäfte."

Die Erwähnung von Gargoyles ließ meine Haut prickeln, und ich studierte sie genau, aber sie hielt den Kopf gesenkt und begegnete meinem Blick nicht. Mit ihrer silbernen Maske konnte ich sowieso nicht viel von ihrem Gesicht sehen.

Luzifer führte mich weiter und wies auf weitere wichtige Personen in der Menge hin. „Der Mann mit der rot-goldenen Maske ist Mammon, der Erzdämon der Drachen. Er lebt in China und verwaltet diesen Teil der Welt für mich."

Mammon war riesengroß und hatte die Statur eines Lastwagens. Er besaß tiefschwarzes Haar und Augen, von denen ich schwor, dass sie orange leuchteten. Er starrte uns an, als wir vorbeigingen, und ich hätte ihm wirklich nicht allein in einer dunklen Gasse begegnen wollen. Oder irgendeinem seiner anderen Drachen, um es kurz zu machen. Ich hatte genug von ihnen für ein ganzes Leben gesehen, vielen Dank.

„Die Frau neben ihm in Grün ist Nemesis, die Erzdämonin der Kobolde", fuhr Luzifer fort.

Da blieb mir der Mund offen stehen. Nemesis war eine Dämonin? Nicht irgendeine mythologische Göttin oder ein abstraktes Konzept? Sie hatte leuchtend rotes Haar und sinnliche Kurven, aber sie schaute kaum in meine Richtung, zu sehr war sie mit einer Schar von Verehrern beschäftigt, die sich um sie scharten.

Ich konnte mir nicht helfen, aber ich war ein wenig geschockt, so viele mächtige Leute zu sehen, und mir entging nicht, dass dies alles die Erzdämonen waren, die für die Angriffe der letzten Tage verantwortlich sein konnten. Ein Hauch von Angst lief mir über den Rücken, aber ich musste auf Luzifer vertrauen. Er hätte mich nicht hierher gebracht, wenn er dachte, ich sei in Gefahr. Außerdem würde Azazel mich die ganze Nacht über vor den Schatten beschützen. Allein dieses Wissen ließ mich ein kleines bisschen besser fühlen.

Näher am Thron blieb Luzifer vor einer Frau stehen, die schöner und verführerischer war als jede andere, die ich je in meinem Leben gesehen hatte, selbst mit einer roten Ledermaske im Gesicht. Ihr dunkles Haar stand in einer kunstvollen Frisur, die zu ihrem Körperbau passte, und sie hatte grüne Augen, die mit denen Luzifers wetteiferten.

Er gestikulierte in ihre Richtung. „Hannah, ich möchte dir Lilith vorstellen, die Erzdämonin der Lilim.“

„Es ist schön, dich wiederzusehen“, sagte Lilith, und auch ihre Stimme war sinnlich. „Aber du erinnerst dich nicht an mich, oder?“

„Nein, tue ich nicht. Es tut mir leid.“ Sollte ich mich an sie erinnern? War sie eine weitere Person, die mir in einem meiner vergangenen Leben nahe gestanden hatte?

„Macht nichts.“ Sie lehnte sich nahe heran, als würde sie mir ein Geheimnis anvertrauen. „Ich bin dir unendlich dankbar für deine Rolle bei der Rettung meines Sohnes Asmodeus. Er sollte auch hier irgendwo sein, und ich bin sicher, er würde sich gerne selbst bei dir bedanken.“

Ich konnte nicht anders, als die Augenbrauen zu heben. „Du siehst nicht alt genug aus, um einen erwachsenen Sohn zu haben.“

„Meine Liebe, du schmeichelst mir.“ Sie machte eine abwehrende Geste, ihre Finger klimperten. „Das ist nur einer der Vorteile, wenn man eine Unsterbliche ist.“

„Wie geht es deinen Töchtern, Lilith?“, fragte Luzifer. Ich spürte, dass er dieser Erzdämonin näher stand als irgendeinem der anderen Dämonen.

Liliths Gesicht zeigte echte Zuneigung, als sie von ihren

Kindern sprach. „Olivia hat sich gut in die Rolle der Vermittlerin zwischen Engeln und Dämonen eingearbeitet. Nochmals vielen Dank, Luzifer, dass du ihr geholfen hast, diese Stelle zu bekommen." Sie sah sich um und lächelte dann in Richtung eines Paares, das sich mit einem großen Mann mit langem schwarzen Haar unterhielt. „Ah, Olivia und Kassiel sind jetzt dort drüben bei Baal."

Die Frau namens Olivia sah Lilith sehr ähnlich, mit der gleichen verführerischen Schönheit, von der man nur schwer die Augen abwenden konnte, doch der dunkelhaarige Mann neben ihr, Kassiel, löste eine eigenartige Reaktion in meinem Körper aus. Mein Herz schlug höher, fast schmerzhaft, es pochte in meiner Brust, es war eine körperliche Reaktion, die ich mir nicht erklären konnte. Ich hob meine Hand und legte sie auf den Ausschnitt meines Kleides, während ich darauf wartete, dass die Reaktion auf den Mann abebbte. Dann verschwand sie so schnell, wie sie über mich gekommen war. Wie merkwürdig.

„Und deine andere Tochter?", fragte Luzifer, als sei er aufrichtig interessiert.

Lilith neigte leicht den Kopf. „Lena erholt sich immer noch von ihrer Zeit bei dieser schrecklichen Sekte, aber es geht ihr von Tag zu Tag besser."

Ich hatte keine Ahnung, von wem sie sprachen. Welche Sekte? Aber ich fragte nicht. Luzifer war ein toller Typ gewesen, als ich ihn in diese schäbige Spelunke mitnahm, also fand ich, dass ich ihm das schuldig war. Ich konnte diesen Leuten zulächeln und zunicken, auch wenn ich mich bei ihren Gesprächen wie ein Kind auf einer Erwachsenenparty fühlte.

„Entschuldige mich." Luzifer drückte mir einen Kuss auf die Wange. „Ich muss mit Fenrir sprechen. Ich bin gleich wieder da."

Er ging zu einem großen, bärtigen Mann mit wallendem, grauen Haar hinüber, der in der Ecke stand, und sprach mit ihm.

Der langhaarige Mann namens Baal gesellte sich einen Moment später zu ihnen.

„Ich habe keine Ahnung, wer all diese Leute sind", murmelte ich.

„Fenrir ist der Erzdämon der Gestaltwandler, und Baal ist der Erzdämon der Vampire." Lilith neigte den Kopf. „Weißt du, ich glaube, das könnte das erste Mal seit Jahrzehnten sein, dass alle Erzdämonen in einem Gebäude sind. Luzifer hat unsere Anwesenheit hier heute Abend verlangt. Ich frage mich, ob er etwas für uns geplant hat."

Hatte er sie meinetwegen herbestellt? Aber warum?

Lilith führte mich mit ihrer Hand an meinem Ellenbogen zum Buffet. „Mach dir keine Sorgen wegen der anderen. Sie sind alle nur neidisch. Wer wäre nicht gern am Arm des Dämonenkönigs?"

Vielleicht hatte sie recht. Die Sünde des heutigen Abends sollte ja die Missgunst sein. Ich beobachtete Luzifer, wie er mit kaum zu bändigender Energie in jeder seiner Bewegungen durch den Raum schritt, und bemerkte, wie alle auf ihn reagierten. Sie behandelten ihn wie einen König.

Und ich?

Ich war Persephone, die von Hades in Besitz genommen worden war, so dass mir keine andere Wahl blieb, als in seine Unterwelt zu gehen und seine Königin der Finsternis zu werden.

23

HANNAH

Lilith und ich holten uns ein paar raffinierte Häppchen am Buffet, und ich war ihr dankbar, dass sie an meiner Seite blieb, obwohl sie mich überhaupt nicht kannte – zumindest nicht in diesem Leben. Für mich als Introvertierte waren Partys ohnehin schon anstrengend genug. Wenn man dann noch die Tatsache berücksichtigte, dass ich die einzige Sterbliche auf einem Ball voller Dämonen war, konnte ich kaum der Versuchung widerstehen, so schnell wie möglich zurück ins Penthouse zu flüchten.

„Ah, da ist ja mein Sohn", sagte Lilith und hob ihre Hand, um ihn herüberzuwinken.

Der Mann, der sich näherte, konnte nur als Sex am Stiel beschrieben werden. Mit seinen dunklen Haaren, der bronzenen Haut und den vielen Muskeln sah er aus wie ein internationales Model, das irgendwo auf einem Plakat abgebildet war. Er trug eine schlichte schwarze Maske und einen schwarzen Anzug und versprühte bei jedem Schritt Sexappeal, obwohl er mein Herz nicht so zum Flattern brachte wie Luzifer. Er sah aus wie ein

Typ, mit dem man eine wilde, unvergessliche Nacht verbringt und ihn dann nie wieder sieht. Bei dem Spiel „Ficken, Heiraten, Töten" wäre er jedes Mal „Ficken".

Es sei denn, man wäre vielleicht Brandy.

„Hannah, das ist Asmodeus", sagte Lilith.

Er streckte seine Hand aus, um meine Hand zu nehmen, beugte sich dann ein wenig und strich mit seinen Lippen über meine Knöchel, was ein Kribbeln in mir auslöste. Ich hoffte, dass Luzifer nicht hinsah, sonst flog Asmodeus womöglich bald gegen die Wand. „Es ist mir eine Ehre", sagte er, und seine heisere Stimme glitt über meine Haut wie Seide.

Ich musste mir fast Luft zufächeln. Scheiße, ich brauchte nach fünf Sekunden in seiner Gegenwart eine kalte Dusche. Wie hatte Brandy das eine Woche lang ausgehalten? Kein Wunder, dass Luzifer gesagt hatte, das es ihr unmöglich gewesen wäre, die Bar nicht mit ihm zu verlassen.

„Ich habe schon viel von dir gehört", sagte ich, nachdem ich meine Hand gelöst hatte.

„Nur Schlechtes, hoffe ich?", sagte er mit einem Augenzwinkern.

Ich lachte, unfähig, seinem Charme zu widerstehen. „Dinge, die ich bis jetzt kaum zu glauben vermochte."

Lilith drückte ihre Hand auf Asmodeus' Gesicht. „Hast du etwas gegessen? Du siehst immer noch ein bisschen schwach aus von deiner Strapaze. Ich bin mir sicher, dass jeder der Dämonen hier heute Abend dir liebend gerne helfen würde."

Er zog sich zurück. „Es geht mir gut, Mutter."

„In Ordnung, mein Lieber." Sie strich ihm liebevoll durchs Haar, dann entschuldigte sie sich, um mit jemand anderem zu sprechen, und ließ mich mit dem Inkubus allein.

„Du bist Brandys Freundin." Er sagte es als Feststellung, seine Stimme wurde ernster. „Ich habe auch schon viel von dir gehört, und es scheint, dass ich mich bei dir bedanken sollte."

Ich zuckte mit den Schultern, was meinen schimmernden Umhang zum Flimmern brachte. „Ich habe Luzifer nur einen Schubs in die richtige Richtung gegeben."

„Du bist eine gute Freundin. Brandy schätzt dich sehr." Die Art, wie er ihren Namen aussprach, erweckte in mir den Eindruck, dass er Brandy ebenfalls mochte.

Ich erinnerte mich daran, wie sie im Spa von ihm gesprochen hatte. „Ich bin nicht die Einzige, die sie schätzt ..."

Seine Schultern versteiften sich, und Schmerz überzog seine grünen Augen. „Brandy ist etwas ganz Besonderes, aber wir zwei können unmöglich zusammen sein. Das weiß sie."

„Schon möglich, aber ich kenne Brandy besser als irgendjemand sonst, und sie hat noch nie vor einer Herausforderung zurückgeschreckt. Sie hat auch noch nie von einem anderen Mann so gesprochen wie von dir."

Er musterte mich. „Darf ich dir ein Geheimnis verraten?"

Äh ... mir? Ich hatte den Kerl erst vor zwei Minuten kennengelernt. Aber ich nickte. „Natürlich."

Er schloss die Augen, als ob er Schmerzen hätte, und stieß einen röchelnden Atem aus. „Ich habe mit niemandem mehr geschlafen, seit ich Brandy kennengelernt habe. Meine Eltern wollen, dass ich mich nähre, und ich weiß, dass ich das muss, denn sonst sterbe ich. Aber ich kann nicht. Ich will niemanden außer ihr."

„Aber du kannst keinen Sex mit ihr haben?"

„Nur ein einziges Mal, und dann nie wieder. Nicht ohne sie zu umzubringen."

„Gibt es keine Möglichkeit, das zu vermeiden?"

„Nein, die gibt es nicht. Es sei denn ..." Er brach ab und sah quer durch den Raum, wobei sein Blick auf seine Mutter fiel. „Es gäbe vielleicht eine Möglichkeit. Aber ich müsste alles aufgeben. Für einen Menschen, den ich kaum kenne."

Ich breitete meine Hände aus. „Ich kann dir nicht sagen, was du tun sollst. Ich weiß nur, dass Brandy sich freuen würde, dich wiederzusehen. Vielleicht habt ihr nur eine irre, wilde Nacht zusammen, an die ihr euch für den Rest eures Lebens erinnert. Oder vielleicht beschließt ihr gemeinsam, dass ihr mehr wollt und findet einen Weg, dass es funktioniert. So oder so, du solltest zu ihr gehen.“

„Ich glaube, du hast recht“, sagte er, seine Stimme war gedämpft. Dann nahm er meine Hände und verbeugte sich leicht. „Ich möchte dir danken, meine Königin. Ich habe deinen weisen Rat schon immer zu schätzen gewusst. Es ist gut, dass du zurück bist.“

Mir blieb der Mund offen stehen. „Gern geschehen?“

Er zog die Manschetten seines Hemdes zurecht. „Ich habe eine lange Fahrt vor mir. Ich mache mich besser auf den Weg.“

„Bestell Brandy schöne Grüße von mir.“

Mit einem Nicken verschwand er in der Menge, und ich hoffte, dass ich das Richtige getan hatte. Offensichtlich war da etwas zwischen den beiden, und wenn nicht, dann mussten sie es irgendwie abschließen. Hoffentlich würden sie einen Weg finden, zusammen zu sein.

Und dann war ich wieder allein. Ich suchte die Menge nach Luzifer ab, konnte ihn aber nirgends sehen. Ich setzte einen liebenswürdigen Gesichtsausdruck auf und arbeitete mich an den Rand des Raumes vor, nickte Leuten zu, die ich nicht kannte, und schüttelte mehr Hände, als ich denken wollte. Die Dunkelheit entlang der Wände war tiefer, aber es gab auch einen Bereich mit Tischen. Meine Füße schmerzten in den hohen Schuhen, und ich ließ mich dankbar auf einen der Stühle fallen, die am nächsten an der Wand standen, dann schlüpfte ich aus den teuren High Heels heraus.

Ein Mensch unter Dämonen zu sein, war ziemlich anstrengend, aber von hier drüben aus war es viel leichter zu bewältigen.

Die anderen Gäste schenkten den Rändern des Raumes kaum Beachtung und richteten stattdessen ihre ganze Aufmerksamkeit nach innen, um sich gegenseitig zu mustern, manchmal mit argwöhnisch glitzernden Augen hinter den Masken. Aber es war eine gute Gelegenheit, Leute zu beobachten. Dämonen beobachten.

Eine kleine Gruppe saß am Tisch hinter mir, ihre Gesichter waren in Dunkelheit gehüllt. Während ich zuhörte und mich auf meine Maske verließ, um zu verschleiern, wohin genau ich schaute, erfuhr ich, dass die Dämonen von einer neuen Frau in Aufruhr versetzt worden waren, die halb Dämon und halb Engel war, aber in der Gunst Luzifers stand. Gerade als ich mich auf die Details der Geschichte einlassen wollte, weckte eine barsche Stimme in der Nähe meine Aufmerksamkeit. „Es ist also wahr. Luzifers Frau ist zurückgekehrt."

„Aber sie ist ein Mensch." Die zweite Person kicherte. „Wir werden sehen, wie lange sie durchhält."

Mein Puls beschleunigte sich bei ihren Worten. Ich blickte hinüber, spähte in die Schatten und versuchte, meine Bewegungen so unauffällig zu machen, damit niemand bemerkte, dass sich meine Aufmerksamkeit auf das neue Gespräch verlagert hatte. Ich erhaschte einen flüchtigen Blick auf einen riesigen Mann mit einer rot-goldenen Maske. Mammon.

„Nicht mehr lange", sagte er. „Die Dinge sind bereits in Bewegung. Viele der Erzdämonen sind daran beteiligt. Bald wird Luzifer besiegt sein, und es wird Zeit, in die Hölle zurückzukehren."

Seine Worte reichten aus, um mir Angst einzujagen. Ich musste es Luzifer sofort sagen. Ich bückte mich, um meine Schuhe wieder anzuziehen, dann nahm ich tief Luft, um mich zu stärken, und stürzte mich in die Menge. Ich huschte zwischen den Dämonen hindurch und versuchte, in die Mitte des Raumes zu gelangen, damit ich Luzifer finden und ihn vor Mammon warnen konnte.

Fast auf halber Strecke schwenkte einer der Scheinwerfer herum und strahlte auf Luzifer herunter. Bei seinem Anblick stockte mir der Atem, denn Schatten umspielten sein Gesicht und seine Augen loderten vor Kraft. Er stand vor seinem Thron und drehte sich in einem langsamen Kreis. Eine silberne Krone zierte sein Haupt, die bei jeder Bewegung Lichtsplitter aussandte. Sie passte ihm, als sei er dazu geboren worden, sie zu tragen. Der Raum wurde still, während alle dem König ihre volle Aufmerksamkeit schenkten.

Seine gebieterische Stimme schallte durch den Ballsaal. „Jemand in diesem Raum hat ein Komplott geschmiedet, um mich zu stürzen. Hat versucht, das zu nehmen, was mir gehört."

Zuerst nahm ich an, er meinte seinen Thron, aber dann fand sein Blick mich in der Menge, wie eine Liebkosung, die nur ich spüren konnte.

Er meinte mich. Ich war das, was er als sein betrachtete.

„Alle Verräter werden ihre Strafe bekommen." Während er sprach, beleuchtete ein weiterer Scheinwerfer den Bereich des Raumes, in dessen Nähe ich gesessen hatte, und wo Gadreel und Samael nun vier Dämonen hinaus führten. Ich war mir nicht sicher, um welche Art es sich handelte, aber ich hatte den leisen Verdacht, dass es sich um die Dämonen handelte, die in die Angriffe verwickelt gewesen waren und die man gefangen genommen hatte.

Die Dämonen wurden nach unten gestoßen, sodass sie vor Luzifer knieten und dem Publikum zugewandt waren. Ihre Gesichter waren angespannt und ihre Hände waren hinter dem Rücken gefesselt, aber ansonsten schienen sie unverletzt zu sein. Ich konnte ihnen kaum in die Augen schauen. Dort glomm die nackte Angst auf, während sich Schatten um sie zu schlingen begannen. Als würde die Finsternis selbst mit ihnen spielen.

Luzifer schritt langsam hinter den Verrätern hin und her, während er sprach. „Diese vier – ein Kobold, ein Drache, ein Gargoyle und ein Gestaltwandler – waren alle in ein Komplott gegen mich verwickelt. Heute Abend werden sie ihre Strafe erhalten."

Ich erwartete, dass das Publikum in irgendeiner Weise reagieren würde, aber es schien, als hielt jeder in der Menge den Atem an, zu erschrocken, sich zu regen. Mich eingeschlossen.

„Ich bin schon seit Jahrtausenden der Herrscher über die Dämonen." Luzifers Stimme dröhnte durch den Ballsaal und hallte von den Wänden wider, die ich nicht sehen konnte. „Obwohl schon viele versucht haben, mich zu stürzen, sind alle gescheitert. Es gibt einen guten Grund, warum ich der König bin. Vielleicht braucht ihr alle eine Gedächtnisstütze?"

Dann senkte er den Kopf und holte tief und ruhig Luft. Seine schemenhaften schwarzen Flügel brachen hinter seinem Körper hervor, und ich starrte ihn an, wie alle anderen im Ballsaal auch. Schwarze, rauchartige Energiewirbel schlängelten sich um ihn herum, vereinigten sich und wurden immer dichter, bis sie fast wie tiefschwarze, wirbelnde Stoffbahnen aussahen. Ich trat nach vorne und bewegte mich wieder vorsichtig durch die Menge, als sich die Stränge aus schwarzen Schatten um die Hälse der Dämonen wickelten. Außer mir rührte sich niemand.

„Ich dulde keinen Ungehorsam." Luzifer schnippte mit den Fingern, und plötzlich durchbrach eine leuchtend blaue Flamme die Dunkelheit, die sich um die Dämonen gelegt hatte. Die Verräter brüllten, während das unnatürliche blaue Feuer sie verschlang und den Raum in ein unheimliches, flackerndes Licht tauchte. Alle keuchten, ihre Gesichter wurden blass, ihre Münder standen offen, aber niemand regte sich. Ich hörte ein paar Leute mit erschrockenen Stimmen über Höllenfeuer tuscheln, als die vier Dämonen vor unseren Augen zu Asche zerfielen.

Dann verbeugte sich der gesamte Raum gemeinsam, sank in Unterwerfung zu Boden, bis ich die Einzige war, die außer Luzifer noch stand. Ich starrte ihn voller Grauen an, während er die vor ihm knienden Gäste musterte. Seine Flügel waren weit geöffnet, wobei die Finsternis wie Nebel von ihnen ausging.

Er hatte die Vier einfach ... ausgelöscht. Genau hier, vor aller Augen. Und sein Volk verneigte sich. Ich atmete schnell und oberflächlich, und mein Kleid fühlte sich an, als würde es sich enger um mich ziehen und meine Brust abschnüren, bis ich keinen Platz mehr hatte, um zu atmen.

Luzifers Blick begegnete meinem mit einem finsteren Lächeln und voller Triumph. Stolz. Seine Augen glühten rot, während er mich ansah als wolle er auch mein Wohlwollen erregen.

Denn ich war seine Königin.

Und das Schlimmste war ... ein Teil von mir wollte zurücklächeln. Ihm applaudieren für das, was er getan hatte. Sie hatten Brandy entführt. Sie hatten meinen Geliebten bedroht. Sie hatten versucht, mich zu ermorden. Sie verdienten eine Strafe.

Sobald sich alle wieder aufgerichtet hatten, nutzte ich ihre Deckung und rannte los, schlüpfte zwischen den Körpern hindurch und bewegte mich so schnell ich konnte, während ich mich auf den Absätzen aufrecht hielt. Meine Brust hob und senkte sich, während Übelkeit in mir aufstieg und mir das Herz praktisch aus der Brust sprang. Ich schaffte es bis zum Aufzug, ohne dass mich jemand aufhielt, aber als ich den Knopf drückte, leuchtete er nicht auf. Als ich mich umdrehte, um zu sehen, ob jemand versuchte, mir zu folgen, bemerkte ich eine Tür auf der rechten Seite. Durch ein fluoreszierendes Licht hinter einem kleinen Fenster erkannte ich, was es war. Das Treppenhaus. Selbst Dämonen brauchten einen Notausgang.

Ich stürmte durch die Tür, zog meine hohen Schuhe aus und

hielt mich am Rock des prächtigen Kleides fest, während ich die Treppe hinauf sprintete, meine Beine pulsierten und meine Lunge drohte zu platzen. Wir waren ein paar Stockwerke vom Parkhaus entfernt, und ich schob mich durch die Türen. Dann rannte ich barfuß über den Parkplatz, bis ich eine weitere Tür fand, die zu einem anderen Treppenhaus ins Freie führte. Ich musste hier unbedingt raus.

Als ich in eine Seitengasse hinaustrat, atmete ich die frische Nachtluft ein, während mich die Panik zu überwältigen drohte. Ich hatte gewusst, dass er der Teufel war. Er hatte gesagt, er sei ein Schurke. Was hatte ich erwartet? Dass er für mich ein Anderer sein würde? Hatte ich seine dunkle Seite absichtlich ignoriert, oder hatte ich mich danach gesehnt? Er war immer ehrlich zu mir gewesen, was sein Wesen betraf, aber ich hatte mich trotzdem zu ihm hingezogen gefühlt. Er hätte in mir eher Angst als Lust wecken sollen. Aber das war ja schließlich sein Job. Versuchung. Sünde.

Es spielte keine Rolle. Die Sache war sowieso gelaufen. Heute war die siebte Nacht – die Teufelsnacht – und ich war hier fertig. Vielleicht war ich Luzifers reinkarnierte Liebe, vielleicht auch nicht, aber so oder so, es war an der Zeit, in mein wirkliches Leben zurückzukehren. Ich gehörte nicht hierher. Nicht in dieses schicke Hotel, nicht in diese teuren Klamotten und schon gar nicht zu den Dämonen.

Ich zog die Schuhe wieder an, denn ich wollte keinesfalls in einer Gasse in Las Vegas barfuß laufen, die voller zerbrochener Flaschen und alter Pisse war. Ich tat so, als würden meine Füße nicht brennen, während ich meine Panik verdrängte und genug Mut zusammenkratzte, um geradeaus zu gehen. Auf keinen Fall wollte ich zurück in dieses Hotel. Ich hatte eine winzig kleine Handtasche mit Bargeld und meinem Handy darin, und das war genug, um nach Hause zu kommen.

Ein Lichtblitz explodierte in der Nähe, und die Wucht und der Schreck warfen mich fast um. Ein Paar schimmernder, kupferfarbener Flügel hob sich vom dunklen Nachthimmel ab und stürzte auf mich zu, und in meinem bereits verängstigten Zustand schrie ich auf. Starke Hände packten mich, hoben mich hoch ... und dann wurde alles schwarz.

24

LUZIFER

Als ich den Saal überblickte und die Loyalität meiner Anhänger musterte, setzte ich ein finsteres Lächeln auf und meine Augen glühten rot. Ich hasste es, so etwas zu tun, aber es war unumgänglich. Eine Demonstration der Macht, um sicherzustellen, dass jeder wusste, dass ich ihr König war. Dämonen brauchten eine feste Hand. Worum auch immer es sich bei dieser neu entdeckten Verschwörung handelte, jemand würde sich eher melden, als meinen Zorn zu provozieren. Damit wäre die Sache erledigt. Diese Scheiße war schon früher passiert und würde wieder passieren, und ich würde jedes Mal damit fertig werden.

Ehe ich König wurde, hatten die Dämonenvölker einander bekämpft. Als ich den Himmel für die Hölle verließ, vereinte ich die Stämme unter meinem Banner und brachte Ordnung in das Chaos. Ohne mich würden sich die Vampire und Gestaltwandler immer noch bekriegen, die Drachen immer noch Sklaven der Fae sein und, nicht zu vergessen, die Engel, die jeden von ihnen ausgelöscht hätten, wenn sie die Gelegenheit dazu gehabt hätten. Egal, wie schwer meine Krone wurde, ich vergaß nie, dass jemand die Dämonenhorde regieren musste, und das war verdammt nochmal besser ich.

Außerdem würde ich alles tun, was nötig war, um Hannahs Leben zu retten. Wenn es einer Demonstration meiner Macht bedurfte, um weitere Angriffe zu verhindern und zu verdeutlichen, dass sie absolut tabu waren, dann sollte es eben so sein.

Nachdem alle aufgestanden waren und die Musik wieder zu spielen begann, ließ ich mich auf meinen Thron sinken und wartete darauf, dass Hannah zu mir kam. Ich hätte veranlassen sollen, dass sie einen zweiten Thron für sie herbeischafften, aber dieser Abend war bereits geplant, bevor sie wieder in mein Leben getreten war. Falls sie beim nächsten Ball noch am Leben war, würde ich dafür sorgen, dass sie an meiner Seite regierte.

Die Dämonen und Gefallenen unterhielten sich weiter und ich schaute mich im Raum um, auf der Suche nach Hannah. Ich hatte sie kurz gesehen, aber dann hatte die Menge sie verschluckt. Ich bemerkte Gadreel, der mit Lilith flirtete, deren Lächeln angespannt war und deren Augen umherschweiften, als sei sie lieber irgendwo anders. Er hatte schon immer eine Schwäche für sie gehabt, aber wer hatte die nicht irgendwann? Und Gadreel war schon immer ehrgeizig gewesen. Das war einer der Gründe, warum ich dachte, er sei auch an Lenore interessiert.

Ich erhob mich und die Leute um mich herum verstummten, während ich die Menge absuchte. Wo war Hannah? Vorhin hatte sie noch an den Seitentischen gesessen, aber jetzt war sie nicht mehr da. Sie war auch nicht bei Gadreel und Lilith, oder bei Samael in der Ecke, auch nicht am Buffet oder an der Bar. Ich sah auch Azazel nicht, die eigentlich die ganze Nacht nicht von Hannahs Seite weichen sollte.

Panik machte sich in meiner Brust breit. Wo konnte Hannah sein? Hatte jemand sie entführt? War ich im Begriff, sie wieder zu verlieren?

Ich ballte meine Fäuste und schritt durch die Menge. Sie

teilte sich vor mir, aus Respekt oder Angst, und eine schnelle Suche bestätigte mir, dass Hannah nicht mehr im Ballsaal war. Ich ging zum Aufzug und fragte mich, ob sie sich ins Penthouse zurückgezogen hatte, aber er funktionierte aus irgendeinem Grund nicht. Jemand würde später dafür bezahlen.

Mein Herz schlug schneller, als ich durch die Tür zum Treppenhaus stürmte und zwei Stufen auf einmal nahm, ein paar Stockwerke hinauf zur Parkgarage. Als ich oben ankam, schaute ich nach links und rechts, nahm den leeren Raum in Augenschein und entdeckte in der Ferne einen winzigen Kristall auf dem Boden. Von Hannahs Kleid. Sie war definitiv hier entlang gekommen.

Vielleicht war sie nicht entführt worden. Vielleicht war sie weggelaufen.

War sie verstört von dem, was sie dort drinnen gesehen hatte? Das Töten von Feinden war normal bei Übernatürlichen, aber sie dachte immer noch wie ein Mensch. Verflucht. Ich hatte vergessen, dass sie sterblich war, und wie empfindlich Menschen auf Gewalt und Tod reagieren. Sie erinnerte sich nicht an ihre früheren Leben, was bedeutete, dass das alles neu für sie war. Ich kannte sie erst seit sieben Tagen, und das war nicht annähernd genug, um zu begreifen, wer sie diesmal war. Kein Wunder, dass sie in Panik geraten war. Sie hatte die Woche mit einem Termin bei Lucas Ifer begonnen, um Hilfe bei der Suche nach ihrer verlorenen Freundin zu erbitten und hatte sie auf einem Dämonenball beendet, wo Luzifer persönlich vor ihren Augen einige Verräter getötet hatte.

Bevor ich meine Gedanken unter Kontrolle bringen konnte, kam Azazel um die Ecke gestürmt, in einem kurzen Lederkleid und mit Klingen an den Oberschenkeln festgeschnallt. „Hannah!" Sie blieb stehen und holte tief Luft, wobei ihre Augen weit aufgerissen waren. „Sie ist entführt worden!"

„Was ist passiert?" Ich packte ihre Schultern und hielt sie fest auf einer Armlänge Abstand, während ich ihren wilden Blick studierte. Azazel geriet nie in Panik, aber irgendetwas hatte sie definitiv in Angst und Schrecken versetzt.

„Ich habe Hannah den ganzen Abend im Auge behalten, bin vom Schatten aus in ihrer Nähe geblieben. Als du diese Verräter hingerichtet hast, ist sie völlig aus dem Häuschen geraten und abgehauen. Sie rannte zum Fahrstuhl, aber der kam nicht."

„Was dann?" Ich versuchte, meine eigene Panik nicht noch zu steigern. Es gab nicht vieles, wovor ich Hannah nicht retten konnte. Außer vor dem Tod.

„Sie rannte die Treppe hoch und lief durch die Gasse davon. Ich folgte ihr im Schatten aus sicherer Entfernung. Sie wollte eindeutig allein sein, und ich habe versucht, das zu respektieren."

Mein Griff um ihre Schultern wurde fester. „Und dann?"

„Ein Engel schoss herab und nahm sie mit, bevor ich nahe genug herankommen konnte, um sie aufzuhalten. Ich versuchte ihnen zu folgen, aber ich wurde von einem Lichtblitz getroffen, der stärker war, als ich erwartet hatte." Sie riss sich aus meinen Armen, ihre Augen wütend – und auch verärgert. „Er hat mich zurückgeschleudert, und ich habe sie verloren."

„Sag mir genau, was du gesehen hast." Vielleicht konnte ich herausfinden, wer von meinen Himmelsbrüdern so dreist sein würde. Warum sollten sie Hannah mitnehmen? Wollten die Engel gegen mich vorgehen?

„Kupferne Flügel. Weiblich. Mehr konnte ich nicht erkennen." Sie schüttelte den Kopf, ihr Gesicht war verzweifelt. „Es tut mir leid, Gebieter. Es war meine Pflicht, Hannah zu beschützen, und ich habe versagt. Ich akzeptiere jede Strafe, die du für angemessen hältst."

Ich wich zurück und kochte vor Wut. Kupferne Flügel ... So einen Engel kannte ich. Aber ich wusste nicht, warum sie Hannah wollte.

Azazel hielt ihren Kopf gesenkt und wartete auf mein

Kommando. Sie hatte den Befehl erhalten, Hannah zu beschützen. Sie hatte versagt, und nun war meine Gefährtin entführt worden. Sie sollte für ihr Versagen bestraft werden, und das wusste sie. Aber Hannah würde das nicht wollen. Das fühlte ich in meinem Innersten.

Ich wandte mich von ihr ab. „Du kannst wegtreten, Azazel.“

„Mein Gebieter?“

„Ich glaube, ich weiß, wer Hannah entführt hat.“ Meine Augen wurden schmal, während rotglühender Zorn durch meine Adern raste. „Und ich werde mich selbst darum kümmern.“

25

HANNAH

Mein Kopf schwirrte, und ich versuchte, die Augen zu öffnen, aber sie waren so schwer. Schließlich schaffte ich es, sie zu öffnen. Der Raum war zum Glück dunkel, die Vorhänge waren zugezogen, aber ein kleiner Lichtschimmer drang hindurch. Es war Tag, aber wo war ich?

Irgendetwas fühlte sich nicht richtig an. Hier roch es nicht wie in meinem leicht parfümierten Zimmer im Penthouse, wo selbst die teuren Stoffe einen ganz eigenen Duft hatten. Und es war definitiv nicht Luzifers Zimmer mit seinen dekadenten, schwarzen Seidenlaken.

Ich setzte mich im Bett auf und rieb mir die Augen. Ich befand mich in einem anderen luxuriösen Schlafzimmer, geschmackvoll eingerichtet in Creme- und Altrosatönen. Der riesige Raum war spärlich möbliert, aber er wirkte eher bewusst minimalistisch als halbfertig, und ich war beeindruckt von der enormen Größe des Raumes. Wenn ich schrie, würde es nachhallen. Während ich meinen Verstand wach werden und sich von der vorangegangenen Nacht erholen ließ, betrachtete ich die elegante Kommode aus Holz und die filigranen Wandleuchter, die beide in demselben Rosaton gestrichen waren. Es war, als sei ich in einem Erdbeer-Sahne-Dessert aufgewacht.

Das entsprach ganz sicher nicht Luzifers Stil. Nicht, wenn ich an all das Schwarz und Silber dachte, das seine Räume erfüllte, oder an die sehr neutralen, geschmackvollen Farben, in denen sein Gästezimmer gehalten war. Wo war ich?

Die Schlafzimmertür öffnete sich, und Sonnenlicht erfüllte den Raum vom Flur auf der anderen Seite aus, wodurch die Gestalt, die die Tür geöffnet hatte, im Schatten stand. Sie knipste das Deckenlicht an, und der Raum wurde hell. Ich brauchte eine Sekunde, um zu erkennen, wer da hereingekommen war, während sich meine Augen an die unerwartete Helligkeit gewöhnten.

Als ich sah, dass die Person ein Tablett mit Frühstück in der Hand hielt, blieb mir der Mund offen stehen. „Jo? Was machst du denn hier?"

Meine große Schwester warf mir einen seltsamen Blick zu. „Ich wohne hier."

Ich beobachtete, wie sie um das Bett herumging und konnte kaum glauben, was ich da sah. Jo sah aus wie ihr normales, wunderschönes Ich, mit Haaren, die fast denselben Farbton hatten wie meine, und die knapp über ihren Schultern endeten. Sie hatte mit ihrem kurvenreichen Körper und ihrer strahlenden Haut schon immer eine Anmut und Kultiviertheit ausgestrahlt, die ich nie erreichen konnte. Sogar ihre Nägel waren glänzend und perfekt. Rosa, natürlich.

„Du bist in Sicherheit." Sie stellte das Tablett vor mir ab und schenkte uns beiden Kaffee ein. Die Situation fühlte sich seltsam vertraut an, unheimlich ähnlich wie damals, als ich nach dem Autounfall in meiner Wohnung aufgewacht war. Mein Verstand versuchte sich zusammenzureimen, was letzte Nacht passiert war, aber nach Luzifers Vorführung war alles verschwommen.

Aber als mein Kopf wieder klar wurde und der Kaffee wirkte, erinnerte ich mich an mehr.

Jemand hatte mich in der Seitengasse vor dem Celestial gepackt. Jemand mit Flügeln. Jemand, der mich bewusstlos schlug.

Jemand, der Jo sehr ähnlich sah.

Ich rutschte in dem Bett nach hinten, plötzlich verzweifelt bemüht, Abstand zwischen uns zu bringen, ohne mich darum zu kümmern, dass das Tablett wackelte, wenn ich mich bewegte. War denn niemand mehr das, was er zu sein schien? Und warum zum Teufel konnten alle fliegen?

„Woher hast du Flügel?" Mein Ton war vorwurfsvoll, aber ich konnte nicht anders. Verdammt noch mal, meine eigene Schwester – die einzige Familie, die ich noch hatte – hatte mich niedergeschlagen und entführt. Da durfte ich wohl ein bisschen sauer sein. „Bist du auch eine Gefallene?"

Sie wich zurück und schnaubte, sichtlich gekränkt. „Natürlich nicht. Ich bin ein Engel."

„Ein Engel?" Das machte die Sache irgendwie auch nicht besser, und es ergab keinen Sinn. „Wie kann meine Schwester ein Engel sein, wenn ich ein Mensch bin?"

Sie seufzte und schien ihre Worte sorgfältig zu wählen. „Wir waren Schwestern in einem deiner früheren Leben, als du ein Engel warst. Seitdem habe ich versucht, dich zu beschützen."

Ich starrte sie an, das Ausmaß dieser Enthüllung war fast mehr, als ich nach all den anderen Dingen, die ich in der letzten Woche durchgemacht hatte, ertragen konnte. War denn alles in meinem Leben eine Lüge? War ich nichts weiter als eine Ansammlung vergangener Leben, mit Menschen und Ereignissen, an die ich mich nicht erinnern konnte, während alle anderen es konnten? Ich wollte meinen Kopf in den Kissen vergraben und schreien.

Jo schien meinen inneren Aufruhr zu spüren, denn sie stand

auf. „Nimm dir Zeit und ruh dich aus. Iss etwas zum Frühstück. Die Dusche ist hinter dieser Tür, und der Kleiderschrank ist daneben. Ich habe da ein paar Sachen hineingelegt, die du anziehen kannst." Sie ging zur Tür und verharrte dort, während sie ihre Hände ineinander verschränkte. „Komm zu mir, wenn du soweit bist."

Sie ließ mich allein, was eine Erleichterung war, denn ich brauchte Zeit, um meinen Kopf wieder freizubekommen. Ich hatte immer noch mein Ballkleid an, und es war höllisch zerknittert. Hoffentlich nicht völlig ruiniert.

Außerdem war ich am Verhungern, denn alles, was ich am Vorabend gegessen hatte, waren ein paar raffinierte Appetithäppchen gewesen. Ich verschlang das Omelett, das Jo mir gebracht hatte. Anschließend duschte ich schnell und zog mir rasch eine cremefarbene Bluse und eine marineblaue Hose an, die offensichtlich von Jo stammten. Jetzt, wo ich hellwach war, wollte ich Antworten von meiner sogenannten „Schwester".

Ich fand Jo im übergroßen Wohnbereich, der ganz in Weiß und Gold gehalten und mit riesigen Fenstern versehen war, die einen atemberaubenden Blick auf die Bucht boten – von der Golden Gate Bridge bis zur Insel Alcatraz. Ich ging automatisch auf sie zu und drückte meine Fingerspitzen gegen das Glas, während ich hinaussah. Wir befanden uns auf einem Hügel, und eine Aussicht wie diese, in einem so riesigen Haus, musste ein Vermögen gekostet haben.

Ich drehte mich zu meiner Schwester um. „Scheiße, Jo. Ich wusste, dass du Geld hast, aber ..."

„Ich komme ganz gut über die Runden." Sie setzte sich auf ein weich wirkendes Sofa und beobachtete mich, als sei ich ein verletztes Reh, das kurz davor war, davonzuspringen. „Du warst noch nie hier, oder?"

Ich antwortete nicht. Sie wusste ganz genau, dass ich noch nie hier gewesen war. Sonst wäre ich wohl kaum so von Luzifers

Zurschaustellung von Reichtum überwältigt gewesen. Ich hatte sie mehrmals in San Francisco besuchen wollen, aber sie hatte immer irgendeine Ausrede parat gehabt und war stattdessen zu mir gekommen. Hatte sie das alles vor mir verheimlicht, mich vielleicht sogar absichtlich ferngehalten, um ihr Geheimnis zu wahren? War irgendetwas an ihr wirklich echt?

„Nun, jetzt bist du ja hier." Sie schenkte mir ein aufmunterndes Lächeln. „Und ich bin froh, dich als meinen Gast zu haben."

War ich ihr Gast? Oder war ich wieder eine Gefangene? Ich ging durch den riesigen Wohnbereich und nahm all die Symbole ihres Reichtums in mich auf. Ihr Stil war das genaue Gegenteil von dem Luzifers, weiß mit Gold verziert, und genau wie bei ihm fehlte es an Pflanzen und Blumen. In einer Vitrine standen Dutzende von winzig kleinen Engelsfiguren, von denen manche ziemlich alt aussahen, andere wiederum waren aus Kristall. Ich betrachtete sie, während ich fragte: „Warum hast du mich hierher gebracht?"

Jo legte die Hände in den Schoß, als sie zu mir aufblickte. „Ich musste dich von Luzifer wegbringen. In seiner Nähe bist du in Gefahr. Solange du hier bleibst, kann ich für deine Sicherheit sorgen."

„Jo, du verstehst nicht. Luzifer ist mein Gefährte. Ich habe all diese vergangenen Leben mit ihm gehabt. Er ist keine Bedrohung für mich." Oder war er das doch? Nach dem, was ich letzte Nacht gesehen hatte, war ich mir da nicht mehr so sicher.

„Ich weiß mehr als du. Ich lebe schon sehr lange, und ich habe viele deiner früheren Leben gesehen. Was du nicht begreifst, ist, dass Luzifer der Böse ist. Er hat dich die ganze Zeit über belogen. Er manipuliert dich. Er kontrolliert dich. So wie er es seit Jahrtausenden mit allen Menschen gemacht hat." Sie neigte den Kopf, und ihr Blick strahlte Mitleid aus. „Hat er dir denn überhaupt von Adam und Eva erzählt?"

Ich hasste es, zugeben zu müssen, dass es etwas gab, das Luzifer mir nicht erzählt hatte, aber ich musste wissen, wovon sie sprach. „Nein, hat er nicht."

Sie lächelte traurig. „Das dachte ich mir. Warum überrascht mich das irgendwie nicht?"

Ihr überlegener Tonfall nagte an mir. Dieser spezielle Tonfall war so vertraut, dass er mich schon in einem meiner früheren Leben genervt haben musste, und mein Unterbewusstsein erkannte ihn. Ich versuchte, sie nicht anzustarren. „Was ist mit Adam und Eva?"

„In deinem allerersten Leben warst du Eva."

Mein Herz setzte einen Schlag aus, vielleicht blieb es sogar für eine ganze Minute stehen. „*Die* Eva?"

„Ja. Die allererste."

Ich blinzelte sie mehrere Male an, während ich versuchte, diese neue Offenbarung zu verarbeiten. „Wie?"

„Du warst mit Adam verheiratet und hattest drei Söhne mit ihm, aber dann hat Luzifer dich entführt und als seine Gefährtin beansprucht. Adam war darüber nicht glücklich, wie du dir vorstellen kannst, und er wollte sich rächen. Er hat dich getötet."

Ich stieß einen langen Atemzug aus, während ich alles verdaute, was sie gesagt hatte. Von meinen vergangenen Leben zu hören, war immer eine Mischung aus Schwierigkeit und Faszination, aber dieses hier zu glauben, fiel mir besonders schwer ... wäre da nicht das Gefühl der Richtigkeit in meinem Inneren gewesen, während sie sprach.

Vor einer Woche war ich die bücherbegeisterte Hannah mit dem Blumenladen gewesen. Jetzt war ich Eva. Persephone. Lenore. Die ganz großen Frauen aus Literatur und Mythologie. Das ist ein schweres Erbe, dem ich gerecht werden musste.

Ich ließ mich auf das Sofa gegenüber von Jo fallen. „Das ist wirklich ein ziemlicher Schock, aber ich wüsste nicht, warum mich das bei Luzifer in Gefahr bringen sollte."

Der mitleidige Blick in ihren Augen verzehnfachte sich. „Da ist noch mehr. Ich bin mir nur nicht sicher, ob du schon soweit bist, es zu hören."

„Sag es mir einfach", fauchte ich. Verflucht, ich war es so leid, dass jeder die Wahrheit über mich wusste, nur ich selbst nicht.

„Nach eurem Tod wurdet ihr alle drei für alle Ewigkeit verflucht. Dein Schicksal ist es, wiedergeboren zu werden und einen gewaltsamen Tod zu sterben, normalerweise in Luzifers Armen, in einem endlosen Kreislauf von Qual und Tod. Luzifers Fluch ist das Wissen, dass das immer wieder geschehen wird und sein Unvermögen, es zu verhindern. Und der Fluch Adams ist es, jedes Mal wiedergeboren zu werden ... und dich immer wieder zu töten, ehe er durch Luzifers Hand stirbt."

„Nein, das ... das kann nicht wahr sein." Ich schreckte vor Entsetzen zurück, mein Puls schnellte in die Höhe. Es fiel mir plötzlich schwer zu atmen, aber irgendwie schaffte ich es, einen hektischen Atemzug zu tun.

Jo setzte sich neben mich und legte mir ihre warme Hand auf den Rücken. „Es tut mir so leid, Hannah. Ich wünschte, es wäre nicht wahr. Aber tief in deinem Inneren weißt du, dass es so ist, nicht wahr?"

Ich nickte, doch dann sackte ich zusammen und meine Sicht verschwamm. Ich fand mich in Jos Armen wieder, lehnte mich an sie, während sie mich festhielt, so wie sie es in jenen ersten Tagen nach dem Autounfall getan hatte. Als ob sie immer noch meine Schwester wäre.

Warum hatte Luzifer mir nichts davon erzählt? Er hatte mich langsam mit Informationen gefüttert, um zu verhindern, dass ich überfordert wurde, aber das hier schien wichtig zu sein. Vielleicht hatte er Recht – das war wirklich verdammt überfordernd.

Oder vielleicht hatte er Sorge, dass ich nicht lange genug leben würde, als dass es von Bedeutung wäre.

War es das, was hier passierte? War es an der Zeit für mich zu sterben, jetzt, wo ich Luzifer wiedergefunden hatte?

Und wo war Adam in diesem Leben? Waren all diese Anschläge sein Werk?

„Wer hat uns verflucht?", fragte ich und packte Jo an der Bluse, während ich sie mit großen, verzweifelten Augen ansah. „Gibt es eine Möglichkeit, dem ein Ende zu bereiten?"

„Ich weiß es nicht", sagte Jo, als sie mich wieder in eine Umarmung zog. „Ich wünschte, ich wüsste es."

Ein endloser Kreislauf von Qualen und Tod. Das war mein Schicksal. Und es gab keinen Weg, ihm zu entrinnen.

HANNAH

Wieder befand ich mich in einer riesigen Bibliothek, obwohl diese nicht so beeindruckend war wie die von Luzifer. Jo besaß eine große Büchersammlung, aber ihr fehlten die antiken Vasen und düsteren Kunstwerke, die Luzifers Bibliothek so einzigartig machten.

Ich hatte mich nach dem Gespräch mit Jo hierher zurückgezogen, als mir alles, was sie mir erzählt hatte, einfach zu gewaltig und unvorstellbar erschienen war. Wenn einem das Leben zu viel wurde, war es die beste Lösung, sich in ein gutes Buch zu verkriechen oder sich an ein solches zu wenden, in der Hoffnung, Antworten zu bekommen.

Mit einem Buch über Dämonenforschung auf dem Schoß saß ich in einem weißen Wildledersessel in der Nähe der Fenster mit Aussicht auf die Bucht. Die Sonne hatte den Himmel in alle möglichen Rot-, Gold- und Gelbtöne getaucht, während sie am Horizont versank. Ein Sonnenuntergang an Halloween, und ganz und gar nicht dort, wo ich ihn erwartet hatte.

Ich hatte die letzten Stunden mit der Lektüre von Büchern

über Engel, Dämonen und den Teufel verbracht. Ich hatte alles gelesen, von Dantes Inferno bis hin zu uralten Schriftrollen, die Jo besaß und für die ich Handschuhe benutzen musste. Alles, was ich las, stellte den Teufel als das personifizierte Böse dar. Eine Bestie. Ein Ungeheuer. In jeder Geschichte über Gut und Böse war er zu allen Zeiten der Bösewicht.

Wie konnte ich mich nur so sehr in Luzifer täuschen? Hatte er mich getäuscht, mich ausgetrickst, damit ich mich für ihn interessiere? Wie konnte ich den Mann, den ich persönlich kannte, mit dem in Einklang bringen, was ich in diesen Büchern über ihn gelesen hatte? Oder mit dem König der Finsternis, den ich auf dem Ball der Teufelsnacht gesehen hatte?

War Luzifer die Wurzel allen Bösen, oder der fürsorgliche Beschützer, der alles für mich tun würde? War er der Böse in dieser Geschichte, oder derjenige, der die Dämonen in Schach hielt und die Menschen vor ihnen beschützte?

Leider hatte der Besuch in der Bibliothek dieses Mal nur noch mehr Fragen aufgeworfen.

Es klingelte an der Tür, und ich beschloss, dass dies ein Zeichen war, dass ich eine Pause einlegen sollte. Ich machte mich auf den Weg zur Haustür, gerade als Jo mit einem Schwert in der Hand und grimmigem Blick hereinstürmte.

„Mach nicht auf!", schrie sie. „Es könnte jemand hinter dir her sein."

„Ich bezweifle, dass sie an der Tür klingeln würden, wenn sie mich umbringen wollten", murmelte ich.

Jo überprüfte die Überwachungskamera und senkte ihr Schwert, dann griff sie nach einer Schale in Form eines Kürbisses, die neben der Tür stand. „Nur ein paar Kinder. Ich habe vergessen, dass Halloween ist."

Kichernd öffnete ich die Tür und sah ein Dreigespann von Kindern, die Süßes oder Saures riefen. Eines von ihnen war zu meiner großen Belustigung als kleiner roter Teufel verkleidet, obwohl Jos angespanntes Lächeln mir verriet, dass sie das nicht so lustig fand. Wir ließen ein paar Bonbons in ihre Beutel fallen und dann liefen sie weiter zum nächsten Haus. Ich lächelte ihnen nach und genoss den kurzen Moment der Normalität.

Als ich mich abwandte und die Türe schließen wollte, flog sie plötzlich auf und knallte gegen die Wand. Etwas Kaltes und Finsteres strömte durch mich hindurch, und als Jo und ich uns umdrehten, stand Luzifer hinter uns. Seine schwarzen Flügel waren weit ausgebreitet, als die Finsternis um ihn herum waberte, und seine Augen glühten rot. Schatten umspielten sein Gesicht und seine Hände waren an seinen Seiten zu Fäusten geballt. Er sah höllisch wütend aus, und mein verräterisches Herz pochte schneller und erfüllte mich mit Sehnsucht.

Sein Blick streifte mich, als wollte er sicherstellen, dass ich unversehrt war, bevor sie auf Jo landeten. Der ganze Raum wurde dunkler und kälter, so als würde sein Zorn alles Licht und alle Wärme aus der Umgebung saugen. Jo hob ihr Schwert, das nun weiß glühte, während Luzifer selbst eine schemenhafte Klinge aus purer Schwärze schuf. Dann stürmte er auf sie zu.

Mir schlug das Herz bis zum Hals und ich tauchte vor ihm auf, um Jo mit meinem Körper zu schützen, denn ich war mir sicher, dass mich keiner der beiden verletzen würde. „Stopp!", schrie ich. „Das ist meine Schwester!"

Luzifer wich zurück, sein tiefschwarzes Schwert in der Hand, während er von mir zu Jo blickte. „Wie ist das möglich?"

„Sie war es in einem meiner früheren Leben", erklärte ich, obwohl mir in diesem Moment einfiel, dass Luzifer das wahrscheinlich wissen sollte ... Oder etwa nicht?

Sie starrten einander mit versteinerter Miene an, bis eine Art von Übereinkunft zwischen ihnen stattfand, aber das machte ihn nur noch wütender. Seine Stimme wurde so laut, dass sie die

Wände zum Beben brachte. „Hast du getan, wovon ich glaube, dass du es getan hast?"

„Ich musste es tun", sagte Jo. „Alles, was ich will, ist, sie zu beschützen. Vor Adam. Und vor dir." Sie richtete ihr strahlendes Schwert auf ihn. „Immer vor dir!"

„Ich bin ihr Gefährte!", donnerte er.

Ich verfolgte die beiden wie ein Zuschauer bei einem Tennismatch, hin und her, während sie brüllten und bedeutungsschwangere Blicke austauschten. An dieser Geschichte war eindeutig mehr dran, als sie mir beide erzählt hatten. Ich wollte ihnen beiden die Schwerter entreißen und ihnen eine Auszeit verordnen.

Ich hielt meine Hände zwischen ihnen hoch. „Ich wünschte, jemand würde mir verraten, wovon zum Henker ihr beide redet! Ich habe es satt, dass jeder etwas vor mir verheimlicht. Kann ich jetzt bitte die ganze Wahrheit erfahren? Und steckt eure verfluchten Waffen endlich weg!"

Luzifers schwarze Klinge löste sich wie Rauch auf. Er breitete die Hände aus und senkte den Kopf, als wolle er sagen, dass er brav sein würde. Ich sah Jo an und kniff die Augen ein wenig zusammen. Sie seufzte und legte ihr Schwert auf den Tisch im Eingangsbereich.

„Könnte ich einen Moment allein mit Hannah sein?", fragte Luzifer. Ich war überrascht, wie höflich seine Stimme geworden war. „Ich verspreche, dass ich sie dir nicht wegnehmen werde."

„Auf keinen Fall", erklärte Jo. „Das kommt nicht in Frage."

Ich drehte mich zu ihr um. „Ich komme schon zurecht. Ich habe eine Woche mit ihm verbracht und bin unverletzt, oder? Und wenn ich Antworten will, wie soll ich sie bekommen, wenn ich nicht mit ihm rede?"

„Na schön." Sie schnaubte, während sie Luzifer über meine Schulter hinweg fixierte. „Du kannst die Bibliothek benutzen, aber ich bleibe im Wohnbereich. Und lass die Tür offen!"

Ich verdrehte die Augen. Was war ich denn? Ein Teenager mit ihrem ersten Freund?

Ich führte Luzifer in die Bibliothek, wo er alle Bücher beäugte, die ich herausgeholt hatte. Er nahm das Exemplar von Dantes Inferno in die Hand, schnaubte und schüttelte den Kopf, als er es zurück auf den Stapel warf.

„Wie ich sehe, hast du ein wenig recherchiert", sagte er, und seine Stimme triefte vor Geringschätzung.

„Stimmt es?", fragte ich mit leiser Stimme. „Bin ich Eva?"

„Ja, es stimmt." Er zog eine Augenbraue hoch. „Was hat Jophiel dir noch erzählt?"

„Jophiel?" Für mich war sie immer Jo gewesen. Ich hatte die ganze Zeit angenommen, es sei die Abkürzung für Joanna. Mir wurde allmählich klar, dass ich nicht das Geringste über sie wusste.

„In der Tat. Deine ‚Schwester' ist ein Erzengel. Hat sie das nicht erwähnt?"

Ich kniff mir in den Nasenrücken und versuchte, meinen Ärger im Zaum zu halten. „Nein, den Teil hat sie ausgelassen."

„Natürlich hat sie das." Er griff nach mir, aber ich wich schnell zurück, und er hielt inne. „Hast du Angst vor mir?"

„Nein, ich habe nur ..." Ich wandte mich ab und holte tief Luft. „Ich habe eine Menge Fragen."

Er ließ sich in den Stuhl sinken, auf dem ich vorhin gesessen hatte, lehnte sich zurück und winkte mich träge zu sich. „Frag ruhig, Schätzchen."

„Ist es wahr, dass ich vor dir mit Adam verheiratet war? Dass du mich entführt hast und mich zu deiner Gefährtin gemacht hast?"

Er stieß ein spitzes Lachen aus. „Entführt ist ein starkes Wort. Glaub mir, du warst nicht gerade glücklich darüber, mit Adam verheiratet zu sein. Er war immer noch in seine erste Frau Lilith verliebt und er war furchtbar jähzornig. Er gehört zu der

Sorte Mann, die dich mit Blumen, Gedichten und Versprechungen bezirzt, und wenn er dich erst einmal in der Hand hat, offenbart er seine dunkle Seite."

„Und du bist nicht so?"

„Nein, ich bin ganz offen, was mein böses Wesen angeht." Er grinste mich an, während er sich nach vorne lehnte. „Du bist mit mir durchgebrannt, um Adam zu entkommen."

Ich schluckte schwer. „Aber er ist uns gefolgt. Und dann ... hat er mich getötet."

Luzifers Augen verdüsterten sich. „Das hat er."

„Und dieser Fluch? Ist der auch wahr?" Die Kehle schnürte sich mir zu, und plötzlich fiel mir das Atmen schwer. „Ist es mein Schicksal, immer und immer wieder durch Adams Hand zu sterben?"

Er erhob sich und trat auf mich zu, Schmerz und Trauer standen ihm ins Gesicht geschrieben. „Ich wünschte, ich könnte dir sagen, dass das nicht wahr ist, aber ich würde dich nie anlügen, Hannah." Er griff nach oben, um meine Wange zu berühren, und dieses Mal wich ich nicht zurück. „Ich habe dich hunderte Male sterben sehen, und jedes Mal birst mein Herz in eine Million Stücke. Mein einziger Trost ist das Wissen, dass du eines Tages zu mir zurückkehren wirst. Aber das ist ein schwacher Trost, während du in meinen Armen deinen letzten Atemzug tust." Die Schwärze schlängelte sich um ihn herum wie wütende Tentakel. „Und dann reiße ich dem Mistkerl normalerweise das Herz aus dem Leib."

Ein endloser Kreislauf von Liebe und Tod, bis in alle Ewigkeit. Ich blinzelte die Emotionen zurück, die mich zu überwältigen drohten. „Warum hast du mir das nicht gesagt?"

Er strich mit dem Daumen unter mein Auge und fing eine Träne auf, bevor sie fiel. „Es war nicht der richtige Zeitpunkt. Du fingst gerade an, die übernatürliche Welt und deinen Platz darin als meine Gefährtin zu akzeptieren. Wie konnte ich dir diese

Bürde noch zusätzlich auferlegen? Ich hatte vor, dir irgendwann von dem Fluch zu erzählen, aber erst, wenn du soweit warst."

„Ich bin mir nicht sicher, ob man jemals bereit für eine solche Offenbarung sein kann." Ich holte tief Luft. „Weißt du, wo Adam jetzt ist? Denkst du, er steckt hinter den Anschlägen?"

„Ich weiß es nicht." Die Anspannung verzog die Mundwinkel Luzifers. „Meine Leute haben nach ihm gesucht, aber bisher nichts gefunden. Wir wissen nur, dass er ein Mensch sein muss, da er mit dir gemeinsam als Paar wiedergeboren wird. Es scheint unwahrscheinlich, dass er hinter den Angriffen stecken könnte, es sei denn, er hat sich irgendwie auf die Seite der Erzdämonen geschlagen. Obwohl er im Laufe der Jahre sehr raffiniert geworden ist ..." Er verstummte, während er überlegte, aber dann sah er mir wieder in die Augen. „Es ist wahrscheinlicher, dass die Erzdämonen wieder versuchen, mich zu stürzen. Das kommt hin und wieder vor, aber mein Auftritt auf dem Ball sollte sie zum Nachdenken gebracht haben."

Ich fröstelte ein wenig bei der Erinnerung. Die Schwärze, die die Verräter festgehalten hatte, das blaue Höllenfeuer, das sie in Asche verwandelt hatte, die Art und Weise, wie sich alle verbeugten ... Und das Schlimmste von allem, wie es mich insgeheim erregt hatte, tief im Innersten, sie bestraft zu sehen.

„Es hat dich beunruhigt, wie ich sehe", sagte er und legte den Kopf schräg. „Als ich dich auf dem Ball nicht finden konnte, habe ich das Schlimmste befürchtet, aber dann habe ich vermutet, dass du weggelaufen sein könntest. Ich war fast erleichtert, als ich erfuhr, dass Jophiel dich mitgenommen hatte."

„Ich bin weggelaufen." Ich trat von ihm zurück, meine Augen weit aufgerissen. „Ich bin mir nicht sicher, was ich von dir halten soll, Luzifer. Die Geschichte lässt dich nicht gerade im besten Licht erscheinen. Und in jedem dieser ..." ich deutete auf meinen großen Stapel Bücher. „Sie erzählen immer wieder die gleiche Geschichte, dass der Teufel die Verkörperung des Bösen ist."

„Sie sagen auch, dass ich Hörner und einen Ziegenfuß habe, und das ist natürlich nicht wahr." Er warf einen abfälligen Blick auf meinen Bücherstapel. „Die Geschichte wurde von den Engeln geschrieben, die schon lange die Kontrolle über die Erde anstreben. Sie hassen mich, seit ich ihre Herrschaft abgelehnt habe und mich für den freien Willen der Menschen eingesetzt habe. Sie stellen mich als den Bösen dar, machen mich zum Sündenbock und schieben mir alles Übel in die Schuhe. Als ob ein Einzelner eine solche Macht haben könnte."

Er klang verbittert, aber da war auch noch etwas anderes in seiner Stimme. Verletzlichkeit. Schmerz. Trotz all meines Zögerns und meiner Ängste hatte ich Mitgefühl mit ihm. Wenn er die Wahrheit sagte und sie ihn zu diesem schrecklichen Monster gemacht hatten, das er nicht war, dann war das unglaublich traurig. Es wäre ein schweres Leben, und auch ein einsames. Besonders in den langen Jahren, in denen er auf meine Wiedergeburt wartete.

Aber hatte Luzifer die Wahrheit gesagt? Oder täuschte er mich? Ich konnte es nicht sagen. Ich hatte in den letzten acht Tagen so viel über mich und die Welt gelernt, aber sicher war ich mir über gar nichts mehr.

„Luzifer, ich ... ich brauche etwas Zeit zum Nachdenken."

Er rückte näher und berührte wieder mein Gesicht, mit der zärtlichsten aller Liebkosungen. „Ich weiß, dass das alles viel zu verarbeiten ist, aber mit der Zeit wird das alles einen Sinn ergeben. Komm mit mir zurück ins Penthouse. Du weißt in deinem Innersten, dass wir füreinander bestimmt sind, auch wenn du dir über alles andere unsicher bist. Dein Platz ist an meiner Seite, um als meine dunkle Königin zu herrschen."

Ich löste mich aus seinem Griff und schüttelte den Kopf. „Ich bin nicht bereit dafür. Es ist zu viel. Bitte ... Gib mir erstmal etwas Abstand."

„Du willst, dass ich gehe?"

„Ja. Geh. Bitte. Bevor es noch schlimmer wird."

Er suchte meinen Blick, als könne er nicht glauben, was ich da sagte, aber dann senkte er den Kopf und trat zurück. Ohne ein weiteres Wort umhüllte ihn tanzende, tiefe Schwärze, die ihn zum König machte.

Als sie sich lichtete, war er weg.

27

LUZIFER

Abstand. Hannah wollte *Abstand*.

Na schön. Den konnte ich ihr gewähren. Für den Moment.

Aber das bedeutete nicht, dass meine Arbeit hier beendet war.

Indem ich mich in die Finsternis verwandelte, strich ich durch Jophiels extravagantes Haus, bis ich ihr Büro fand. Weiße Wände, ein weißer abgenutzter Schreibtisch, ein weißer Stuhl ... Was für eine Langweilerin Jophiel war. Wäre sie kein Erzengel und die Geschäftsführerin von Aether Industries gewesen, sie wäre kaum meiner Aufmerksamkeit wert gewesen. Nur dass sie jetzt offenbar Hannahs Schwester war, obwohl das unmöglich war. Soweit ich wusste, war Hannah in keinem ihrer früheren Leben ein Engel gewesen, und sie war mit Sicherheit auch jetzt keiner. Wäre sie einer gewesen, so wären ihre Flügel schon längst zum Vorschein gekommen – und ich hätte das auch gespürt.

Ich schob Jophiels weißen Stuhl zurück und setzte mich darauf, dann legte ich meine Füße auf ihren Schreibtisch, weil ich wusste, dass es sie zur Weißglut bringen würde, dass ich in ihren Arbeitsbereich eingedrungen war. Es dauerte nur ein paar Minuten, die ich mit meinem Handy spielte, bevor sie kam.

Sie zuckte zusammen, als sie mich an ihrem Schreibtisch sah, und dann wurden ihre Augen schmal und sie sah mich hasserfüllt an. „Was willst du?"

Ihr Anblick ließ auch mein Blut in Wallung geraten, aber ich schenkte ihr ein teuflisches Lächeln. „Ich will die Wahrheit. Ist das nicht dein Spezialgebiet?"

Ihre Mundwinkel zuckten bei diesem Satz. Als Ofanim war Jophiel ein Engel der Wahrheit ... und als solcher war sie eine der besten darin, sie zu verbergen. Alle Erzengel hatten eine besondere, einzigartige Kraft – und Jophiels erlaubte ihr, Erinnerungen zu löschen oder zu verbergen. „Die Wahrheit wird Hannah nur verletzen."

„Das entscheide ich allein." Ich erhob mich langsam von ihrem Schreibtisch, die Schatten sammelten sich hinter mir wie bedrohliche Flügel. „Du hast mir einige meiner Erinnerungen gestohlen, nicht wahr? An ein früheres Leben, in dem Hannah ein Engel war. Und anscheinend auch deine Schwester. Jetzt wirst du sie mir zurückgeben."

Sie hob ihre hochmütige kleine Nase. „Warum sollte ich?"

Ich drehte mich für den Bruchteil einer Sekunde zum Schatten um, um durch den Schreibtisch zu gleiten, dann packte ich sie an der Kehle, während meine Augen vor Wut rot wurden. „Weil ich es verlange."

Wir starrten einander an, ihr Körper glühte vor Licht und Kraft, als sie mir gegenüberstand. Die hohe und mächtige Jophiel und ich waren nie miteinander ausgekommen. Jahrelang hatte sie mich beschuldigt, ihren früheren Geliebten, den Erzengel Michael, getötet zu haben, obwohl ich so etwas nie getan hätte. Er und ich waren einst Feinde gewesen, so viel stimmte, aber wir hatten zu sehr daran gearbeitet, den Krieg zu beenden und Frieden zwischen Engeln und Dämonen herzustellen. Warum sollte ich ihn nach all dieser Mühen töten? Sein Tod hatte die Verträge ohnehin schon fast zunichte gemacht. Inzwischen wussten wir, dass Erzengel Azrael hinter Michaels Tod steckte, und dass er im Penumbra-Gefängnis saß – einem Ort, an dem die Engel, Dämonen und Fae die schlimmsten Überwesen gefangen hielten. Und doch hasste sie mich immer noch.

„Ich nehme keine Befehle von dir entgegen", sagte sie schließlich zähneknirschend.

Ich schloss meine Finger um ihre Kehle, wobei meine Finsternis den Raum wie Tinte verdunkelte. „Nicht einmal du kannst dich einem Befehl des Teufels widersetzen."

„Schurke", murmelte sie. „Alles, was du tust, ist lügen und töten."

Ich hob eine Augenbraue. „Dann erleuchte mich mit der Wahrheit. Du weißt, dass ich Michael nicht getötet habe."

„Aber du hast meinen Vater ermordet!"

Ich verdrehte die Augen. Nicht schon wieder diese alte Ausrede für ihr fortgesetzt schlechtes Verhalten. „Phanuel hat mich angegriffen, wie du ja weißt. Das war Notwehr, und wir befanden uns damals im Krieg. Das sind wir jetzt nicht mehr."

Das ließ sie mich nur noch wütender anstarren. „Nicht im Krieg? Erzähl das mal den Engeln und Dämonen, die letztes Jahr an der Seraphim-Akademie gestorben sind."

„Wir wissen beide, dass das Azraels Werk war." Ich legte den Kopf schief. „War er nicht auch dein einstiger Geliebter? Ich habe gehört, die anderen Erzengel waren in jüngster Zeit misstrauisch, was deine Loyalität angeht."

„Meine Loyalität gilt den anderen Engeln und meiner Familie", fauchte sie. „Einschließlich Hannah. Es ist deine Schuld, dass sie zum Sterben verdammt ist, immer und immer wieder. Ich werde nicht zulassen, dass du ihr noch einmal wehtust."

Ich spürte, dass sie über etwas Bestimmtes sprach, etwas aus diesem vergangenen Leben von Hannah, an das ich mich nicht erinnern konnte. Meine Wut kochte hoch und umhüllte sie mit tintenschwarzer Dunkelheit. „Zeige es mir", verlangte ich, und selbst der Erzengel Jophiel konnte sich einem Befehl des Höllenfürsten nicht widersetzen.

Schließlich willigte sie mit einem knappen Nicken ein, und ich ließ sie los. Sie holte tief Luft und berührte dann meine Stirn. Licht flammte vor meinen Augen auf und Wärme durchflutete meinen Kopf, strömte von Jophiels Berührung aus, während Erinnerungen durch meinen Geist rasten. Meine Wut wurde fortgespült und durch eine starke Mischung aus Glück, Schmerz und Trauer ersetzt, und ich strauchelte fast unter dem Gewicht ·dieser Gefühle. Innerhalb von Sekunden wurde ich mit allem konfrontiert, von der Erleichterung, meine Gefährtin lebendig wiederzufinden, über die Freude über jeden Moment, den ich bei ihr sein konnte, bis hin zum Schmerz über ihren Verlust.

Ich trat zurück und neigte mich nach vorne, fasste mir an den Kopf, während die Erinnerungen mich verschlangen. Unsere erste Begegnung, unser erster Kuss, unser erstes Mal beim Liebesakt. Lange Gespräche in der Nacht, in denen sie mich dazu brachte, meine Überzeugungen in Frage zu stellen. Das gemeinsame Fliegen, ihre Flügel silberweiß im Mondlicht. Und dann verlor ich sie auf eine Weise, die zu schmerzhaft war, um mich darauf zu konzentrieren.

Als all das auf ein erträgliches Maß geschrumpft war, blieb mir das wahre Wissen um das Leben von Hannah als Engel und das, was wir beide miteinander geteilt hatten.

Und alles, was wir verloren hatten.

Meine Wut kehrte mit größerer Intensität als zuvor zurück und machte es mir schwer, zu denken. Ein ganzes Leben mit Hannah war von Jophiel aus meinen Erinnerungen gelöscht worden, die kein Recht gehabt hatte, so etwas zu tun. Ich blieb angespannt, während ich mit zusammengebissenen Zähnen sprach, dann hob ich meine roten Augen wieder zu Jophiel. „Wie konntest du es wagen? Du hast das jahrelang vor mir verheimlicht. Ganz zu schweigen davon, was du Hannah angetan hast ...“

„Ich habe es nur getan, um sie zu beschützen!“, sagte Jophiel, als sie vor der aufsteigenden Finsternis zurückwich. Sie hatte keinen Ausweg. Ihr Rücken stieß gegen die Tür und sie leuchtete heller, aber sie war keine Kämpferin. Nicht wirklich. Wir wussten beide, dass sie keine Chance gegen mich hatte.

„Ich sollte dich dafür bezahlen lassen, was du getan hast.“ Magie umgab mich, während sich meine Flügel öffneten, die Finsternis war bereit, meinen Willen zu erfüllen. Das Verlangen, ihr einen Hieb zu versetzen und sie für ihre Taten zu bestrafen, überwältigte mich fast. Es wäre so einfach gewesen, sie von der Finsternis in Stücke reißen zu lassen, eine angemessene Strafe für ihre Taten, von denen ich nun wusste, dass sie über das Löschen von Erinnerungen weit hinausgingen. Aber dann dachte ich an Hannah im Nebenzimmer und daran, wie sie sich vor mich geworfen hatte, um diesen elenden Engel zu beschützen. Ganz gleich, was Jophiel getan hatte, sie waren Schwestern, und ich durfte ihr nichts antun.

Ich zügelte mühsam meine finsteren Triebe. Als ich meine Flügel zusammenlegte und sie einknickte, zogen sich die Schatten zurück. „Ich werde dich nicht bestrafen.“ Dann lächelte ich, aber nicht auf eine nette Art. „Nein, das werde ich Hannah überlassen, wenn sie erfährt, was du getan hast.“

Jophiel erschauerte ein wenig, sah mir dann aber in die Augen. „Wir wissen beide, dass mein Wirken sie so lange am Leben gehalten hat. Lass Hannah hier bei mir. Ich kann sie besser beschützen als du.“

„Niemals“, grollte ich. „Ihr Platz ist an meiner Seite.“

In dem Moment, in dem ich diese Worte aussprach, schlichen sich Zweifel ein. Vielleicht konnten die Engel tatsächlich besser auf Hannah aufpassen. Ich hatte schließlich tausende Jahre lang einen beschissenen Beitrag dazu geleistet. Dieses

Leben, an das ich mich gerade wieder erinnert hatte, bewies das nur noch mehr. Jedes Mal, wenn sie wiedergeboren wurde, schwor ich mir, sie zu beschützen und dass es dieses Mal anders sein würde, und dann versagte ich. Immer und immer wieder.

Die Erinnerungen lasteten so schwer auf mir, als seien sie so frisch wie der Tag, an dem sie geschaffen worden waren, und obwohl ich Jophiel verabscheute, wusste ich, dass sie Hannah mit ihrem Leben beschützen würde. Dennoch konnte ich auch meine Gefährtin nicht völlig aufgeben.

Ich ging zum Fenster neben Jophiels Schreibtisch. „Ich werde Hannah bei dir lassen ... für den Augenblick. Aber wenn sie zu mir zurückkehren möchte, musst du ihr das erlauben."

Sie schnaubte und zeigte sich wieder hochmütig. „Sollen wir einen Handel für ihre Zeit machen, wie du es mit Demeter für Persephone getan hast?"

Ich hätte wissen müssen, dass sie mir einen letzten Stich versetzen würde, indem sie mich an diesen Fehler erinnerte. „Ich bin fertig damit, Handel mit dir zu tätigen."

Ich warf ihr einen finsteren Blick zu, bevor ich mich wieder in Schatten verwandelte und nach draußen ging, hinaus in die Nacht. Dort schwebte ich, unsichtbar für jeden Sterblichen, der nach oben sah, und beobachtete Hannah durch die Fenster der Bibliothek.

Kinder liefen in ihren Kostümen die Straße unter mir entlang, viele von ihnen als die Kreaturen der Nacht verkleidet, über die ich herrschte, während Hannah in einem Buch nach dem anderen blätterte. Sie las zweifellos über mich.

Halloween war schon immer mein liebster Feiertag auf der Erde gewesen – eine Nacht, in der jeder sein inneres Böses annahm und sich erlaubte, die Finsternis zu lieben. Doch heute Nacht war ich es, der heimgesucht wurde.

Meine Brust schmerzte, während ich Hannah beobachtete. Ich wünschte mir zu ihr gehen zu können, aber ich gab mein

Bestes, ihre Wünsche zu respektieren. Ich streckte die Hand aus, als ob ich sie berühren konnte, und stellte mir ihre weiche Haut unter meinen Fingerspitzen vor, dann ballte ich meine Hand zu einer Faust. Verdammt sei dieser Fluch. Er hatte sie hunderte Male getötet und ihr so viele Qualen zugefügt, mehr als ein einziger Menschengeist überhaupt ertragen konnte. Kein Wunder, dass sie nur in ihren Träumen einen flüchtigen Blick auf ihre Vergangenheit erhaschen konnte. Alles andere hätte ihr den Verstand geraubt. Und ich? Der Fluch hatte mich emotional immer wieder zerstört, hunderte von Malen im Laufe der Jahre, und er würde mich immer noch zerstören.

Konnte ich das noch einmal durchmachen? Konnte sie das? Wie viele Male mussten wir noch leiden?

Vielleicht war es an der Zeit, diesem Fluch ein Ende zu setzen ... aber ich wusste nicht, ob ich mich dazu durchringen konnte, das Einzige zu tun, was ihn aufheben würde.

Der Preis war einfach zu hoch. Ein großes Opfer, und ich war mir nicht sicher, ob ich es erbringen konnte.

28

HANNAH

Das Sonnenlicht wollte mich wecken, aber ich zog mir das Kissen über den Kopf und ignorierte den hellen, leuchtenden Feuerball am Himmel. Nachdem Luzifer gegangen war, hatte ich am Tisch in der Bibliothek gesessen und bis tief in die Nacht hinein Bücher über Engel und Dämonen gelesen. Als meine Lider langsam schwer wurden, war ich in das Schlafzimmer gegangen, das Jo mir zur Verfügung gestellt hatte, in der Hoffnung, dass ich besser schlafen würde, wenn ich so lange aufbleiben würde.

Ich hätte wissen müssen, dass das nicht funktionieren würde. Das tat es nie.

Gewalt hatte meine Träume erfüllt, und ich wusste, dass es Ereignisse aus meinen vergangenen Leben waren, die in meinem Kopf nachhallten und mich schweißgebadet, zerzaust und immer noch erschöpft zurückließen. Gadreel war in einem von ihnen gewesen, mit einem Schwert in der Hand, vermutlich aus meinem Leben als Lenore. Ich erinnerte mich an keinen der anderen Träume, abgesehen von Bruchstücken, die wie Nebelfetzen verschwanden, wenn ich versuchte, ihnen zu folgen.

Egal, wie sehr ich mich bemühte, ich konnte nicht wieder einschlafen. Ich drehte mich um und stöhnte. Während der gesamten Zeit seit dem Unfall hatte ich nur dann gut geschlafen, wenn ich neben Luzifer schlief.

Luzifer ... Mein Herz schmerzte beim Gedanken an ihn. Schon nach den wenigen Tagen, die ich ihn kannte, vermisste ich seine Anwesenheit, auch wenn ich mir nicht sicher war, was ich für ihn empfand. Oder welchen Platz ich noch in der Welt hatte.

Als ich in die riesige, glänzende, weiße Küche kam, blickte Jo überrascht auf. „Ich wollte dich gerade wecken. Ich habe Frühstück gemacht, falls du hungrig bist. Eier, Speck und Toast."

„Danke", murmelte ich, während ich direkt auf die Kaffeekanne zusteuerte. Ich war immer noch nicht glücklich mit meiner ‚Schwester', und ich konnte nicht so tun, als wäre es anders. Sie hatte so viel vor mir geheim gehalten, und ich vermutete, dass es noch viele andere Dinge gab, die sie mir noch nicht erzählt hatte. Aber sie war ein Engel ... eine der Guten? Richtig? Oder war das auch eine Lüge?

„Du hast dich richtig entschieden, als du hier geblieben bist", sagte Jo mit einem selbstgerechten Lächeln, während sie einen Teller für mich zusammenstellte. „Ich kann dich vor Luzifer beschützen."

Ich nahm ihr den Teller aus der Hand und ärgerte mich über ihre Worte, hatte aber auch Hunger. Brauchte ich Schutz vor Luzifer oder vor ihr? Jo – Jophiel – war nicht einmal meine richtige Schwester, und sie hatte mich jahrelang belogen.

„Ist denn irgendetwas in meinem Leben echt?", fragte ich, als ich an ihrem runden Frühstückstisch saß.

Jo nahm sich einen Stuhl gegenüber von mir. „Unsere Beziehung ist echt. Sie war immer echt."

„Aber du bist ein Erzengel!" Ich stotterte, dann sah ich mich in dem Haus um, das wie etwas aus einer Sendung über herrschaftliche Villen aussah, die ich mir nie leisten könnte. „Mir wird erst jetzt klar, wie wenig ich über dein Leben gewusst habe. Wie sehr du mich davon abgeschirmt hast. Wie du die ganze Zeit wusstest, dass ich Luzifers Gefährtin bin und es mir nicht gesagt hast."

„Nur, um dich in Sicherheit zu halten." Sie breitete ihre Hände auf dem Tisch aus. „Hannah, ich musste mein Leben von deinem fernhalten, um dich zu schützen. Wenn du mich zum Beispiel besucht hättest, hättest du die Aufmerksamkeit anderer in der übernatürlichen Welt auf dich ziehen können, was, wie ich wusste, Luzifer und Adam zu dir hätte führen können. Aber so lange du in dem Glauben lebtest ein normaler Mensch zu sein, würdest du verborgen bleiben."

Ich hatte es satt, dass alle außer mir die Wahrheit kannten und die Ausrede benutzten, mich beschützen zu wollen, als würde sie das von all ihren Verbrechen entlasten. Aber gleichzeitig war ich vielleicht nur wegen Jophiels Handeln noch am Leben.

„Was ist mit dem Unfall? Mit meinen Eltern?"

Jophiels Gesicht verzog sich vor Schmerz. „Deine Eltern sind tot. Da habe ich nicht gelogen."

Ich spürte, dass zumindest das stimmte. Ich nahm mir einen Moment Zeit, um etwas von meiner Mahlzeit zu essen, die köstlich war. Ich fragte mich, ob Jophiel sie tatsächlich zubereitet hatte. Ich hatte sie noch nie kochen sehen.

„Du kannst so lange bei mir bleiben, wie du willst", fuhr Jophiel fort, und ein Lächeln erhellte ihr Gesicht. „Jetzt, wo du über die übernatürliche Welt Bescheid weißt, muss ich nichts mehr vor dir verbergen. Ich kann dir alles über dein Leben als Engel erzählen. Oh, du kannst sogar meine Söhne kennenlernen!"

Ich verschluckte mich fast an meinem Speck. „Söhne?"

Sie nickte, ihre Augen glänzten vor Stolz. „Ja, ich habe zwei davon. Callan und Ekariel. Callan ist der Sohn von Erzengel

Michael und Ekariel ist der Sohn von Erzengel Azrael, obwohl ich hoffe, dass du ihm das nicht übel nehmen wirst ..."

Je mehr Jophiel redete, desto mehr fühlte ich mich, als sei sie eine Fremde, und als sei mein ganzes Leben eine Lüge. Das Einzige, was sich noch real anfühlte, war die Zeit, die ich mit Luzifer verbracht hatte. Wie konnte das einen Sinn ergeben?

Ich schob meinen Teller weg und vergrub mein Gesicht in meinen Händen. „Alles, was ich will, ist, in mein altes Leben von vor einer Woche zurückzukehren, als ich nur Hannah war, die in einem Blumenladen arbeitete und in Vista lebte. Hannah, die nichts von Engeln und Dämonen und vergangenen Leben wusste und niemanden hatte, der versuchte, sie zu töten. Aber das ist jetzt unmöglich. Das kann man nicht vergessen."

Jophiel legte mir tröstend die Hand auf den Rücken. „Eigentlich ist es möglich. Ich kann deine Erinnerungen löschen und dafür sorgen, dass du vergisst, dass all das jemals passiert ist. Ich könnte dich sowohl vor Luzifer als auch vor Adam verbergen. Du könntest wieder ein normaler Mensch werden, der nichts von der übernatürlichen Welt weiß."

Ich sah zu ihr auf. „Wie?"

„Das ist eine meiner Engelsgaben."

Der Gedanke war verlockend, aber nur eine Sekunde lang. Ich schüttelte seufzend den Kopf. „Nein, ich will es nicht wirklich vergessen. Ich glaube, es ist nicht mehr möglich, davor wegzulaufen oder sich zu verstecken. Das ist mein Leben, mein Fluch und mein Schicksal. Ich muss es akzeptieren. Irgendwie." Ich holte tief Luft, setzte mich dann aber aufrecht hin. „Und das werde ich. Irgendwann."

„Und dann stirbst du wieder und fängst von vorne an", sagte Jophiel, ihre Stimme war traurig. „Ich will dich nicht verlieren, Hannah. Mir ist klar, dass du das Gefühl hast, nicht mehr zu wissen, wer ich bin, aber für mich bist du immer noch meine Schwester und ich liebe dich."

Ich wollte diese Worte auch zu ihr sagen, aber ich brachte sie nicht heraus. Ich wusste nicht, was ich im Moment für irgendetwas empfand. Besonders für sie.

Von der anderen Seite des Hauses ertönte das leise Klingeln meines Telefons, das mich davor bewahrte, Jophiel antworten zu müssen. Ich stellte die Kaffeetasse ab und eilte ins Gästezimmer, gerade noch rechtzeitig, um Brandys Namen auf dem Display aufblitzen zu sehen.

„Hey Brandy." Ich warf einen Blick auf den Flur, dorthin, wo Jophiel war, und beschloss, auf den Balkon zu gehen. „Geht es dir gut?"

„Mir geht's so einigermaßen. Gut, um genau zu sein. Aber wie geht es dir? Ich habe dir eine SMS geschickt, aber du hast nicht geantwortet. Ich habe mir Sorgen gemacht und musste tatsächlich mein Telefon benutzen, um einen Anruf zu tätigen, igitt."

Ich lachte, und es war so schön, nach den Ereignissen der letzten Tage einen Moment der Unbeschwertheit zu genießen. Verdammt, ich vermisste Brandy und ihre fröhliche, trotzige Ausgelassenheit. Egal, wie beschissen das Leben ihr mitspielte, sie fand immer einen Grund zu lächeln.

„Die Lage ist ... ziemlich kompliziert", gab ich zu. „Ich habe in den letzten Tagen eine Menge Dinge erfahren, die mich mein ganzes Leben in Frage stellen lassen."

„Was für Dinge?"

Ich lehnte mich gegen das Balkongeländer und starrte über die mit Nebelschwaden bedeckte Bucht, während die kühle Luft mein Haar umspielte. „Dinge wie, dass ich angeblich Luzifers Seelengefährtin bin. Und dass ich schon Hunderte von Leben vor diesem gelebt habe."

„Was? So eine Art Reinkarnationskram?"

„Genau so etwas. Luzifer findet mich in jedem Leben, aber unser Glück ist nie von Dauer."

Brandy stieß einen leisen Pfiff aus. „Das ist echt tiefgründiger Scheiß."

„Ohne Witz. Ich bin jetzt im Haus meiner Schwester. Was auch kompliziert ist." Ich stieß einen Atemzug aus, weil ich plötzlich wirklich genug von meinen Problemen hatte. „Erzähl mir, was bei dir los war. Bist du gut nach Hause gekommen? Wie geht es Jack? Und Donna?"

„Den beiden geht es gut, und ja, ich bin gut nach Hause gekommen. Dafür hat Luzifer gesorgt. Er hat auch all unsere Rechnungen für diesen und den nächsten Monat bezahlt, um die Zeit zu überbrücken, die wir beide von der Arbeit freinehmen mussten. Ich konnte es kaum glauben."

„Ich hatte ja keine Ahnung." Ich presste eine Hand auf meine Brust, als die Sehnsucht nach Luzifer so stark wurde, dass es sogar wehtat. Es war typisch für ihn, so etwas zu tun, ohne es mir zu sagen.

„Ich dachte, ich sei fertig mit den Dämonen", fuhr Brandy fort. „Ich sagte mir auch, es sei das Beste. Aber ich konnte nicht aufhören, an Mo zu denken, ich meine, an Asmodeus. Dann tauchte er mitten in der Nacht an meiner Haustür auf. Er sagte, ihr beide hättet euch unterhalten, und dann stieg er sofort in sein Auto, um zu mir zu kommen. Also, was auch immer du zu ihm gesagt hast, danke."

„Ich habe ihm nur gesagt, dass er mit dir reden soll. Der Rest war allein seine Sache."

„Und wir haben geredet, und noch so viel mehr ..." Sie kicherte, als würde sie ein unanständiges Geheimnis verraten. „Sagen wir einfach, der Ruf der Lilim als Liebesdämonen ist wohlverdient. Dann ging er mit mir und Jack auf Süßes-oder-Saures-Tour. Kannst du das glauben?"

Es war schwer vorstellbar, dass Asmodeus mit einem kleinen Kind Süßes oder Saures spielen ging, aber es bewies, dass er sich sehr um sie sorgte, und ließ mich ihn noch mehr mögen. „Asmodeus sagte, es gäbe eine Möglichkeit, dass ihr zusammen sein könntet?"

„Das hat er mir auch gesagt, aber es klingt gefährlich. Er ist zurück nach Vegas gefahren, um mit seiner Mutter darüber zu sprechen." Sie stieß einen versonnenen Seufzer aus. „Es ist verrückt, aber ... ich glaube, er ist der Richtige. Vielleicht ist dieses Seelenverwandtenzeug tatsächlich wahr. Ich meine, ich hätte nicht in einer Million Jahren gedacht, dass ich mich in einen Dämon verlieben würde, oder dass sie überhaupt existieren, aber hier sind wir."

Ich starrte über die Bucht, obwohl mein Herz ganz woanders war. „Ich weiß genau, wie du dich fühlst."

„Tust du das?" fragte Brandy. „Denn wenn ja, was zum Teufel machst du dann im Haus deiner Schwester?"

Ich verkniff mir ein Lachen über ihre Unverblümtheit. „Wie ich schon sagte, es ist kompliziert." Ich schloss die Augen, während meine Stimme fast zu einem Flüstern wurde. „Er ist der Teufel, Brandy. Rote Augen. Schwarze Schwingen. Höllenfeuer. Der echte Teufel."

„Nun, kein Mensch ist perfekt."

„Ich meine es ernst. Ich habe ... Ich habe gesehen, wie er Menschen tötet."

Sie schwieg einen Moment lang. „Hatten sie es verdient?"

Ich biss mir auf die Lippe, während ich überlegte. „Einer war an deiner Entführung beteiligt. Die anderen haben versucht, mich zu töten."

„Dann hast du deine Antwort. Er hat seine Familie auf die einzige Weise beschützt, die er kannte. Genau wie du es getan hast, als du nach Vegas gekommen bist, um mich zu finden."

„Das ist nicht wirklich dasselbe ..."

Ihre Stimme wurde weicher. „Hannah, du hast das beste Herz von allen, die ich kenne. Folge ihm, und ich weiß, dass es dich nicht in die Irre führen wird."

Meine Kehle schnürte sich bei ihren freundlichen Worten ein wenig zu. Jophiel mag sich meine Schwester nennen, aber Brandy war diejenige, die immer für mich da war und nie Geheimnisse hatte. In meinem Herzen war sie die wahre Schwester. Wenn sie der Meinung war, ich sollte Luzifer noch eine Chance geben, selbst nachdem wir alles über Dämonen wussten, dann war ich vielleicht nicht verrückt, weil ich das Gleiche wollte.

„Ich hab dich lieb", sagte ich ihr, mein Herz schlug schneller, als ich meine Entscheidung traf. „Und ich werde meinem Herzen folgen. Zurück nach Vegas."

„Ich hab dich auch lieb, und ruf mich bitte an und erzähl mir alles, was passiert."

„Das werde ich, ich verspreche es. Grüß mir Jack und Donna. Ich bin nicht sicher, wann ich zurückkomme."

„Solange Luzifer deine Rechnungen bezahlt, ist das kein Problem", sagte sie in einem scherzhaften Ton. „Aber im Ernst. Ich werde nie vergessen, was du für mich getan hast. Ich stehe hinter dir, egal, was passiert."

„Danke, Brandy."

Wir verabschiedeten uns, versprachen, einander auf dem Laufenden zu halten und legten auf. Ich wollte auch wissen, was mit Asmodeus passiert war und ob sie einen Weg gefunden hatten, zusammen zu sein. Aber zuerst musste ich zu Luzifer zurückkehren. Ich war mir über vieles nicht mehr sicher, außer, dass ich mich nur noch wie ich selbst fühlte, wenn ich an seiner Seite war. Vielleicht war er für den Rest der Welt ein Schurke, aber für mich war er immer ein Held gewesen.

Ich ging hinein und zog wieder das glitzernde, schwarze Kleid und die unbequemen High Heels vom Ball an, während ich Jo's Kleidung zurückließ. Dann schob ich mein Telefon zurück in meine winzig, kleine Handtasche und überprüfte mein Bargeld. Ich hatte genug für Benzingeld und ein Paar Flip-Flops, denn auf keinen Fall würde ich stundenlang in diesen verdammten Stöckelschuhen fahren.

Ich trat auf den Flur hinaus und sah mich um, aber ich konnte Jophiel nirgends sehen oder hören. Ich überlegte, ob ich sie suchen und ihr erklären sollte, dass ich gehen musste, aber ich war mir ehrlich gesagt nicht sicher, ob sie mich gehen lassen würde. Sie würde alles tun, um mich zum Bleiben zu bewegen. Alles, um mich daran zu hindern, nach Vegas zurückzukehren – zu Luzifer.

Aber verdammt. Das hier war mein Leben, und ich hatte es unter Kontrolle.

Gestern hatte Jophiel mir eine kurze Tour durch ihre Riesenvilla gegeben, einschließlich ihrer Garage für vier Autos, und dorthin ging ich jetzt. Dort angekommen, fand ich neben der Tür eine Tafel mit einer Reihe von Schlüsselanhängern, die zweifellos eines der lächerlich teuren Autos vor mir entriegelten. Ich nahm mir einen Moment Zeit, um die Autos zu begutachten – einen burgunderroten Porsche SUV, einen schwarzen klassischen Rolls Royce, einen gelben Lamborghini und einen silbernen Audi – und schnappte mir dann ein Paar Schlüssel. Ich eilte zum Lamborghini hinüber, denn wenn man seiner engelsgleichen „Schwester" ein Auto klaut, kann man genauso gut gleich aufs Ganze gehen.

Als ich auf der Straße war, fand ich den Knopf, um das Verdeck herunterzulassen und drehte das Radio auf. Meine Haare wehten hinter mir durcheinander, verhedderten sich sofort, und ich kickte die Stöckelschuhe weg und warf sie auf den Beifahrersitz.

Vegas, ich war auf dem Weg zu dir. Ohne Rücksicht auf die Konsequenzen.

LUZIFER

Nach meiner Begegnung mit Jophiel kehrte ich nach Vegas zurück und hielt mein Wort, mit Hannah auf Abstand zugehen, obwohl es mich innerlich zerriss, das zu tun. Außerdem brauchte mein Volk noch immer seinen König, und Samael sagte, er wolle mit mir sprechen. Ich hatte auch einige Fragen an ihn.

Die Sonne war gerade aufgegangen, als ich sein Büro betrat. Er saß an seinem Computer, völlig vertieft in das, was er gerade ansah, aber er blickte sofort auf, als ich eintrat.

„Hast du Hannah gefunden?", fragte er.

„Ja, sie wurde von Jophiel entführt." Ich schlug mit den Händen auf seinen Schreibtisch, was ihn zusammenzucken ließ. „Der Erzengel hat mir meine Erinnerungen zurückgegeben. Es hat sich herausgestellt, dass meine Gefährtin einst ein Engel war, und wir vor Unterzeichnung des Erdenabkommens zusammen waren, als unsere Beziehung noch verboten war. Niemand wusste von uns, außer Jophiel ... und meinem vertrautesten Berater."

Samaels Stuhl knarrte, als er sich zurückrollte und mich beunruhigt ansah. „Luzifer, ich kann es erklären ..."

Ich biss die Zähne zusammen. „Du hast das jahrelang geheim gehalten. Warum hast du nie etwas gesagt?"

„Ich dachte, der Schmerz wäre zu stark. Ich dachte, es wäre besser, wenn du es nicht wüsstest. Weniger quälend. Für dich und Hannah." Der Ausdruck auf seinem Gesicht, der Zug um seinen Mund, sagte, dass ihn die Entscheidung quälte, aber das machte mich nur noch wütender.

„Es war nicht deine Entscheidung, dieses Geheimnis zu bewahren." Ich behielt den Schreibtisch zwischen uns, sonst wäre ich zu sehr versucht gewesen, ihm an die Gurgel zu gehen, wie ich es bei Jophiel getan hatte. „Hast du die Entführung von Brandy inszeniert, um Hannah zu mir zurückzubringen? Steckst du hinter den Anschlägen auf das Leben meiner Gefährtin?"

Er hob flehend die Hände. „Natürlich nicht. Ich wollte Hannah von dir fernhalten, nicht euch zusammenbringen. Ich nahm an, dass Jophiel sie irgendwo versteckt hatte, aber das passte gut zu meinen Zielen. Es hat euch beide in Sicherheit und am Leben gehalten."

„Nicht sicher genug. Jemand hat sie gefunden und sie hierher gebracht." Ich fixierte ihn mit einem Blick, während ich Fragen stellte, die ich nie hatte aussprechen wollen. „Hast du jemals mit dem Gedanken gespielt, meinen Platz einzunehmen? Oder der Anführer der Gefallenen zu werden?"

Er zog die Schultern zurück. „Es kränkt mich, dass du mich so etwas überhaupt fragst. Ich bin seit Tausenden von Jahren dein engster Freund und habe dir immer treu gedient. Du stellst meine Loyalität in Frage, obwohl ich dir nie einen Grund dazu gegeben habe."

„Du bist die einzige andere Person, die von Hannahs Leben als Engel wusste. Was sollte ich denn denken?"

„Es gibt noch jemanden, der es wusste: Adam." Samael kehrte zu seinem Schreibtisch zurück und nahm Platz. „Das ist der Grund, warum ich dich gebeten habe, mich zu treffen. Auf dem Ball hat mir Gadreel erzählt, dass er einen Menschen aufgespürt hat, der Adam sein könnte."

„Wo?"

„Hat er nicht gesagt."

Ich setzte mich gegenüber von Samael hin und strich mir über die rauen Bartstoppeln am Kinn, während ich über diese Nachricht nachdachte, denn mein Bauchgefühl sagte mir, dass etwas nicht stimmte. Ich durchforstete meine Erinnerungen, auch die, die Jophiel mir gerade zurückgegeben hatte.

Als Eva als Engel wiedergeboren worden war, hatte ich geglaubt, dass nur Samael von unserer Beziehung wusste, aber vielleicht hatte ich mich geirrt. Vielleicht wusste auch jemand anderes davon. Ich hatte Adam in diesem Leben nie gefunden – normalerweise hätte ich ihn aufgespürt und als Vergeltung für das, was er meiner Gefährtin angetan hatte, getötet, aber Jophiel hatte zuerst eingegriffen und mir meine Erinnerungen genommen. Ich wusste nicht einmal, wie er aussah. Konnte er noch am Leben sein?

In jedem Leben wurde Adam als Paar mit Eva wiedergeboren. Wenn sie als Mensch geboren wurde, war er es auch. Außer, wenn sie Lenore war. Derjenige, der sie getötet hatte, war ein Engel, laut Gadreel. Als ich sie fand, lag ein toter Engel neben ihr, sein Schwert in ihrem Blut, und ich nahm einfach an, dass der Fluch keinen Unterschied zwischen einem Engel und einem Gefallenen machte.

Aber was, wenn er es doch tat? Jetzt hatte jemand Hannah nach Las Vegas gelockt, um sie zu mir zu bringen. Und warum? Nur um sie mir wieder zu nehmen, in dem Wissen, dass es mich jetzt, wo wir uns gefunden haben, noch mehr verletzen würde. Aber wie?

Mein Verstand verfolgte jeden Anhaltspunkt. Asmodeus hatte gesagt, er habe eine SMS von Samael erhalten, die ihm befahl, Brandy zu verführen, aber Samael behauptete, er habe sie nie abgeschickt. Es musste jemand sein, der uns nahe stand, jemand, der zu viel wusste, der Zugang zu allem hatte.

Jemand wie Samaels Assistent.

Jemand, der zu viel Zeit damit verbrachte, sowohl Lenore als auch Lilith hinterher zu jagen.

Gadreel.

War das möglich? Konnte Gadreel Adam sein? Hatte er irgendwie dem Fluch getrotzt und war am Leben geblieben, während Eva wieder und wieder wiedergeboren wurde?

Ich beugte mich nach vorne. Wut brodelte in meinem Inneren. „Wo ist Gadreel jetzt?"

Samaels Lippen wurden schmal. „Ich habe ihn seit dem Ball nicht mehr gesehen."

Finsternis umhüllte mich. Meine Wut war kaum noch zu bändigen, und mit ihr kam die Angst um Hannahs Leben. Sie war in größerer Gefahr, als ich geahnt hatte. „Finde ihn und bring ihn zu mir. Sofort."

30

HANNAH

Die Fahrt von San Francisco nach Las Vegas dauerte viel länger, als ich erwartet hatte, und selbst mit nur ein paar kurzen Zwischenstopps brauchte ich den ganzen Tag, um dorthin zu gelangen. Als ich zu Luzifers Penthouse eilte, war die Nacht hereingebrochen und The Celestial erwachte gerade. Vegas war wirklich eine perfekte Stadt für Dämonen, wo die meiste Aktivität nach Einbruch der Dunkelheit stattfand.

Ich fand Luzifer in seiner Bibliothek hinter seinem Schreibtisch sitzend, ein Glas Whiskey neben sich und einen antik aussehenden Schmöker in den Händen. Er stand auf, sobald er mich sah, und mein Herz setzte einen Schlag aus, als unsere Blicke sich begegneten und ich von der ganzen Wucht seiner anziehenden Erscheinung getroffen wurde. Dann durchquerte er mit ein paar schnellen Schritten den Raum und riss mich in seine starken Arme. Bevor ich wusste, wie mir geschah, war sein Mund auf meinem und er küsste mich so intensiv, als habe er mich seit Jahren nicht mehr gesehen, während sich seine Finger in meinem Haar verkrallten, als wolle er mich nie wieder loslassen. Meine

Hände umklammerten sein weiches weißes Hemd, während seine Zunge gegen meine fegte, und ich fragte mich, wie ich jemals gedacht hatte, ohne diesen Mann leben zu können.

Meinem Gefährten.

„Du bist zu mir zurückgekommen." Er zog sich gerade weit genug zurück, um mein Gesicht zu lesen. „Wir haben uns alle Sorgen um dich gemacht."

Ich war immer noch benommen von seinem Kuss, und es dauerte eine Sekunde, bis ich seine Worte begriff. „Sorgen gemacht?"

„Jophiel hat mir eine SMS geschickt, als du mit ihrem Auto weggefahren bist. Übrigens eine gute Wahl." Seine Lippen verzogen sich amüsiert, während sein Daumen müßig über meine Wange strich.

„Unser beider Leute haben seitdem nach dir gesucht. Du hättest nicht so weit fahren sollen, ohne dass dich jemand beschützt."

Ich schüttelte den Kopf. „Luzifer, ich kann nicht die ganze Zeit in Angst leben. Ich mag zum Sterben verflucht sein, aber ich bin bereit, mein Leben an deiner Seite zu akzeptieren. Egal, wie lange wir haben."

„Auch wenn ich das Böse bin? Ein Ungeheuer? Die Wurzel allen Übels?" Seine Augen schimmerten rot, während er sprach, als würde er mich herausfordern, wieder wegzulaufen.

Ich griff nach oben, um seine Augenbrauen und die dunklen Stoppeln auf seinem Kiefer zu streicheln, während ich ihn ansah und ihn vollkommen annahm, mit roten Augen und allem. „Es ist mir egal, wie die Welt dich sieht. Du bist nicht böse. Nicht für mich."

Er hielt meine Arme fest umklammert. „Nur deinetwegen. Dein Licht bewahrt mich davor, völlig in die Finsternis abzudriften. Ohne dich wäre ich verloren."

Ich fuhr mit den Fingern seinen Hals hinunter. „Ich bin hier. Ich bin dein."

Er schloss die Augen und atmete tief ein. „Sag es noch einmal."

Ich schob eine Hand in seinen Nacken, zog sein Gesicht zu meinem und strich mit den Lippen über seine. „Ich bin dein."

„Ja, das bist du." Er zog mich an sich und verwandelte meinen sanften Kuss in etwas, das viel mehr war, etwas, das glühendes Verlangen über meine Haut jagte. „In den endlosen Weiten der Zeit bist du das Einzige, das mir bleibt."

Mein Herz schlug schneller bei seinen Worten und seiner Berührung, mein Bedürfnis nach ihm wurde überwältigend. Schnell knöpfte ich das Oberteil seines Hemdes auf, während seine Hände über mein schwarzes, glitzerndes Kleid strichen. Das Kleid, das ich als sein Gast auf dem Ball getragen hatte. Als seine Königin.

„Du trägst immer noch dieses Kleid." Er löste den daran befestigten durchsichtigen Umhang, und er flatterte zu Boden. „Ich liebe es, es an dir zu sehen."

Ich strich mit der Hand über die Vorderseite des Kleides. „Jetzt ist es wahrscheinlich ruiniert."

„Er ist perfekt. Genau wie du."

Er zog das Kleid über meinen Kopf, und ich hob die Arme, genoss das Gefühl, wie der seidige Stoff über meine Haut glitt und sie der kühlen Luft aussetzte. Als ich die Arme senkte, huschte Luzifers Blick wie eine Liebkosung an meinem Körper hinunter. Dann öffnete er meinen BH und gab meine Brüste frei, und ich liebte die Art, wie er sie mit Feuer in den Augen betrachtete. Als hätte er noch nie etwas gesehen, was er mehr wollte.

Er kam ganz dicht an mich heran und der dunkle Hunger in seinem Blick ließ mich erbeben. Er nahm jede meiner Brüste in seine starken, männlichen Hände, fühlte ihr Gewicht, rieb mit den Daumen an meinen steifen Brustwarzen entlang. Dann beugte er sich mit dem Mund über eine von ihnen und leckte langsam über sie, was mir ein Stöhnen entlockte. Sein Mund erforschte meine Brüste gründlich, seine rauen Bartstoppeln streiften meine empfindliche Haut und hinterließen ein leichtes Brennen. Ich wollte, dass dieses Brennen überall in mir weiterging. Ich wollte, dass Luzifers Feuer mich verzehrte.

Nachdem er seine Finger mit quälender Langsamkeit über meine Hüften gleiten ließ, schob er mein Höschen herunter. Seine Finger kitzelten meinen Oberschenkel entlang und hinterließen einen Pfad der Lust von meiner Muschi bis zu meinen Zehen. Vor Hitze und Verlangen, das mich durchströmte, war ich kurz davor zu explodieren und drückte mich gegen ihn, verzweifelt auf der Suche nach ein wenig Erleichterung für die Qualen in meinem Inneren. Meine Finger tasteten nach seiner Hose, rissen sie auf und suchten nach seinem Schwanz. Er enttäuschte mich nicht. Sein Schwanz sprang hervor, und ich schlang eine Hand darum und genoss das Gefühl seiner Ausdehnung und Länge in meiner Handfläche.

Mit einem Arm schob Luzifer alles von seinem Schreibtisch, wobei die uralten Schriftstücke achtlos zu Boden fielen. Dann packte er meine Hüften und setzte mich auf die Tischkante. Er grub seine Finger in meine Oberschenkel und zog meine Beine weit auseinander, so dass er meine feuchten Schamfalten sehen konnte.

Langsam kniete er sich vor mich. „Es ist schon viel zu lange her, dass ich dich geschmeckt habe."

„Es ist erst ein paar Tage her", sagte ich mit einem verzückten Lachen.

Seine Zunge glitt an meinem Schlitz entlang, ein langer, langsamer Strich, bevor er wieder zu mir aufsah. „Eben. Viel zu lange."

Er senkte seinen Kopf wieder, und ich stöhnte und griff nach seinem Haar, als er seine Zunge in meine Muschi eintauchte und so lange stieß, bis er meinen Eingang mit nasser Hitze füllte. So fickte er mich mit seiner Zunge, machte mich wild und nahm dann plötzlich meine Klitoris in den Mund. Er summte, die Vibrationen kitzelten mich, während ich mich auf der Kante seines Schreibtisches wand.

Er behielt die Hand fest auf meinen Hüften, positionierte seine Arme aber so, dass sie sich komplett um meine Oberschenkel legten und mich an Ort und Stelle hielten. Er spreizte meine Muschi und saugte fester an meiner Klitoris, was mich dazu brachte, regelrecht zu schreien, während ich bettelte und stöhnte. Meine Hüften versuchten, sich gegen seinen Mund zu stemmen, während er mich in ungeahnte Höhen trieb. Mit den Händen auf dem Schreibtisch hinter mir konnte ich nur meinen Kopf zurückwerfen und dem sich steigernden Lustgefühl folgen, während jeder meiner Nerven in Erwartung kribbelte. Doch dann hielt er inne.

„Nein." Luzifer zog sich zurück und ließ meine Oberschenkel los. „Noch nicht."

„Luzifer", flehte ich. „Bitte."

Er richtete sich zu seiner vollen Größe auf, dann griff er seinen perfekten Schwanz und streichelte ihn langsam, was mir das Wasser im Mund zusammenlaufen ließ. Gerade als ich auf die Knie fallen und anfangen wollte zu betteln, trat er einen Schritt nach vorne und setzte seine Tortur fort, indem er seinen Schwanz in meinen Falten auf und ab gleiten ließ, so dass die Eichel von meinem Verlangen glitschig wurde. Ich wimmerte ein wenig, und ein zufriedenes Lächeln überzog sein Gesicht angesichts meiner unbändigen Erregung. Wenn er mich so ansah, wusste ich genau, warum sie ihn den Teufel nannten.

Als ich es keine Sekunde länger mit seinen Verlockungen aushielt, stieß sein Schwanz in mich hinein, und es war genau das, was ich brauchte. Dick, hart und lang, die perfekte Passform für mich, so als wären wir als Paar entworfen worden. Diesmal ging er langsam vor, zog jeden Stoß und jedes Zurückziehen in die Länge, und ich spürte jeden einzelnen Zentimeter, als er sich in mir bewegte. Er rieb meine Brüste und starrte mir die ganze Zeit in die Augen, beobachtete meine Reaktion, wenn er mich streichelte und kniff, wenn er tiefer eindrang, wenn er mich wieder und wieder einforderte.

Dann drückte er mich nach hinten, sodass ich flach auf dem Tisch lag, und er packte meine Beine, hob sie in die Höhe und legte sie über seine Schultern. Diese Position erlaubte es ihm, noch tiefer in mich einzudringen und mich völlig unter seine Kontrolle zu bringen. Alles, was ich tun konnte, war zu nehmen, was er mir gab.

Seine Hüften begannen in einem langsamen, sinnlichen Rhythmus zu schwingen, und sein Schwanz traf mich an Stellen, von denen ich nicht wusste, dass sie existierten. Mit einer Hand hielt er mich fest, mit der anderen rieb er meine Klitoris und wusste genau, wie er mich berühren musste, um mich um den Verstand zu bringen. Natürlich wusste er das. Er hatte jahrhundertelang mit mir geschlafen, während für mich alles neu war.

„Sag mir, dass du mir gehörst, und ich lasse dich kommen", sagte er, seine Stimme rau vor Lust.

„Ich gehöre dir", keuchte ich. „Ich gehöre immer nur dir." Er bewegte sich härter und schneller, traf diese Stelle immer wieder, während er meinen Kitzler stimulierte, und der Druck wuchs, bis ich mich nicht mehr zurückhalten konnte. Gerade als ich begann, mich um ihn herum zu verkrampfen, ließ er meine Beine fallen und griff mit einer Hand unter meinen Kopf, um mich am Haar zu packen. Als der Orgasmus mich durchflutete, zog er meinen Körper nach oben, um ihn gegen seine Brust zu drücken. Dann eroberte er meinen Mund mit einem rauen Kuss. Er stieß die ganze Zeit weiter in mich hinein, während er in mir kam, und alles, was ich tun konnte, war, gegen das köstliche Ziehen seiner Hand in meinem Haar in seinen Mund zu stöhnen, während er jede letzte Sekunde meines Orgasmus hinaus-zögerte.

Er hielt mich eng an sich gedrückt, und ich vergrub mein Gesicht an seinem Hals, während unsere Herzen gemeinsam rasten. Unsere Atmung verlangsamte sich allmählich auf einen normalen Rhythmus, aber er ließ mich nicht los.

„Verlass mich nicht wieder", sagte er, und es klang eher wie eine Bitte als eine Forderung.

„Das werde ich nicht", versprach ich, während ich sein Gesicht in meine Hände nahm und in seine schier unglaublich grünen Augen starrte. Meine Lieblingsfarbe, und erst jetzt wurde mir klar, warum.

„Doch, das wirst du", sagte er mit einem tiefen Atemzug. „Das tust du immer."

Meine Brust zog sich bei der Unausweichlichkeit in seinen Worten zusammen. „Und du findest mich immer wieder."

„Ich bin mir nicht sicher, wie lange ich das noch tun kann", gestand er. „Jedes Mal, wenn du stirbst, verliere ich einen weiteren Teil meiner Seele."

„Wir haben keine andere Wahl." Ich streichelte sein Gesicht. „Nicht einmal der Tod kann uns voneinander trennen. Irgendwie werden wir einen Weg finden, zusammen zu sein, egal wie viel Zeit oder Entfernung zwischen uns liegt."

„Nicht einmal der Tod", murmelte er und sein Blick wurde abwesend.

„Was ist los?", fragte ich.

Schließlich zog er sich von mir zurück und hob die alten Bücher vom Boden auf. „Ich muss noch etwas recherchieren. Ich komme dann gleich zu dir ins Schlafzimmer."

Ich reckte mich auf eine Weise, die seine Augen wieder auf meinen nackten Körper zog. „In Ordnung. Ich könnte nach der langen Fahrt wirklich eine Dusche gebrauchen."

Er gab mir einen kurzen Kuss, aber ich merkte, dass er mit

seinen Gedanken schon ganz woanders war. Er saß an seinem Schreibtisch und schlug eines der alten Bücher auf, und ich beobachtete ihn einen Moment lang und fragte mich, welche Recherchen so wichtig sein könnten ... und warum seine Stimmung so plötzlich umgeschlagen war.

31

LUZIFER

Sie war zu mir zurückgekehrt. Ich hatte es gehofft, aber ich war nicht sicher, ob es geschehen würde, ehe der Fluch wieder zuschlug und wir den Kreislauf von Liebe und Tod von neuem begannen. Ein Kreislauf, dessen ich überdrüssig geworden war, ich mir aber nicht sicher war, ob wir ihm entrinnen konnten.

Während mein Volk nach Hannah suchte, hatte ich Samaels alte Tagebücher durchgesehen, die er auf Aramäisch geschrieben hatte, um die längst vergangenen Tage zu dokumentieren. Auf diesen dünnen, rissigen Seiten beschrieb er den Fluch, wie er sich abspielte, und wieder einmal durchforstete ich den dicken Band auf der Suche nach Antworten, fand jedoch nichts, was ich nicht schon wusste. Es gab nur einen Weg, den Fluch zu brechen, aber er würde uns beide vernichten. Und möglicherweise die ganze Welt mit uns.

Konnte ich das ultimative Opfer bringen?

Für sie würde ich so ziemlich alles tun ... außer diesem hier vielleicht.

Ich schickte trotzdem schnell ein paar SMS ab und forderte

ein paar Gefälligkeiten ein. Jetzt blieb mir nichts anderes übrig, als zu warten.

Während ich mit den Fingern auf dem Einband eines von Samaels Journalen herumtrommelte, kehrte Hannah in die Bibliothek zurück. Ihr Haar war nass von der Dusche. Sie trug jetzt eines der verführerischen Nachthemdchen, die ich ihr gekauft hatte und die geradezu darum bettelten, bis zu den Oberschenkeln hochgeschoben oder sogar ganz heruntergerissen zu werden.

Sie verdeckte ein Gähnen mit ihrer Hand. „Hör auf, diese alten Bücher zu lesen und komm endlich ins Bett.“

„Ja, Liebes“, sagte ich, während ich mich erhob. Ich würde mich morgen darum kümmern, den Fluch zu brechen. Und Gadreel finden, wenn ich schon dabei war. Wo war dieser Bastard jetzt? Ich nahm Hannahs Hand und merkte, dass sie noch nichts von ihm wusste. „Es gibt etwas, das ich dir sagen muss.“

„Ich vermute, es gibt noch eine ganze Menge, was du mir sagen musst.“ Dann wurden ihre Augen groß. „Eigentlich gibt es auch etwas, das ich dir sagen muss. Etwas, das ich auf dem Ball gehört habe. Ich habe es bis jetzt völlig vergessen, aber ...“

Ihre Worte wurden von einem lauten Krachen außerhalb der Bibliothek unterbrochen. Sofort schubste ich Hannah hinter mich, während aus dem Eingangsbereich des Penthouses Schreie ertönten. War es Gadreel?

Ich drehte mich zu Hannah um und nahm ihr Gesicht in meine Hände. „Bleib in der Bibliothek. Hier bist du sicherer.“

Sie nickte, ihre Augen waren groß vor Angst, und ich küsste sie innig, weil ich fürchtete, es könne das letzte Mal sein. Sie umarmte mich fest, und dann ging ich aus der Bibliothek hinaus und schloss die Tür hinter mir. Ohne Fenster war die Bibliothek im Augenblick der sicherste Ort im Penthouse für Hannah, und ich musste mit demjenigen fertig werden, der in mein Refugium eingedrungen war.

Ich eilte durch den Wohnbereich, und aus dem Augenwinkel sah ich dunkle Gestalten vor meinen Fenstern, die in unheilvollen Bahnen hin und her flogen. Ich hatte jedoch keine Zeit, mir darüber Gedanken zu machen, denn am Eingang meines Penthouses stand ein großer, hünenhafter Mann mit Händen, die sich in Reptilienklauen verwandelt hatten und nun vor Blut trieften.

Das Blut meiner Wachen.

„Mammon", knurrte ich, als ich sah, was er getan hatte. Alle meine ausgewählten, treuen Wachen lagen tot zu seinen Füßen. „Du steckst also hinter all dem."

Der alte Erzdämon der Drachen stieß ein hochmütiges Lachen aus. „Wohl kaum. Ich bin nur der erste von vielen, die deinen Untergang wollen."

Ich zog meine Finsternis um mich und bereitete mich auf den Kampf vor. „Dann wird dir auch die Ehre zuteil, der Erste zu sein, der stirbt."

Er stieß ein gewaltiges Brüllen aus, das den Boden und das Fenster erbeben ließ, und Drachenfeuer strömte aus seinem Mund. Ich erstickte es schnell mit meiner Finsternis, fast etwas ungehalten. Er sollte eigentlich wissen, dass das nicht funktionieren würde.

„Warum?", fragte ich. „Hat dich deine Gier überwältigt? Denkst du, du kannst meinen Thron stehlen und der nächste Dämonenkönig werden?"

„Es ist Zeit, dass jemand anderes die Dämonen führt." Er schlug mit seinen Klauen nach mir, und ich wich ihnen mühelos aus, wobei meine Bewegungen wie Rauch um ihn flossen. „Du hättest uns niemals zwingen dürfen, die Hölle zu verlassen. Sie war unser *Zuhause*."

„Ein Zuhause, das uns nicht länger ernähren konnte", erinnerte ich ihn.

Er ignorierte mich, während er weiter angriff und dabei alle meine Möbel umwarf. „Und ein Waffenstillstand? Mit *Engeln*? Komm schon Luzifer, du hast doch sicher nicht gedacht, dass das funktioniert."

„Wäre es dir lieber, wir würden ewig weiter kämpfen, während unsere Zahl auf ein Nichts schrumpft?" Ich zuckte zusammen, als er einen Stuhl in meine Bar warf und dabei Dutzende von Flaschen meines besten Alkohols zerstörte. „Ich habe alles getan, um unser Volk zu retten. Die Zukunft unserer Art stand auf dem Spiel."

„*Unserer* Art? Du bist nicht einmal ein echter Dämon!" Er beschoss mich mit einem weiteren Schwall Drachenfeuer, den ich mit einer Wand aus Finsternis abwehrte. Sein Gesicht begann sich zu röten, sein Ärger war offensichtlich. „Engel gehörten nie in die Hölle. Sobald wir uns von allen Gefallenen befreit haben, werden wir die Hölle wieder öffnen und sie neu aufbauen."

Wir hatten uns inzwischen den riesigen Fenstern mit Aussicht auf Vegas genähert, und ich hatte einen direkten Blick auf die Schlacht, die draußen tobte. Meine dunkel geflügelten Gefallenen Engel kämpften am Himmel gegen die Angreifer von Drachen und Gargoyles, wobei Feuerstöße und Schilde der Dunkelheit um die Vorherrschaft in der Luft kämpften. Ich entdeckte sowohl Azazel als auch Samael da draußen, aber nirgendwo eine Spur von Gadreel.

„Hast du vor, alle Gefallenen zu vernichten?", fragte ich und neigte den Kopf. „Aber was ist mit Gadreel? Arbeitet er nicht mit dir zusammen?"

Mammon schnaubte. „Gadreel ist nichts weiter als ein Werkzeug, das die Erzdämonen benutzt haben, um euch zu schwächen. Er gab uns die Informationen, die wir brauchten, aber er ist ein Spielball. Ein Insider, wenn du so willst. Er dient uns, wie alle deine Gefallenen es bald tun werden. Sie werden vor den Erzdämonen auf den Knien liegen, wo sie hingehören ... oder sie werden tot sein. Zusammen mit dir."

Seine Drohungen gegen mein Volk ließen den Zorn in mir aufwallen. „Ich bin der einzige Dämonenkönig, und ihr werdet niederknien!"

Mit einer Welle aus Finsternis stieß ich Mammon durch die Fenster in den Nachthimmel und stürzte mich auf ihn, wobei ich meine dunklen Flügel im Sturzflug ausbreitete. Blutrote Schuppen glitten über seine Haut, als seine eigenen Flügel sich ausbreiteten, und sein Körper sich schneller als erwartet in seine gewaltige Drachenform verwandelte.

Wir schwangen uns durch den Himmel und wichen den anderen Kämpfern aus, obwohl sie einen großen Bogen um uns machten. Mammon schlug mit seinen gewaltigen Krallen nach mir, aber ich wich zurück und versuchte, den spitzen Klauen auszuweichen. Er war jedoch zu schnell, und eine der riesigen Pranken erwischte mich und riss mir einen tiefen Spalt vom Schlüsselbein bis zum Unterleib.

Ich geriet ins Trudeln und fiel auf die Straßen der Stadt hinab. Schmerz durchflutete mich, aber die Dunkelheit zwang meinen Körper zu heilen, und ich rang um Kontrolle über meinen Flug. Meine Flügel schlugen kräftig, hoben mich wieder in die Höhe und verfolgten den Verräter, der es wagte, eine Revolte gegen mich anzuführen. Der es wagte, Hannah zu gefährden.

Er drehte sich und wirbelte herum, flog hoch über die Lichter der Stadt, über die Gefechte um uns herum. Ich breitete meine Flügel aus, stieg so schnell ich konnte nach oben und wich gerade noch rechtzeitig aus, als ein orangefarbener Feuerstrahl aus Mammons Maul schoss, dessen Hitze selbst auf die Entfernung intensiv war.

Er hatte sich selbst verwundbar gemacht, als er das Feuer spuckte. Er brauchte kostbare Sekunden, um seinen massigen Körper für die Bewegung zu positionieren, und während er seinen Kopf schwenkte, um zu versuchen, meine Position zu bestimmen, bahnte ich mir einen Weg um ihn herum. Ich ließ mich auf seinen Rücken fallen, fast dankbar für die Gelegenheit, einen Moment auszuruhen, während mein Körper unter der Anstrengung des Heilens brannte. Seine ledrigen Flügel schlugen gegen die Nachtluft, als er gegen die plötzliche Last meines Gewichts ankämpfte.

Drachenhäute waren wegen ihrer Schuppen fast unmöglich zu durchdringen, aber ich drückte meine Dunkelheit in seine Ohren, seine Augen, seine Nasenlöcher und erstickte ihn. Einen Moment lang wünschte ich, ich hätte mein Schwert Morningstar, aber es war bei Hannah in der Bibliothek. Wahrscheinlich war es besser so. Stattdessen entfesselte ich mein Höllenfeuer, leuchtend blau und erfüllt von der Magie des Himmels und der Hölle, angetrieben von Licht und Finsternis. Eine Gabe, die ich selten benutzte, weil sie so zerstörerisch war, und eine, die nur ich besaß. Nun, neben Belial, aber den hatte ich schon seit Jahren nicht mehr gesehen.

In einer verzweifelten Bewegung stürzte Mammon vom Himmel und riss mich mit sich, während sein Gewicht unter mir herabfiel. Er wirbelte herum und versuchte, das Höllenfeuer zu löschen, die einzige Art von Feuer, die ihm schaden konnte. Es erlosch, aber ich hatte es zumindest geschafft, ihn zu verletzen.

Ich folgte ihm nach unten, aber er drehte sich wieder und manövrierte um mich herum. Ich blieb ihm auf den Fersen und jagte ihn hoch in die Luft, bis ich nah genug war, um meine Finsternis wie eine Peitsche hervorzuschleudern und sie um den Ansatz seiner Flügel zu wickeln. Ich riss kräftig daran, und das Knacken seiner Flügelgelenke grollte durch den Himmel wie Donner und glitt an den Fäden meiner dunklen Magie dahin.

Er stürzte vom Himmel und versuchte zu entkommen, aber ich sorgte dafür, dass meine Fäden der Finsternis seine Flügel gerade so festhielten, dass er sich nicht bewegen konnte. Ich drehte mich nach unten, schleuderte meine Füße auf seine Brust und hielt meine Finsternis wie ein Seil, zog an seinen Flügeln, während ich eine weitere Ranke der Magie um seine Kehle wand. Wir stürzten weiter hinab, aber ich lenkte den Sturz mit meinen Flügeln, während Mammon sich unter mir abmühte.

„Du kannst mich nicht töten", sagte ich und starrte Mammon in die Augen. „Gib dich geschlagen und ich lasse dich leben."

„Niemals", knurrte er und entblößte seine Reißzähne. „Selbst wenn du mich aufhältst, wird es andere geben. Das ist nur der Anfang, Luzifer. Du hast keine Vorstellung davon, was auf dich zukommt. Auf dich und deine kleine Hure."

Zorn erfüllte mich bei seinen Worten. Er konnte mich beleidigen und bedrohen, so viel er wollte, aber er hatte Hannah beleidigt, und ich hatte genug von seinen Spielchen.

Mit zusammengekniffenen Augen entfesselte ich erneut mein Höllenfeuer, dessen zerstörerische Magie sich wie ein Blitz über seine Schuppen legte und ihn in Stücke riss. Er stieß ein gewaltiges Brüllen aus, als es ihn verzehrte, Drachenfeuer schoss aus seinem Maul in alle Richtungen, und ich schlug mit meinen Flügeln, was mich rückwärts und weg von ihm brachte. Er erhellte die Nacht wie ein Feuerwerk, bis nur noch seine Asche übrig war, die im Wind verweht wurde.

Als er starb, stießen die anderen Drachen unter uns ein heulendes Gebrüll aus, dann liefen sie davon und gaben den Kampf auf. Die verbliebenen Gargoyles eilten ihnen auf ihren fledermausartigen Flügeln hinterher, der Kampf war vorüber. Ich war überrascht, dass nicht nur meine Gefallenen gegen die Gargoyles und Drachen kämpften, sondern dass sich auch ein paar Engel dem Kampf angeschlossen hatten – diejenigen, denen ich zuvor eine SMS geschickt hatte. Ich hatte nicht erwartet, dass

sie so schnell reagieren würden, und ich begann, auf sie zuzu-
fliegen.

Ein Schrei und ein Krachen aus dem Inneren des Penthouses
versetzten mich in plötzliche Angst. Panik erfüllte meine Brust,
als ich auf weitere Kampfgeräusche und Lärm aus der Bibliothek
zueilte – dort, wo ich Hannah zurückgelassen hatte.

32

HANNAH

Luzifer war gerade mal ein paar Sekunden weg, ehe ich das Schwert von der Wand riss – dasselbe, das ich gegen die Gargoyles benutzt hatte, das ich scheinbar benutzen konnte, ohne darüber nachzudenken. Luzifers Schwert, aus der Zeit, als er noch ein Engel war. Hoffentlich würde niemand in die Bibliothek kommen, aber falls doch, musste ich mich verteidigen. Vorausgesetzt, ich erinnerte mich wieder daran, wie man kämpft.

Endlose Minuten vergingen, und die Geräusche außerhalb der Bibliothek erfüllten mich mit Furcht und Angst, darunter kehliges Gebrüll, das den Boden erbeben ließ. Dann hörte ich ein gewaltiges Krachen, als ob die Fenster zerbarsten, wie bei dem Angriff der Gargoyles, und ich konnte nicht länger warten. Ich musste wissen, ob es Luzifer gut ging.

Ich riss die Tür auf und rannte hinaus, schluckte schwer beim Anblick des Penthouses, das wieder einmal in Stücke geschlagen worden war und dessen Wände zum Teil von Feuer versengt worden waren. Draußen kämpften gefallene Engel gegen Gargoyles und Drachen, während Feuer über den Nachthimmel peitschte. Ich fragte mich, ob irgendwelche Menschen im Hotel oder unten am Boden all das sehen konnten, oder ob sie es für eine weitere Attraktion von Vegas hielten. Der Zauber von Sin City. Wenn sie nur wüssten, was in Vegas wirklich passiert.

Dann tauchte Luzifer in Sichtweite von mir auf, und mein Herz klopfte heftiger, als er gegen einen roten Drachen kämpfte, der gut dreimal so groß war wie er. War das Mammon? Verdammt, ich hätte ihn früher davor warnen sollen, was ich auf dem Ball gehört hatte, aber ich hatte es ganz vergessen, nachdem Jophiel mich entführt hatte. Ich keuchte laut als Luzifer nach oben raste, weit außerhalb meiner Sichtweite, um dem Drachen nachzujagen. Ich rannte zum Balkon, meine Hausschuhe knirschten auf dem zerbrochenen Glas und ich hoffte sehen zu können, wohin sie flogen.

Die einzige Warnung vor der nahenden Gefahr war ein leises Flüstern hinter mir. Meine Instinkte übernahmen die Kontrolle, und ich wirbelte gerade noch rechtzeitig herum, um Luzifers Klinge hochzureißen und die Ranken der Finsternis zu durchtrennen, die mich zu packen drohten.

Das Schwert glühte strahlend weiß, als Gadreel aus der Dunkelheit hervortrat. Sein grimmiges Lächeln versetzte mein Herz in Angst und Schrecken, vor allem, als er sich zur Wehr setzte und ein Schwert auf mich richtete, das dem meinen ähnlich sah, nur dass es mit Finsternis anstelle von Licht glühte.

Als Gadreel und ich unsere Positionen wechselten, als würden wir zu einem Tanz ansetzen, betete ich, dass mein Muskelgedächtnis funktionieren würde und dass ich als Schwertkämpferin gut genug war, um es mit Gadreel aufzunehmen.

„Warum tust du das?", fragte ich. „Ich dachte, wir sind Freunde! Oder zumindest waren wir es damals, als ich noch Lenore war."

Er hieb nach vorne, ging in die Offensive, und ich wehrte ihn mit meinem glühenden Schwert ab. Wir kämpften nicht richtig, noch nicht. Er wollte mich austesten. Wahrscheinlich um zu sehen, ob ich in diesem Körper genug Kampfgeist in mir hatte. Arschloch, ich hatte mehr als genug.

„Du weißt, warum", sagte er, seine Stimme war kalt. Alle Spuren des fröhlichen Gadreel waren verschwunden, ein Fremder hatte seinen Platz eingenommen. „Tief im Inneren kanntest du schon immer meine wahre Identität. Nicht wahr?"

Ich ließ das Schwert beinahe fallen, als mich die Erkenntnis durchströmte. Meine Hände zitterten und ich wich zurück, aber ich schaffte es, seinen Namen zu flüstern. „Adam."

Ein grausames Lächeln breitete sich auf seinem gutaussehenden Gesicht aus. „Ich bin deinetwegen gekommen, meiner Gattin. So wie ich es immer tue."

Ich richtete das glühende Schwert auf ihn. „Bleib weg von mir!"

Sein Gesicht verfinsterte sich, und er griff wieder an. Ich musste tänzeln und mich schnell bewegen, um ihn abzuwehren. Während wir kämpften, wichen wir umgestürzten Möbeln und zerbrochenem Glas aus und bewegten uns ungewollt zurück in Richtung der Bibliothek. Der Kampf war ausgewogen, und irgendwie wusste ich in meinen Knochen, dass dies ein Kampf war, den wir schon hunderte Male zuvor ausgefochten hatten. Ein anstrengender Gedanke, der dem Ganzen ein Gefühl der Unabwendbarkeit verlieh. War es überhaupt möglich, dass ich gegen ihn gewann? Oder würde er mich niederstrecken, sobald Luzifer zurückgekommen war? „Jophiel dachte, sie könnte dich verstecken," zischte Gadreel. „Du gehörst *mir*, Eva, nicht Luzifer."

Er hatte mich gefunden ... Mir blieb der Mund offen stehen, aber ich hielt mein Schwert weiter erhoben. „Hast du Brandy entführen lassen?"

Er legte den Kopf leicht schief, und Stolz leuchtete in seinen Augen. „Ich wusste, dass es dich zu mir führen würde."

„Warum hast du mich nicht einfach in Vista getötet? Das scheint viel einfacher zu sein."

„Wo ist der Spaß dabei?" Er grinste mich böse an, als er näher kam, und ich wich zurück. „Nein, es ist viel befriedigender, dich zu Luzifer zu bringen und dir etwas Zeit zu geben, dich wieder zu verlieben, damit es ihn noch mehr verletzt, wenn ich dich ihm wegnehme. So wie er dich mir gestohlen hat."

„Luzifer ist mein Gefährte, nicht du", fauchte ich zurück, als ich in die Bibliothek trat. „Ich kenne dich nicht einmal!"

Bei diesem Satz sah er seltsam verletzt aus. „Wie kann es sein, dass du dich nicht an mich erinnerst? An mich? Nach allem, was ich dir angetan habe?"

Die Art, wie er das sagte, verursachte mir Übelkeit, aber ich hatte eine Idee. „Was, wenn ich Luzifer für dich verlassen würde? Würdest du dann aufhören?"

Er brach in ein furchtbares, grausames Gelächter aus, als er auf mich zukam. „Oh, Eva, du bist in jedem Leben gleich. Glaubst du, das hast du nicht schon mal probiert?"

Verdammt. Mir waren die Tricks ausgegangen. Als er jedoch näher kam, ergriff ich die Vase mit Hades und Persephone, sprach im Stillen eine Entschuldigung an den längst verstorbenen Künstler aus und warf sie Gadreel an den Kopf. Sie traf ihn perfekt, mit einem Präzisionsgefühl, von dem ich nicht wusste, dass ich es besaß, und zerschellte in hundert Stücke. Das gab mir gerade genug Zeit, ihn mit dem Lichtschwert in die Schulter zu stoßen. Er schrie und stolperte rückwärts, als stünde er in Flammen. Ich wusste bereits von dem Gargoyle-Angriff, dass die Klinge bei Dämonen – und anscheinend auch bei Gefallenen – besonderen Schaden anrichtete.

Sein dunkles Schwert schaute nach unten, während er die Wunde hielt, und ich nutzte den Moment der Schwäche zu meinem Vorteil. Ich stürzte nach vorne und rammte ihm mein Schwert in die Brust. Seine Augen weiteten sich vor Schreck und ich stieß es in sein Herz. Das weiße Licht des Schwertes wurde stärker und strahlte zwischen uns.

Ich schenkte ihm ein triumphierendes Lächeln. „Du hast nicht erwartet, dass ich dich irgendwann auch einmal töte, oder?"

Ich riss das Schwert mit einer Drehung heraus und trat zurück. Er wankte nach vorne und klammerte sich an sein Herz, während er auf die Knie sank. Er schlug hart auf dem Boden auf, und ich presste eine Hand an meine Brust, atmete tief ein und versuchte, mein rasendes Herz zu beruhigen.

Heilige Scheiße. Ich hatte Gadreel getötet.

Adam war tot. War der Fluch gebrochen?

Dann erklang ein grauenhaftes Lachen aus seinem Körper, selbst als sich sein Blut auf dem Boden ergoss. Wie eine Art Zombie stemmte er sich mit einem Stöhnen vom Boden hoch. Gadreel riss sein Hemd auseinander und entblößte stolz seine Brust. Verwirrt beobachtete ich, wie das zerfetzte Fleisch und die Haut wieder zusammenwuchsen.

Ich taumelte rückwärts, schüttelte den Kopf, die Angst schnürte mir die Kehle zu. „Wie?"

„Oh, Eva, weißt du nicht mehr? Durch den Fluch kann ich nicht getötet werden, solange du am Leben bist. Wir sind ein Paar im Leben und im Tode." Er trat wieder nach vorne, das Schattenschwert in der Hand. Seine Augen hatten sich verändert. Vorher waren sie wild, aber jetzt waren sie sechs Schritte weiter. Er war völlig finster geworden. Das pure Böse.

„Für immer vereint", flüsterte er, und Angst durchzuckte mich.

Ich versuchte, mich zu bewegen, aber ich war nicht schnell genug. Ich hob meine Klinge, aber das dunkle, schwingende Schwert kam so schnell und mit so viel Wut auf mich zu, dass ich mich nur noch dem Unvermeidlichen ergeben konnte. Wenigstens würde ich wiedergeboren werden.

Die Tür der Bibliothek flog auf und brach aus den Angeln, und ein Schild der Finsternis flog um mich herum und wehrte Gadreels Angriff ab. Luzifer stürmte hindurch, seine Augen glühten rot, seine Schattenflügel waren voll ausgebreitet. Er durchquerte den Raum und zog mich hinter sich, um mich mit seinem eigenen Körper vor weiteren Angriffen zu schützen.

Gadreel warf einen Blick auf Luzifer und erbleichte, alle Farbe wich aus seinem Gesicht. Er drehte sich um und sprintete auf die zerstörte Bibliothekstür zu, wobei er Luzifers altes Buch vom Schreibtisch fegte – das, in dem Luzifer gelesen hatte, als ich ihn vorhin aufgesucht hatte.

Im Wohnbereich zersplitterte Glas und fiel auf den Strip hinunter, während Gadreel mit einer Energie und Kraft, die ich nicht erwartet hatte, durch die letzten noch verbliebenen Fenster flog. Seine hellgrauen Flügel trugen ihn in die Nacht, und fast erwartete ich, dass Luzifer ihm folgen würde, aber stattdessen wandte er sich mir zu.

Seine roten Augen verfärbten sich wieder grün, während er meine Schultern umklammerte und mich von Kopf bis Fuß abtastete. Wahrscheinlich suchte er nach Anzeichen von Blut oder anderen Verletzungen. „Bist du verletzt?"

„Nein, es geht mir gut." Ich warf mich in Luzifers starke Arme. „Ich bin so froh, dass du wohlauf bist. Als ich dich da draußen mit einem Drachen kämpfen sah, befürchtete ich das Schlimmste."

Er drückte mich fest an sich und fuhr mit der Hand meinen Rücken hinauf und hinunter. „Es war Mammon. Er und einige der anderen Erzdämonen haben ein Komplott gegen mich geschmiedet, und sie arbeiten mit Gadreel zusammen. Er ist Adam, weißt du."

„Ja, das habe ich mir schon gedacht", sagte ich mit einem leichten Schaudern.

„Ich wollte es dir gerade sagen, als wir angegriffen wurden." Er blickte in Richtung der Bibliothek und sein Stirnrunzeln vertiefte sich. „Und jetzt hat er Samaels Tagebücher. Das ist schlecht. Sehr schlecht."

Mit einem Kräuseln seiner Magie schlängelte sich Luzifers Finsternis heraus und warf eines der Ledersofas um. Es hatte große Risse, als sei es mit riesigen Krallen zerfetzt worden, doch er setzte sich trotzdem darauf. Dann seufzte er und rieb sich mit den Händen über das Gesicht – so niedergeschlagen hatte ich ihn noch nie gesehen.

Ich ließ mich neben ihn sinken. „Warum ist das schlecht? Was stand in diesem Buch?"

„Es ist ein Bericht über etwas, das vor langer Zeit passiert ist, geschrieben von Samael. Ich habe es gelesen, um zu sehen, ob es einen Weg gibt, den Fluch zu brechen. Aber es steht noch mehr in dem Buch. Sehr viel mehr." Luzifer wandte seinen Blick zum Fenster und blickte in die Richtung, in die Gadreel davongeflogen war. „Und jetzt hat Adam es."

„Ich habe ihn getötet." Der Kampf wiederholte sich in meinem Kopf, und Angst schnürte mir erneut die Kehle zu. „Aber er ist nicht gestorben. Er sagte, er könne nicht sterben, solange ich am Leben sei. Warum hast du mir nichts von diesem Teil des Fluches erzählt?"

Luzifer nahm meine Hand und drehte sie um, während er meine Haut betrachtete, als würde er sich an mich erinnern. „Ich nahm an, dass Jophiel es dir gesagt hat."

„Diesen Teil hat sie wohl ausgelassen." Ich hatte das Gefühl, dass sie eine Menge Dinge ausgelassen hatte.

Er schlang den Arm um mich und hielt mich fest, und ich lehnte mich an ihn, bis der Schreck über den Angriff langsam nachließ. Aber schon während das geschah, hatte ich schreckliche Angst vor dem nächsten Mal, wenn es wieder passieren würde. Und dem nächsten, und dem übernächsten Mal ...

„Wir müssen dem Fluch ein Ende setzen“, sagte ich leise. „Ich kann das nicht länger ertragen. Leben und Sterben, immer und immer wieder. Dich finden und wieder verlieren, immer und immer wieder. Ich lebe in Angst vor dem Tag, an dem Adam mein Leben erneut beendet.“ Ich drehte mich zu ihm um, aber er starrte ins Leere, die Stirn gerunzelt. „Hast du in Samaels Notizen einen Weg gefunden, den Fluch zu brechen?“

„Ja, es gibt einen Weg.“ Sein finsterer Blick hob sich und seine Augen begegneten meinen, aber jetzt waren sie hart. Kalt. Fast furchterregend. „Aber es gibt einen Preis. Es gibt immer einen Preis.“

„Was auch immer es ist, ich werde ihn bezahlen“, sagte ich, obwohl sich ein Anflug von Zweifel in meiner Brust breitmachte.

„Wirst du das?“ Er stieß ein unheimliches Lachen aus, während sich Finsternis um ihn zu formieren begann. „Oder bin ich derjenige, der bis in alle Ewigkeit für dieses Verbrechen leiden wird?“

Ich stand auf und wich zurück, meine Haut war plötzlich eiskalt. „Ich weiß nicht, wovon du sprichst. Wie brechen wir den Fluch?“

Er stand auf, pirschte sich wie ein Raubtier an mich heran und drückte mich mit dem Rücken gegen die Wand. „Vertraust du mir, Hannah?“

Einen Moment lang verschlug es mir die Sprache, denn die Finsternis schien sich wie ein Käfig um uns zu schließen. Wollte er mir Angst einjagen? Wenn ja, dann gelang ihm das. Aber ich wusste in meinem Herzen, dass er mir nie etwas antun würde. Er war mein Gefährte, die andere Hälfte meiner Seele, und er liebte mich.

„Ja, ich vertraue dir.“ Ich griff nach oben und streichelte sanft sein Gesicht, während ich ihm in die Augen sah. „Ich liebe dich.“

Schmerz zeichnete sich auf seinem Gesicht ab, kurz bevor die Finsternis den Raum um mich herum pechschwarz färbte. Alles, was ich sehen konnte, waren seine roten Augen, die wie Schwefel glühten, und dann legten sich die Schatten wie Fesseln um meinen Körper und hielten mich fest.

„Luzifer ... Was tust du?" Ich kämpfte gegen die Fesseln, die er um mich geschlungen hatte, aber es gab keinen Widerstand gegen den Teufel.

Er schlang seine starken, männlichen Hände um meine Kehle. „Es tut mir leid, Hannah. Es ist der einzige Weg."

Ich konnte nicht sprechen, konnte nicht protestieren, konnte nicht atmen. Ich konnte nur zusehen, wie Luzifers rote Augen wie ein Inferno brannten, während seine Hände sich zusammenzogen und mir die Luft abschnitten. Ich versuchte zu kämpfen, versuchte zu schreien, versuchte zu betteln, aber ich konnte mich überhaupt nicht bewegen.

Der Schmerz explodierte in meinem Hals und meiner Lunge. Tränen liefen mir aus den Augen. Es wurde immer schwieriger, seine glühenden Augen deutlich zu sehen, während die Finsternis in mein Blickfeld kroch und ich um Luft rang.

Luzifer tötete mich.

Wie konnte er das tun? Hatte ich mich die ganze Zeit über in ihm getäuscht? Als meine Sicht verschwamm und mein Körper schwächer wurde, kamen mir Jophiels Worte wieder in den Sinn. Luzifer ist das Böse. Er hat dich die ganze Zeit über belogen. Er hat dich manipuliert. Dich kontrolliert. So wie er es seit Jahrtausenden mit allen Menschen gemacht hat.

In seiner Nähe bist du in Gefahr.

Seine Stimme drang zu mir durch die Finsternis. „Ich liebe dich, Hannah."

Wie konnte das wahr sein, wenn er mir das Leben nahm? Brach er so den Fluch, indem er Adams Arbeit für ihn tat?

Ich hatte den ultimativen Fehler begangen, dem Teufel mein Herz zu schenken. Und der Preis dafür war mein Leben.

Die Finsternis schloss mich ein und umhüllte mich vollständig, während meine Lunge ein letztes Mal brannte. Alles wurde schwarz und der Tod holte mich ein, wie schon so oft zuvor.

Aber dieser Tod würde mein letzter sein.

33

HANNAH

Mit einem hellen Lichtblitz strömte das Leben zurück in mich ... und mit ihm die Kraft.

Und Erinnerungen. So viele Erinnerungen.

Mein Geist überflutete mich mit Ereignissen aus meinen vergangenen Leben. Jedem einzelnen von ihnen. Eva. Persephone. Lenore. Unzählige andere Menschen, die kurze, brutale Existenzen durchlebt hatten.

All diese Leben drängten in mich zurück und füllten meinen Kopf mit ihrem Schmerz, ihrer Freude, ihrer Liebe und ihrem Tod, der sich über Tausende von Jahren erstreckte. Zu viele Erinnerungen, als dass ein einziger Geist sie aufnehmen konnte, selbst ein unsterblicher. Ich schrie und schlug um mich, klammerte mich an meinen Kopf und versuchte, den Ansturm zu stoppen.

Dann ebbte die Flut ab und die Erinnerungen verflüchtigten sich wie Rauch. Nur ein paar Eindrücke blieben, Fragmente aus einigen meiner Leben, obwohl ich wusste, dass andere in meiner Reichweite waren, wenn ich sie brauchte. Nur ein Leben blieb unerreichbar, verschleiert durch den Zauber eines anderen. Mein wahres Ich war mir geraubt worden, meine Kräfte waren meinem Körper entzogen worden und kehrten nun im Tod zurück. Aber ich konnte immer noch nicht auf diese Erinnerungen zugreifen.

Ich holte tief Luft, wie bei meinem allerersten Atemzug. Energie wirbelte in mir herum wie Adrenalin. Meine Haut prickelte vor Magie. Wie war das möglich?

Luzifer hatte mich getötet, aber irgendwie war ich am Leben.

Nein, mehr als nur am Leben. Ich war wieder vollständig.

Aber das bedeutete nicht, dass ich ihm vergab, was er getan hatte.

Ich öffnete die Augen und setzte mich langsam auf, blickte auf die kleine Gruppe der Anwesenden, die sich um mich herum versammelt hatte, ehe mein Blick auf Luzifer fiel. Mein Gefährte. Mein Mörder. Mein Retter.

„Hannah?", flüsterte er.

Hannah? Hannah war tot. Aber wie ein Phönix war ich wieder geboren worden. Ich erinnerte mich nicht an meinen Namen, aber ich wusste eines.

Es war an der Zeit, die Hölle aufzumischen.

ÜBER DIE AUTORIN

Elizabeth Briggs ist New York Times Bestsellerautorin im Bereich paranormaler Romane und Fantasy mit kühnen Heldinnen und unerschrockenen Helden. Sie absolvierte an der UCLA ein Studium der Soziologie und arbeitete für eine internationale Anwaltskanzlei, war Mentorin für Jugendliche im Schreiben und arbeitete ehrenamtlich mit Organisationen zur Rettung von Hunden zusammen. Heute ist sie ein Vollzeit-Geek und lebt mit ihrem Mann, ihrer Tochter und einem ganzen Rudel wuscheliger Hunde in Los Angeles.

Besuchen Sie Elizabeths Website unter: www.elizabethbriggs.net